河出文庫

カメリ

北野勇作

河出書房新社

カメリ　目次

Kamélie Table des matières

カメリ、リボンをもらう 9
カメリ、行列に並ぶ 23
カメリ、ハワイ旅行を当てる 39
カメリ、エスカルゴを作る 59
カメリ、テレビに出る 91
カメリ、子守りをする 135

カメリ、掘り出し物を探す　179
カメリ、メトロで迷う　221
カメリ、山があるから登る　259
カメリ、海辺でバカンス　303
カメリ、ツリーに飾られる　347

あとがきっぽいもの　379
解説　森見登美彦　383

illustration 森川弘子
dessin 川名潤（prigraphics）

カメリ

カメリ、リボンをもらう

カメリは、螺旋街《らせんがい》の西のはずれにある古いアパルトマンに住む二足歩行型の模造亀《レプリカメ》だ。

ところでこのカメリ、以前は、カメリと呼ばれてはいなかった。

ではどう呼ばれていたのかといえば、二足歩行型模造亀のもっともポピュラーな愛称であるガメラという名で呼ばれていたのである。

かつてそんなタイトルの映画があって、ガメラというのはその映画の主人公である二足歩行する亀に似た生物の呼び名だ。もちろん、模造亀にはガメラのような牙《きば》はないし、空を飛んだり口から火炎のようなものを吐き出したりもしないが。

模造亀というその名の通り、カメリの甲羅と顔は、カメ目ヌマガメ科であるクサガメに酷似している。甲羅のキールもクサガメと同じ三本だ。

そんなカメリが勤めているのは、オタマ運河の左岸にあるカフェ。カウンターの中で泥《どろ》コーヒーとか泥饅頭《どろまんじゅう》を作るのがカメリの主な仕事。

何年か前にオタマ運河が増水して以来、半分水に浸《つ》かったままになってしまったカフェのキッチンは、カメリにとってむしろ働きやすい環境である。缶詰や瓶詰を取りに泥水の満たされた地下室へと潜っていくのもカメリの得意とするところ。

カメリの同僚は、ヌートリアン。ネズミ目ヌートリア科ヌートリア擬人体である彼女は、アンと呼ばれている。赤毛のヌートリアンだからアンなのだ。

店のマスターは石頭《いしあたま》。自分では自分のことを「ほとんどヒト」だと主張しているが、その大きな頭はまるまるシリコンの塊《かたまり》だ。それだけでもヒトとはだいぶ違う。

「やあ、カメリ」

「調子はどうだい、カメリ」

「今日もうまいのを頼むよ、カメリ」

今朝《けさ》も、カフェの常連のヒトデナシたちがカウンター越しにカメリに声をかける。

形はヒトに似ているがもちろん彼らもまたヒトではなく、ヒトデナシである。

ヒトによってヒトデから作られたというヒトデナシたちは、いつも忙しそうだ。ヒトデ不足ということで作られたのがヒトデナシたちだから、それも無理はないのだろう。忙しくなければヒトデナシが作られることもなかったはずだ。

忙しいはずのヒトデナシたちだが、ほとんど毎日のようにこの店にやってきてはカメリやアンやマスターに話しかける。

ヒトコイシイからではないか、などとマスターは言っていたが、なんのことやらカメリにはわからない。マスターにだって本当にそれがどういうことなのかはわかっていないのではないか、とカメリは思う。カメリもアンも、そしてたぶんマスターも、ヒトのことはわからない。

ヒトではないから。

ヒトは、カメリがこの世界に生まれるより前に、ここから引っ越してしまったらしい。だから、もうここには残っていない。

テレビの中に引っ越してしまったのだ。そして、現に今も、カウンターの隅に置かれたテレビの中にはたくさんのヒトが暮らしている。

画面からこっちを眺めているように見えることもあるが、それはそんなふうに見えるだけだ、とマスターは言う。

テレビの中とこの場所とは直接は繋《つな》がっていないからね、とテレビの側面をばんばんと掌《てのひら》で叩《たた》きながら。

相互作用はしないんだよ。つまり話しかけたって聞こえやしない。でも、ヒトデナシの中に入り込んでヒトがこの店に来ることはあるよ。ほら、たまにテーブル席でヒトデナシなのにちっともヒトデナシらしくない、ぼんやりしているヒトデナシがいるだろう。あれがそうなんだ。

マスターはまるで大切な秘密を打ち明けるようにささやいた。

ヒトデナシがそんな状態になっていることを、「ボン」と言うんだ。

ぼんやりしているから「ボン」なのだろうかとカメリは推論したが、マスターはちょっと得意げに、店の黒板にチョークで「盆」と書いた。メニューを書くのに使っている黒板だ。

この世界からいったんいなくなってしまったものが、魂だけでまた帰ってくることを古い言葉でそう呼ぶんだ。

カメリとアンがチョークで書かれたその文字を見つめた。

もちろん帰ってきてるなんてことはわからない奴にはわからないよ。魂っていうのは形のないものなんだ。あの画面に映っているものみたいにね、とマスターはカウンターの隅のテレビを指差した。

そんな魂を迎えるための踊りがボンダンスだ。ま、おれもね、子供の頃、ちょっとやったことがあるよ。こんなふうにな、と両手を頭の上にあげて、ひょこひょこひょことおかしな足どりでカウンターとテーブル席のあいだを歩きまわる。

どうやら、それがボンダンスらしい。

そんなことをやったのは、そりゃもうずいぶんと昔のことなんだが、なにしろおれのこの石頭はいちど記憶したことは忘れないのさ。忘れようとしないかぎりはね。

シリコンの額《ひたい》を掌でぱちんと叩いて笑う。

そうだ、こんど皆でいっしょにやってみようか。

マスターがカメリとアンに言う。

だって、これほんとうは輪になって踊らないといけないんだよ。ひとりじゃ輪になれないじゃないか。

マスターはすっかり乗り気だが、カメリとアンは顔を見合わせたまま答えない。

はたして二足歩行型模造亀とヌートリアンと石頭が輪になって踊ったところで、それが帰ってきたヒトの魂を迎えるためのボンダンスになるのかどうか。推論のしようもないではないか。

ところで、今日カメリはまた卵を産んだ。

何日か前からその兆候があったのであわてなかった。午前中いつも通りに仕事をして、昼頃産めそうな感じになってきたのでマスターに言って昼休みをすこし長くしてもらってそのまま産んでしまったのだ。

全部で八個。カメリにとって卵を産むのはこれが三度目。

初めてのときは、五個だった。

カメリがカメリと呼ばれるようになったのは、そのときからなのだ。

あのときは、とカメリは思い出す。自分に何が起こっているのかすらわからなかった。何日か前から食欲がなくあまり眠ることもできず、なんだか落ち着かないので夜中に近所を歩きまわったりした。

そしてその直前になってやっと、何かが自分の中から出てこようとしていること、そしてそれを出してしまうほうがいいということがわかったのだ。

泥饅頭をこねる作業を中断し、そのままカウンターに両手をつき、背伸びするように足を突っ張った。ふしゅう、ふしゅうと鼻息が荒くなり、全身の筋肉がぷるぷるぷると震えた。

なんだなんだどうしたどうした、とそのときカウンターにいたヒトデナシたちがそれに気がついた。そして、おおいマスター、なんだかガメラの様子がおかしいぞ、と店の奥に声をかけた。その頃、カメリはまだカメリと呼ばれてはいなかったから。

何事かと飛び出してきたマスターも、これまで目にしたことのないカメリの様子に驚いた。

おいおい、どうしたガメラ、苦しいのか。どっかで変なもの食ったんじゃないか。

そんなことを言いながらマスターは、甲羅をさすった。

と、尻尾《しっぽ》の付け根にある総排泄口から透明の液体がいきおいよく噴き出して床を濡らした。

マスターが驚いて飛び退《の》き、アンが覗《のぞ》き込んだ。

そして、ふんっとカメリが背伸びするように両足をふんばったかと思うと、ぽふっ、という音とともに記念すべき一個目がマスターの足もとに転がり出たのだった。

卵形をした白いもの、つまり卵だった。

表面から湯気がたっていた。

あれあれ、こりゃびっくり。

マスターは誰にともなく言った。

こいつ雌だったのか。

その場に居合わせたヒトデナシたちも覗き込んだ。そして、言った。

卵で増えるってことは知ってたけど、実際に産むところは初めて見たよ。

そんなあいだにも、総排泄口を押し広げて卵は次々に出てきた。そして五個になったところでようやく止まった。

そのときにはもうカメリは疲れて立つこともできず、すごいなあ、とか、よくこんなものが五個も甲羅の中に入っていたもんだよなあ、とか、いやあなかなか大したもんだ、とか、それにしてもびっくりしたよ、とか、そんな言葉をカウンターの下でうつぶせのまま聞いていたのだ。

それはそれとしてだよ、とヒトデナシのひとりが思い出したように言った。

こうとわかったからには、呼び名がガメラってのはあんまりじゃないかね。

そうだそうだ、と他のヒトデナシが同意した。なんていうか、もっとこう、女の子らしい名前じゃないとな。

何がいい？

何がいいかな。

何にする？

何にしようか。

勝手に話しあい、そして、ガメラのときと同じように、昔の映画を参考にして勝手に決めたのだった。

カメリでどうだ。

うん、カメリ。

いいね、カメリ。

カメだからね。

カメリ。

カメリ。

その日の夕方には噂《うわさ》を聞きつけた常連のヒトデナシたちがお祝いを言いにやってきた。カメリの産みおとした卵はカウンターの上にずらりと並べられ、皆それを触りたがった。乾くと、その表面はざらざらしていて、白い殻《から》の向こうにうっすらと黄身らしきものが見えた。

すごいなあガメラ、じゃなかったカメリ。大したもんだよガメラ、じゃなかったカメリ。

皆が口々に言った。

ダチョウの卵くらいかな、とマスターが言った。子供の頃、動物園で見たことがあるんだよ。

ダチョウっていうのがどういうのか知らないけど、オタマ運河の溜《た》まりに棲《す》んでる変《へん》異鴨《いがも》の卵くらいはあるよな、とヒトデナシ。

ああ、あるある、とその言葉にヒトデナシたちがいっせいに活性化した。伸ばした触手をひゅるひゅるひゅるひゅると震わせたり絡ませたりして盛りあがりながら彼らは口々に言う。

あのオムレツはうまいよな。うん、あのオムレツはうまい。変異鴨は怖いけど、あのオムレツのためなら卵を取りに行こうって気になるもんな。おれ、あの鴨に食われそうになったことあるよ。怖いよな。でもオムレツはうまいからな。ああ、かなりね。うん、あのオムレツはうまい。うまいうまい。かなりうまい。

そこでヒトデナシたちは顔を見合わせ、沈黙する。黙ったまま、皆、カウンターに並べられたカメリの卵に目をやった。

五個ある卵の表面を掌でさすったり、カウンターの上で揺すったりした。

卵とカウンターのたてることことことことという音だけが店の中に響いていた。

あの、とヒトデナシのひとりがつぶやくように言った。

これって孵《かえ》るのかな。

マスターがカメリを見た。

アンもカメリを見た。

カメリは目の前で並んで揺れている卵を見た。

自分の甲羅の中からこの世界に産みおとされた卵。

また、しばらくの沈黙があった。

こととことこと。

卵とカウンターだけが音をたてていた。カウンターに並んだヒトデナシたちは気まずそうにお互いを肘《ひじ》でつつきあったりしていた。

いやあどうだろう、とようやくマスターが言った。これは孵らないんじゃないかな。だって、無精卵だからな。

ああ、無精卵、とヒトデナシたちが同時に言った。

うんそうだそうだ、そうだよな、だってこのあたりには他にレプリカメはいないし。

そうだよ、とマスター。

そうだよな、カメリ。

そう言って笑った。

それってセクハラよ。

アンがぼそりと言った。テレビドラマで憶《おぼ》えた台詞《せりふ》だった。そんな台詞が出てくるようなテレビドラマがアンは好きなのだ。

ええっとつまり結論としては、この卵は孵化《ふか》しない、ということでいいのかな。

ヒトデナシたちが言った。

まあそういうことかな、とマスター。

じゃ、この卵たちはこれからどうなるんだろうか。

そうだなあ、とマスターは腕組みする。

まあしばらくはこうして飾っておいて、腐る前に処分するってことになるかな。

えっ、とヒトデナシたちが同時に叫んだ。

処分って、もしかしたら捨てるということなのか。

まあたぶんそういうことになるかな。

もしも捨てるのであるならば、とヒトデナシたちは言った。

売ってくれ。

売ってくれ売ってくれ売ってくれ、と全員が身を乗り出して唱和した。

電気で払うよ。

ヒトデナシたちは、ばちばちばちばちと触手をスパークさせた。

いつもより多めにね。

そんなこと言われても、これはおれのもんじゃないからな、とマスターはカメリを見る。

だいたい、これをいったいどうするつもりなんだね。

食う。

ヒトデナシたちが答えた。

食べる。

オムレツで。

オムレツにして食べる。

うーん、とマスターは腕組みし、考え込むように天井を見つめる。それを見たヒトデナシたちはすぐさま触手を使ってびゅるびゅると高速で相談を始めた。

しばらくして、全員の触手と繋がったまま、ひとりのヒトデナシが代表して言った。

卵を売るのがダメだって言うんなら、この店のメニューとしてオムレツを出してくれないだろうか。

そうだなあ、とマスターはまたカメリを見た。そして、尋ねた。

このまま腐らせて捨ててしまうよりは、そのほうが卵にとってもいいんじゃないかとおれは思うんだが、どうだろう。

そして、こう付け加えた。

あ、もちろんちゃんと店が買いとるよ。

しばらく卵を見つめ、そしてカメリはゆっくりうなずいた。

やったあ、と繋がったままのヒトデナシたちは同時に歓声をあげ、ばちばちばちばちと青白くスパークした。

翌朝、カフェのモーニングセットは割増料金でオムレツ付きになった。いつもより早くやってきたヒトデナシたちは皆それを注文し、ひとくち食べてはうまいうまいとカメリをほめたたえた。

うまい。うまい。うまい。うまい。うまい。うまい。うまい。うまい。うまい。うまい。うまい。うまい。うまい。うまい。うまい。うまい。

あっという間に売り切れた。残った卵の殻はカメリが食べた。皆がそうしたほうがいいと言ったのだ。

次もまた、しっかりしたいい卵が産めるように。

ばりばりばりばりと残さずカメリは食べた。

それを見届けて、ヒトデナシたちは皆喜んで仕事に出かけていった。

その日の夕方、カフェにやってきた常連のヒトデナシたちが、オムレツのお礼に、とどこで手に入れたのか大きな赤いリボンをカメリに差し出した。

女の子だからね、と。

仕事をしているときカメリがいつも頭につけているリボンが、それ。

カメリ、行列に並ぶ

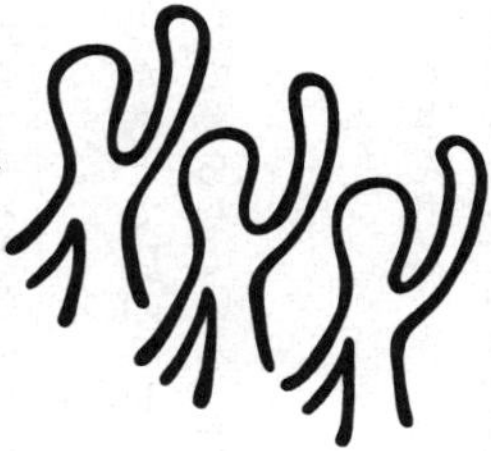

テレビでいろんなケーキを見るたびに、カメリはわけもわからず幸せな気分になる。だからきっと自分はケーキが好きなのだろう、と思う。

カメリはテレビを持っていないが、休憩時間や仕事が終わったあとで店のテレビを観る。テレビの中ではいつもたくさんのヒトがいろんなことをして暮らしている。昔はあんなに大勢のヒトがこの世界にいたのだ。

テレビを観るたび、カメリは思う。

ヒトだけではない。テレビの中には、ここにはないものがたくさんある。

いろんな動物。そして、不思議な乗り物や大きな建物や、他にもテレビ以外で見たことがないさまざまなもの。

おれが子供の頃にはまだあちこちにそんなものが残っていた、とマスターは言う。はたして石頭のマスターに子供の頃などというものがあったのかどうか、カメリにはわからないのだが。

テレビの中にはあってここにはないものたち。

あれらも、ヒトといっしょにテレビの中に引っ越してしまったのだろうか。もしそうだとすれば、ヒトといっしょにテレビの中に引っ越したものと、この場所に残されたものとがある、ということなのだろうか。そのふたつは、いったいどこが違うのだろう。

カメリはたまにそんなことを考える。

ここに残されているものたちは、ヒトがこの世界を捨てるとき、いっしょに捨てていったものたちなのだろうか。

そんなことはない、とマスターは言う。

ヒトは、いちど壊れてしまった世界が修理されるあいだ、ちょっとテレビの中に引っ越しただけさ。この世界の修理をヒトデナシたちにまかせてな。

だからいつか帰ってくる。いや、たまに様子を見に来てはいるはずだよ。ヒトデナシの中に入り込んで、この世界の具合を眺めにな。

そう言ったあと、でも最近はちっとも来ないよなあ、とマスターはつぶやいた。

オタマ運河沿いの道を歩いていると、ヒトデナシたちが働いているのを見ることがある。皆で何かを運んだり積み上げたり組み立てたり掘り下げたり、泥まみれになっていろんなことをやっている。

ときどき事故があってヒトデナシが大量に流されて行方不明になったりする。予想外の事故なのか、それとも初めから予想されている範囲内の事故なのか、カメリにはわからない。わかっているのはそういうことが起きても、またすぐにどこからかヒトデナシが補充される、ということだけだ。

川上から船に乗ってやってきたり、メトロの貨物として運ばれてきたり、そのときによって補充される方法は違っているが、何日後かには補充は完了するのだ。

彼らはすでに仕事の内容も自分が何をすべきかも知っているらしく、いつもやってくるなりすぐ仕事をする。

オタマ運河で行われている工事はカメリがカフェに勤める前から続いている。いったいどうなれば完成なのかわからないが、オタマ運河は上流で雨が降るとすぐに氾濫《はんらん》するし、大きな水蛭《みずひる》やその名の由来になっているお化けオタマが出たりするのでなかなか難航しているように見える。

もともとの計画に問題があるんだよ、とマスターはよくぼやいているが、どんな計画であろうとヒトデナシたちはそれに従って工事を進めていくしかない。計画を立てたり変更したりするのは彼らの仕事ではないのだ。彼らは与えられた仕事だけを行うようにできている。それにヒトデナシたちもその計画の一部なのだから、もし計画の根本的見直し、などということになると、ヒトデナシたちの存続そのものが危うくなるかもしれない。

泥水の中で困難な仕事を続けながら、そんなときはカフェのことを考えるのだといつかヒトデナシのひとりが言っていた。

カフェのカウンターに肘《ひじ》をついているときのこと、そして、カメリが卵を産んだ翌朝だけ食べることができるモーニングセットのことを泥水の中で思うのだそうだ。

ヒトデナシたちが大量に死んだり行方不明になったりすると、翌日は誰もカフェに来ない。次の補充があるまで、彼らにはそんな余裕がなくなるのだ。いなくなってしまったヒトデナシの分まで働かなければならないから。

今日もそれなのだろう、とカメリは思う。昨日の夕方、河川敷《かせんしき》に立っていたはずのクレーンが流されていくところをアンが橋の上から目撃した。そして、ひと塊《かたまり》になって水門の底に吸い込まれていく大勢のヒトデナシたちも。

朝、店に出勤してきたアンがそう告げた時点でもう、今日は誰もカフェには来ないだろうということは予想がついていた。

この時間になってもまだ誰も来ないのは、その予想が当たったということだろう。でも、明日か明後日《あさって》には補充が来るはずだ。今頃、どこかの工場で急ピッチでヒトデナシが生産されているだろうから。そうなれば、また彼らにもカフェに来るくらいの余裕ができるかもしれない。でも、それまではすることがない。カフェを開けていても仕方がない。

突然の休日。

カメリはケーキを買いに行くことにした。

前にも行ったことがある螺旋街《らせんがい》の中心部にあるマントルの丘。そこには行列のできる人気のケーキ屋が集まっている。

テレビでよくそんな特集をやっているから、マントルの丘のどこに行列のできるケーキ屋があるのかをカメリはしっかり把握している。

ケーキを作りたい。

カメリは前々からそう考えていた。

いつも作っているような泥饅頭《どろまんじゅう》だけでなく、ケーキも店で出したい。あのカフェの好きなヒトデナシたちに、ケーキを食べさせてあげたい。だから、ケーキを作りたい。

そのためにはまずそれを自分が食べてみなければ。あの行列のできるケーキ屋でケーキを買ってそれを食べてみよう。

そう思うのだ。

テレビに出てくる行列のできるケーキ屋のケーキなら、ヒトデナシたちもきっと気に入るだろう。

マントルの丘というのは、もともとは地上にあった普通の丘だったのが何度目かの大地殻変動によって急速に沈下し地上から姿を消してしまったことでそう呼ばれるようになった地底の丘である。井戸状に陥没した円形の土地の中にある丘だ。

そのマントルの丘へは地下水路から行けばいい。

オタマ運河から分岐した水路沿いに階段を下っていった。

水路にはいくつもの水門があって、その開閉操作によって船は水位の差を越えていけるようになっている。水門と水門とのあいだはプールのようになっていて船が入っていないときは流れもないから、カメリはそこでたまに泳いだりする。オタマ運河は流れがきついしあちこちに複雑な渦《うず》も存在するので泳ぎにくい。でも、ここなら大丈夫。頭にとめたリボンを外して買い物カゴに入れ、それを水路沿いの石段の途中に置いて、カメリは腹甲で斜面を滑るようにして水の中に入った。

そのまままっすぐ底まで沈んでいく。

オタマ運河と違って水は温かい。

カメリのまわりを虹色《にじいろ》の魚が群れで泳いでいる。彼らも水門を利用しているらしい。穏やかな地底湖で卵から生まれ、成長すると船といっしょに水門を使って地上のオタマ運河まで登り、やがてまた産卵のために地底湖へと戻るのだという。

彼らにとっても水門と地下水路はなくてはならないものなのだ。

緑色の水の中に日光が射《さ》して、水路の底に波が映って見えた。そこから見る黄色い太陽がカメリは好きだ。

太陽の手前を雲が通り過ぎるのを眺める。

ゆっくりと動く雲は、カメの形をしていたりヌートリアンの形をしていたりヒトの形をしていたりヒトデナシの形をしていたりする。水の底から眺めているカメリの鼻先を、虹色の魚たちが編隊を組んで行き過ぎる。

カメリは底を軽く蹴《け》る。底に積もっていた泥が煙のように舞いあがる。

両手両足を動かしてじたばたと魚を追いかける。追いつけないことはわかっているが、おもしろいからそうする。

　魚を追いかけ続けていると突然、大きな強い流れに巻き込まれ、カメリは水中でくるくると回る。自分ではコントロールできない。上の水門からの注水が始まったのだ。もうすぐ船が来るのだろう。流れにまかせてシェイクされ続けてその酩酊感《めいていかん》をしばらく楽しみ、それから手近な岸へと這《は》いあがった。

　水から出ると甲羅が急に重くなったような気がするのはいつものこと。二本足で立つのが面倒になって、運河の脇《わき》にある芝生まで這っていき、そこで甲羅干しをする。日光を浴びてカメリはそのままぽかぽかと気持ちよく眠り込む。水門が開き、入ってきた船が芝生とカメリの甲羅の上に影を落とすまで。

　場所を変えて甲羅干しを続けてもよかったが、もう甲羅はすっかり乾いていたし、ケーキ屋のことも気になる。なにしろ行列のできるケーキ屋なのだ。ただ行くだけでなく、列に並ばなければならない。

　カメリは甲羅干しを切り上げて二本足で立ち、頭に赤いリボンをつけて、再び運河の石段を下りはじめた。

　カメリ、カメリ、と頭の上から声が聞こえた。見上げると、平底運搬船《ひらぞこうんぱんせん》の上にヒトデナシたちがぎゅうぎゅうに押し込められて乗っている。

　カメリ、今朝《けさ》は忙しくって行けなかったよ。

ヒトデナシたちが叫ぶように言った。

カメリが手を振ると、ヒトデナシたちはいっせいに手を振り返した。ヒトデナシたちの手の動きは波のようにきれいにそろっていた。

船が次の水門に吸い込まれていく前に、カメリはもういちど手を振った。

石段を下りきったところが地下への入口。灰色の壁にあいたその半円形の穴にカメリは入っていく。地下の水路に沿って付けられたメンテナンス用の側道なのだ。

天井には蛍光灯が並んでいる。いくつかは切れたままになっていたり、せわしなく明滅していたりする。

入ってすぐ水路は二股に分かれている。

カメリは右の水路沿いに進む。

ここを通行している船がいればメトロの手前まで乗せてもらうこともできるのだが、今日は見当たらない。

水路の分岐が増えてくる。分岐の方向によっては、水路の向こう岸にある側道に渡らなければならない。

そんなときは赤いリボンを外して買い物カゴに入れ、泳ぎながら水に浮かべた買い物カゴを鼻先で押していく。

マントルの丘への道筋は、ずっと前にヒトデナシたちが教えてくれた。彼らは工事現場まで地下水路を平底船で運ばれることが多いので、そのあたりには詳しいのだ。

ここまで来ると地下水路の水は冷たい。手足の感覚がなくなってくる。あまり長く浸《つ》かっていると本当に動けなくなってしまいそうだ。甲羅の芯《しん》まで冷えきって。そんなとき、カメリは考える。

思い出す。

イメージする。

甲羅干しのことを。

柔らかい草の上で日光を浴びているときの感覚を自分の中に再現しようとする。それでしばらくは冷たい水の中でも我慢することができる。

ヒトデナシたちが泥水の中でカフェのことやオムレツのことを思うのは、たぶんこういうことなのだろうと思う。

メトロの駅に着いた。

メトロは、もともとオタマ運河に棲《す》んでいたオタマジャクシから作られたものだと言われている。

カエルにはならない。カエルになってしまうより後ろ足が生えてきたオタマの状態で止まっているほうが地下水路の中を動きやすいから、カエルにならないように操作されているらしい。そして地下に棲んでいるせいか、目がないのだ。自然にそうなったのか、皮膚《ひふ》の感覚をさらに鋭敏にするために目を取られたのか、そのあたりはカメリにはわからない。

メトロという名はそこからきているという話もある。

こんな話だ。

昔、大人になりたくないオタマジャクシがいた。大人にならずに、生ぬるい水の中でずっと泳いでいたい、そう願い続けたのだ。

そして、そのオタマジャクシの願いは聞き届けられ、かなえられた。だが、それと引き換えに地下で暮らすことになり、そして、必要のない目を取られてしまうことになったのだという。

いらないから取ろう。

大人にならなくてもいいように操作した者たちが、そう決めたのだ。

目を取ろう、で、メトロ、と呼ばれることになった。

本当かどうかは知らないけどね、とマスターは教えてくれた。

まあ話としてはおもしろいだろ。

その、メトロがやってくる。

カエルにならないオタマ。

メトロは地下水路の中の決まった経路を一定速度で移動する。水路がヘドロで埋まりそうになるのをそうして防いでいるという。

これも豆知識、コーヒーだけに。

それもまたマスターのお決まりの台詞《せりふ》だが、どういう意味なのかカメリは知らない。

びしゃびしゃびしゃと泥を掻《か》き分ける音で、メトロが近づいてきたのがわかる。ぬめぬめしたオタマの丸い頭が、泥の向こうから現れた。

オタマの頭はぬるぬるした粘液に覆《おお》われているが、爪《つめ》をたてるとさっくりと突き刺さる。手足の爪すべてを使ってカメリはメトロに乗る。

メトロは水路のヘドロを食っている。食いながら進んでいく。泥が積もって塞《ふさ》がりかけている水路でも尾の付け根から突き出た小さな後ろ足で泥をキックしながら進むことができる。

カメリが爪を突き立てたところから、メトロの体液らしきものが滲《にじ》み出てくる。抜けないようにさらに深く突き刺すと、痛みは感じるのかメトロの速度が少しあがる。

べしゃべしゃとメトロは頭を左右に振るが、カメリは離れない。降りるべき場所までは、そうしてしっかりつかまっている。

大きな分岐点があるので、暗闇《くらやみ》でもその場所はわかる。

爪を開き、力を抜くとオタマの頭の曲線にそってするりと滑り落ちる。そのまま二本足ですとんと立てば、買い物カゴにもリボンにも泥はつかない。

そこには、狭い水路よりさらに狭いトンネルがある。カメリでも屈《かが》まねば通れないような小さなトンネルだ。甲羅を斜めにしてぐねぐねと下っていく。と、目の前に空間が開ける。

円筒の内側のような空間。

見上げると小さな丸い空が見える。

今日のように天気のいい日には、それが青い玉のように見える。

いつかテレビで見たことのある光る玉に似ている。

地球。

そう呼ばれていた。

それは、カメリたちのいるこの場所のことらしい。

ここを遠くから見ると、そんなふうに見えるのだという。簡単に帰ることができないほど遠いところからこの場所を見ると。

井戸のような縦穴の底に盛り上がった丘がある。それがマントルの丘。

丘にはじぐざぐの道がついていて、道の両側には背の高い樹《き》が生えている。樹だけではなくていろんなものが生えている。ヒトデナシみたいなものが生えていることもある。地面から継ぎ目なく生えているから、マントルの丘自体がそんな素材で出来ているのかもしれない。現に、地面はヒトデナシの皮膚にそっくりだ。だから、あの行列のできるケーキ屋もまた、そんなふうにして生えているもののひとつなのだろう。

そんなことを推論しながら、カメリは行列のできるケーキ屋の前に到着する。

ケーキ屋はテレビで見た通りの外観で、テレビで見たケーキ屋だから、もちろんテレビの中にある。マントルの丘に生えている大きなテレビの画面の中にあるのだ。

テレビの中にあるその店には、もちろんいつものように行列ができている。ヒトの行列だ。店の入口が見えないほどの長い行列だ。

テレビ画面の前に立つと、当然そこは行列の最後尾である。行列は少しずつ進んでいく。ひとりずつケーキを買ってひとりずつ去っていくのがカメリの立っているところからも見える。カメリは買い物カゴを持って、自分の順番が来るのを待っている。

待ち続ける。少しずつ列は進んでいく。

テレビの中にある店に近づいていく。

そして、いよいよ次がカメリの番。

ところが、そこでケーキは売り切れてしまう。

店員が、品切れのプレートを出す。

あの水路でのんびり甲羅干しをしたのがいけなかったのだろうか、とカメリは思う。だが、そうではないこともわかっている。そう思って何もせずにまっすぐやってきたときも、やはりこうなった。

なぜか、いつもそうなるのだ。

店は閉じられ、今までそれを映していたテレビの画面は暗くなる。

頭の上の丸い空も、いつのまにか暗くなっている。

こういうふうにプログラムされている、ということは、じつはカメリにはわかっている。あのテレビの中のケーキは、テレビの中にいる者にしか食べることができない。つまり、ヒトにしか食べることができない。

だから、ヒト以外のものが行列に並ぶと、その順番がくるひとつ前で売り切れるようになっているのではないか。行列に並ぶことは拒否しないが、売ってはくれない。たぶん、そうなっている。

そのくらいのことは推論できるのだが、しかしもしかしたら同じことを何度も繰り返せば何度目かには違う反応をかえしてくるかもしれない。そんなプログラムが入っている可能性だってあるではないか。そう思ってカメリはいつも行列に並ぶのだ。

それにしても、とカメリは思う。

あの行列のできるケーキ屋のケーキというのはいったいどういうものなのだろう。実物があれば、中身を推論できそうな気がするのだが、なにしろテレビでしか見たことがない。手に取ったことがないから、どんなものなのかわからない。

空《から》っぽの買い物カゴをさげて、カメリは来た道順を逆にたどって帰っていく。

今日も買えなかった。だからケーキを作ることはできない。

それでも、そんなこととは関係なく明日か明後日には、またヒトデナシたちでカフェは満員になるはずだ。

そしてたぶん、カメリは彼らのために、形だけはケーキに似せた泥饅頭《どろまんじゅう》をカウンターの中でせっせとこねるだろう。

カメリ、ハワイ旅行を当てる

カメリは、時々、オタマ運河の土手沿いにあるナガムシ商店街へ仕入れに行く。ナガムシ商店街はこのあたりではいちばん古くて長い商店街。その名の通りナガムシの半透明の殻《から》を使って作られている。そんな商店街の中にあるナガムシの頭の部分をふたつあわせたドーム状のふれあい広場で、それは行われていた。

ナガムシ商店街と白く染め抜かれた紺色《こんいろ》の法被《はっぴ》を着たヒトデナシたちの前に長テーブルがあり、その上に置かれているのは、八角柱を横倒しにして軸を通したような器具で、軸を中心に回転するたび、どざあああ、と何も映していないテレビのような音を出す。かなり大きな音だ。実際、カメリはどこからか聞こえてくる音の正体を確かめようとして、その光景に出くわしたのだった。

ヒトデナシの長い行列が出来ていた。手に手に紙切れの束を持っている。最近になって流通するようになった紙幣ではない。商品券でもない。その紙切れと引き換えに、器具についたハンドルを回すことができるらしい。

どざあああ、とハンドルが回されるごとに、八角柱の側面の穴から小さな玉がひとつ転がり出る。ハンドルを回したヒトデナシは、玉が出たことを確認してその場を離れ、そしてまた次のヒトデナシがハンドルを回す。

そりゃ、商店街の福引きセールだよ、と教えてくれたのは、石頭のマスターだった。その期間に商店街で買い物をすると、抽選補助券がもらえるんだ。たしか三十枚で一回引けるんだったかなあ。

マスターが言うと、三十五枚だよ、とカウンターのヒトデナシたちが訂正し、持っていた緑色の抽選補助券を見せてくれた。

工事に使う道具とか材料なんかをまとめて買うと、けっこうもらえるんだよ。

カフェの仕入れくらいじゃ三十五枚は到底無理だよなあ、とマスター。

ねえ、あれって、いったい何が当たるの？

洗い場で会話を聞いていた赤毛のヌートリアンのアンが尋ねた。

旅行だよ、旅行。

ひとりが答えると他のヒトデナシたちも声を合わせて続けた。

そうそう、ハワイ旅行さ。

夢のハワイ旅行が当たるんだ。

ハワイかあ、行ってみたいなあ、とアンがため息混じりにつぶやいた。

行ってみたいのか、とヒトデナシたち。

そりゃ行きたいわよ。だって、常夏《とこなつ》なんでしょ。サングラスかけて日光浴とかしたいもの。ねえ、あんたも甲羅干しとかしたいわよねえ。

そう言ってアンが甲羅を叩《たた》くから、よくわからないままカメリはうなずいた。

あ、そういうものなの、とヒトデナシたちは言った。

じゃ、これやるよ、とひとりが、抽選補助券を何枚かカウンターに置いた。

いいのかい、とマスター。

だって、あんなの当たる気しないし。ま、チップってことで。

他のヒトデナシたちも、そうだチップだチップだ、と喜んでカウンターの上に券を置いていった。その話が他のヒトデナシにも伝わったらしく、抽選補助券をチップとしてカウンターに置いて帰る、という行為がしばらく流行した。当たる気しないハワイなんかより、ここで喜んでもらえるほうがいいよ、と。

ヒトデナシたちの置いていった緑色の抽選補助券は、カウンターの隅のガラス瓶の中に貯《た》められ、福引きセールの最終日にアンが数えてみると五百八十四枚あった。

すごいじゃない、いったい何回やれるのかしら。

すぐにカメリが暗算した。

それじゃカメリとアンで八回ずつ引けばいいよ、とマスター。

マスターは？

アンが尋ねると、いやあおれはいいよ、とマスターは大きな頭を振る。

当たってても店を休むわけにはいかないし、それに――、と抽選補助券の束をカメリとアンの前に押し出しながらつぶやいた。

そんなことに自分の運を使いたくないからな。
＊

夕方、まだ店が忙しくならない時間帯に、カメリとアンは商店街へと急いだ。

昨晩から寒波が襲来していて、今日も風が強い。信号機のある交差点では、川原から吹き上げられた砂粒が地面にぶつかってぱちぱちと音をたてていた。信号機はあいかわらずどこかに向かって意味不明の信号を送りながら、調子の狂ったメロディーを演奏している。通りゃんせ通りゃんせ、と言っているのだといつかマスターが教えてくれた。往路は問題ないが復路は要注意、というようなことを歌っているのだと。

アーケードの外にまで福引きの行列が伸びている。交差点を渡って、その最後尾に並んだ。並んでいたヒトデナシたちは不思議なものでも見るようにカメリとアンを見た。アンが黙って見返すと、ヒトデナシたちはいっせいに目をそらした。

なんか陰気な連中よね、とアンがささやいた。うちの常連とはえらい違いだわ。

確かに、カフェに来るヒトデナシたちとは様子が違うようにカメリにも思えた。黙って、ただ並んでいる。夢のハワイ旅行のために並んでいるようには見えなかった。ただ、そうすることになっているから仕事として並んでいる。そんなふうに見えるのだ。

アーケードの天井のスピーカーが音楽を流している。それがハワイアン音楽であることはカメリにもわかる。テレビで見るハワイには、いつもこの種の音楽が流れていた。

ようやく順番がきてカメリとアンが抽選器具の前に立つと、商店街組合の法被を着たヒトデナシたちは顔を見合わせた。ヒトデナシのひとりが何か言いかけたとき、アンが抽選補助券の束をどさりと長テーブルの上に置いた。そして、ヒトデナシたちにかまわず抽選器具の中心から突き出たハンドルを握り、勢いよく回した。

どざあ、と八角柱のドラムが一回転した。かたん。乾いた音とともに受け皿に出たのは黒い玉。はい、残念、とヒトデナシのひとりが言った。どざあ、とまたアンが回す。かたん。はい、残念。どざあ、かたん、はい、残念、が八回繰り返された。

きいいい、とアンが威嚇《いかく》するような高い声を発すると、ヒトデナシたちはいっせいに飛び退《の》いた。そんなことには構わず、さあ、あんたも引くのよ、とアンがカメリの甲羅を叩《たた》いたから、カメリはハンドルに手をかけ、回した。どざあ。そして、かたん。

あ、とアンがつぶやくように言った。

ヒトデナシたちも、あ、の口のままで動きを止めた。

かたんことことこと、と受け皿の中で小さくバウンドしているのは金色の玉。

やったあ、とアンが叫んだ。夢のハワイ旅行だよ。

あああ、あの、あの、あの、と法被を着たヒトデナシたちが言った。

なによ、なんか文句あるの、とアン。

いや、あの、この企画はですね、カメのためのものではなくて——。

そんなこと、どこにも書いてないじゃない。

それは書いてないんですが。

でしょ。で、これは何色？

アンは受け皿の玉をつまんで突き出した。

金——ですね。

金色は何等？

特等——です。

やったあ、夢のハワイ旅行にご招待よ。

アンはカメリの甲羅を掌《てのひら》の肉球でばしばし叩き、長テーブルの上にあった鐘《かね》を勝手につかんで振り回した。

からあん、からあん、からあん、からあん。

夕暮れの商店街にアンの鳴らす鐘の音が大きく響き渡り、天井のスピーカーからは、あいかわらずハワイアン音楽が流れていた。

＊

本当に当たるなんてなあ、とマスターは呆《あき》れたように言った。

連中、困ってただろ。

なんかごちゃごちゃ言ってきたから噛《か》みついてやった、と笑うアンの鋭い前歯にはまだヒトデナシの肉片がついている。

おいおい、あんまりめちゃくちゃしないでくれよ、とマスター。

めちゃくちゃなのはあっちじゃない、とアンは鼻をふんふん鳴らす。カメはダメだなんてどこにも書いてないのにさ。

そりゃそうかもしれないけど、マスターはつぶやくように言った。まさかほんとに当たるなんてなあ。

と、そのとき、がぼっと水音がしてカメリが水没した地下から両腕に缶詰を抱えて戻ってきた。その中身と泥をこねて泥饅頭《どろまんじゅう》を作るのだ。ヒトデナシたちが食べる泥饅頭。缶詰は地下に大量にある。この世界を壊してしまう少し前に、ヒトがこの地下に貯蔵した缶詰らしい。そんな地下室を発見したマスターが、その上にこの店を作ったのだ。からころん、とドアベルを鳴らして常連のヒトデナシたちが入ってきた。

やあカメリ、夢のハワイ旅行を当てたんだってな。

おめでとう、カメリ。

やるな、カメリ。

それがひどいのよ、とアン。当たったあとで、カメはダメ、なんて言うのよ。そんなこと、どこにも書いてないのにさ。

なんだよ、カメはダメなのかい。書いてないだろ、そんなこと。そうだそうだ。文句を言わなきゃダメだよ。アンも噛みついてやればよかったのに。

もう噛みついてやったわよ。

やっぱりな。

だと思ったよ。

カメリはキッチンで泥饅頭をこねながら、そんな会話を聞いていた。

仕事を終えたヒトデナシたちが次々に入ってきて、次々に会話に加わった。

そのうちアンは興奮し、今から商店街の組合本部まで抗議に行く、と言い出した。

ヌートリアンというのはそもそも沼地での戦闘用に作られたものだから気性《きしょう》が荒いのだ。そういうモードに入ってしまうともう誰にも止められない。注文がとぎれたあいだに、ひょいと出ていったかと思うと、しばらくして右腕を一本くわえ、店に戻ってきた。戻ってきたときのアンは、顔つきも体つきもすっかり変わっていて、裏口を出たところで鉢合わせしたマスターは、それがアンだとわからずに腰を抜かしたらしい。アンはそんなマスターを見て笑い転げた。

いったい何をしてきたのかアンは言わなかったが、アンが口にくわえて帰ってきたその腕には見覚えのある紺色の法被の袖《そで》がついていた。

店の後片付けのあいだ裏口に置いたままにしていたその右腕を、アンが大切そうに抱えて帰った。おみやげおみやげ、と嬉《うれ》しそうにアンがつぶやく。誰へのおみやげなのか、カメリは知らない。誰と暮らしているのか、もしかしたら子供がいるのか、そのあたりのことをアンはあまりしゃべらないのだ。アンのことでカメリが知っているのは、オタマ運河の葦原《あしはら》のどこかに住んでいるらしいということだけ。

紺色の法被を着たヒトデナシが店にやってきたのはその翌日の午後。

ああこのたびはどうもこちらの不手際《ふてぎわ》でいろいろとご迷惑をおかけしてしまいまして、とぺこぺこ音をたてて頭を下げながら入ってきたのは右腕も法被もちゃんとあるからアンが右腕を食い千切《ちぎ》ったのとは別のヒトデナシだろう。いくらヒトデから作られたヒトデナシでも、腕一本をまるまる再生するには何日もかかる。

あれからさっそく検討しましたところ、夢のハワイ旅行当選、という結論に落ちつきまして――。

当たり前じゃない、とアンがつぶやくと、ヒトデナシは一瞬身体《からだ》を硬直させ、それからあわてて続けた。

当たり前です当たり前です。

＊

おっしゃる通り、それはもちろん当たり前なのですが、技術的に困難な点もあったということもおわかりいただきたいわけでして、そのつまり、ご存知のように、ハワイというのはいわゆる海外でして、海外というくらいですからもちろん地続きではございません。ですから、そこに行くためには特別なパスが必要になってくるわけで、そのあたりに若干の技術的問題があったわけです。そもそもハワイというのは、芸能人がお正月に出かけるために作られたところでして、芸能人というのは、もちろんご存知でしょうが、テレビの中に住んでいます。今ではすべてのヒトがテレビの中に移住しましたが、かつてはごく一部の限られたヒトしかテレビの中に入ることはできませんでした。当然、ハワイもまたテレビの中にあります。

我々、ヒトデナシが福引きでハワイへの旅行を当て、定期的に行き来しているのは、その相互作用によってテレビの中とこの世界との接点を維持するという意味があるのですが、まあこれもご存知ですよね。ヒトもときどき我々の肉体に入ってこの世界に旅行に来ます。おもに、盆と正月です。そして、その際には同じだけヒトデナシが向こうへ行かなければなりません。そうしないと情報の落差によって発生するポテンシャルでふたつの世界の接点が破断してしまう可能性があるからです。福引きという方式は、その作業に伴う危険をさらに小さくするためのもので、つまりある収束していない確率状態を発生させるためでして、ですからカメはダメというのは、これはもう純粋に技術的なことであって、あ、いえいえいえ、ダメではないのです、カメはダメではない、そうです、落ちついてください落ちついて、大丈夫、カメでも大丈夫、カメでも行けます。その方法が見つかりました。見つけたのです。そうです。夢のハワイ旅行です。特別におこづかいの商品券もつけましょう。ただご了承いただきたい点がございましてそれはですね――。

説明をひと通り終えると、ヒトデナシは逃げるように帰っていった。

それじゃ、カメリは明日お休みだな、とマスターが言った。

いいないいな、とアンが歌うようにつぶやいた。夢のハワイかあ。

からころん、とドアベルが鳴って常連のヒトデナシたちが入ってきた。皆、カメリのハワイ旅行が実現したことを聞いて喜んだ。それから、テレビでしか見たことのないハワイについて、夜遅くまでしゃべりあった。おかげでカメリにもハワイというのがどんなところなのか、だいたいわかった。椰子《やし》の木があって、どんな料理にもパイナップルが使われていて、常夏で日射《ひざ》しが強くて、だからカメでもないのに皆が甲羅干しをしていて、おみやげ用のマカダミアナッツ入りチョコレートがある。

では、おみやげにはそれを買ってこよう。そんなことを考えながらカメリは明日の仕込みをした。自分がいなくても、店がうまくまわるように。

夢のハワイの話を聞かせてよね。

帰り際、アンがささやいた。

＊

翌朝、言われた通りカメリはナガムシ商店街の組合事務所へと向かった。

商店街の裏の狭い通りに面した入口のブザーを押すと、片腕のヒトデナシが出てきた。カメリを見ると、とりあえず中へ、と招き入れ、からからぴしゃんと引き戸を閉めた。

昨日聞いたと思うけど、本当はカメはハワイには行けないんだよ。でもなんとか今回は行けるようにした。そのために別会社まで作ったんだからな。そう言いながら、旅行券とおこづかいの商品券、そしてハワイへの地図が描かれたメモをカメリに手渡した。

地図によるとハワイはそんなに遠くないようなので、カメリは歩いて行くことにした。

オタマ運河にさしかかると、現場に向かう平底運搬船がずらりと並んで接岸しているのが見えた。もうすぐヒトデナシたちを満載して出発するはずだ。

カフェの常連のヒトデナシたちを探したが、どこにいるのかはわからなかった。

土手を歩いていくと、上流に貨物線の操車場が見える。その西側には高い建物が傾いたままでたくさん残っている。地図が示しているのは、そんな建物のひとつだった。

カメリの住んでいるアパルトマンよりもずっと古そうな建物だ。正面にまわると、建物に入っている会社名のプレートが並んでいた。

『トータルリコール社』

それは、商店街のハワイ旅行を扱っている旅行社だった。福引きの垂れ幕にも、その名前はあった。だが、その会社はヒトとヒトデナシしか扱っていないので、同じフロアにある別の旅行社に行くように言われていた。

同じフロアに『タートルリコール社』と『トータスリコール社』が並んでいた。

あのヒトデナシは会社の名前を言わなかったからどちらの会社に行けばいいのかわからない。しばらく考えて、カメリは『トータスリコール社』に入った。トータスとタートル。模造亀《レプリカメ》がどちらに属するのかわからないのだが、少なくともタートルというのは海亀だったはずだから。

入ってみてすぐ、迷う必要などなかったことがわかった。

入口が違うだけで、中は同じだったのだ。なんだかつるつるした顔の眼鏡をかけた社員が出てきた。眼鏡をかけたヒトデナシを見たのは初めてだった。

ようこそ、トータスリコール社へ。社員は笑顔で言った。旅行券を出すと、ああ、ふむふむ、なるほどなるほど、と社員は何度もうなずいた。荷物は？

カメリは、右手に持っていた買い物カゴをカウンターの上に置いた。赤いリボンだけしか入っていない買い物カゴ。持っていくものは他にない。おみやげを入れようと買い物カゴだけ持ってきたのだ。

ふむふむふむふむふむ、ではこちらへ、と先にたって歩き出す。

奥のドアを開けると白い部屋。壁も天井も床も白。その中に角《かど》を丸くした白い箱が並んでいる。カメリの甲羅よりひとまわり大きい蓋《ふた》のある箱だった。

あれがハワイ、とカメリは思った。あの中に夢のハワイがある。

そうです、あの中に折り畳まれています。折り紙のように――、と社員は言った。

箱の中は暗くて静かでひんやりしていた。目を開けていても閉じていても同じくらい真っ暗だったから、目を開けているのか閉じているのかわからなくなってしまった。

ハワイだけではなく、世界というのは、そもそも折り紙のようなものなのです。入力される情報を決められた手順である形に折りあげる。同じ正方形の紙が、その折りかたによっていろんなものになります。ツルになったりカメになったり、その折りあげられた形が世界というものなのです。言いかえれば、折り変えることで、別の世界に行くことができる。夢の世界にだってね。

なんだ、夢なのか、とカメリは思う。でも考えたらそんなことは初めからわかっていたことなのだ。そもそもこれは「夢のハワイ旅行」なのだから。

自分というものが、甲羅からぱたぱたぱたと展開されていくのがわかった。ああ、こういうことか、と思いながら、でも、それがどういうことなのかはわからない。

あの社員の声だけが遠い波音のように聞こえている。

ただ、いちど折ってしまったものをまた折り直すというのには問題がなくもない。もう折り跡がついてしまっていますからね。あんまり何度もやると紙が破けてしまう。だから、前もってよく練習しなきゃならない。破けてもいいような、どうでもいい紙でね。

＊

商店街の福引きの音だと思っていたら、波の音だった。目を開けると、そこは陽光のふりそそぐ海岸だ。さっそく甲羅干しをしようとして、そこで初めて自分に甲羅がないことに気がついた。

自分の身体をあらためて見た。赤いビキニを着ている。胸もけっこう大きいし、腰もくびれている。テレビの中の生ビールのCMに出てくるような女のヒトだった。

立ちあがって、身体の感覚を確かめるように、波打ち際を歩いてみた。足の裏の砂の感触が心地よかった。しばらく行くと、壁にぶつかった。ぶつかるまでそこに壁があることがわからなかった。壁には海岸の映像が映し出されていたのだ。

青空の隅に緑色の枠があって、『EXIT』という文字が白抜きで輝いている。その真下に立つと、海岸がふたつに割れて、ロッカーの並ぶ部屋に出た。

自分の手首についているのがそのロッカーの鍵であることは、すぐにわかった。

わかったというか、知っていた。なぜそんなことを知っているのかはわからなかったが、もともと自分の中にあった何かが折り変えられてそうなったのだろうと思った。

もうずいぶんこのハワイにいるような気がした。いや、気がするだけでなく、その記憶もしっかりある。海水浴も日光浴もたっぷり楽しんだし、泥エステもやった。いろんなお風呂にも入った。ロッカーを開け、ジーンズと甲羅色のセーターに着替え、いっしょに入れていた買い物カゴを持った。赤いリボンも入っていたが、ちょっとここでは場違いかな、と思った。ロッカー室を出て椰子の木の並ぶロビーを抜け、正面ホールの大きな回転扉から外へ出ると、そこは商店街をいくつも積み重ねたようなところだ。

どざああああああああ。そんな福引きのような音をたてて、頭の上を蛇のような細長くてくねくねした乗り物が通過していった。

ジェットコースター。

そんな単語が泡のように浮かんできた。それは、最初から自分の中にあったような気がした。これまでは、折り畳まれて見えなかっただけで。

ジェットコースターにはたくさんのヒトが乗っている。

ヒトデナシではなく、全員ヒトだった。ヒトは皆、絶叫していた。

『月世界公園ハワイアンランド』

今出てきた建物には、そんな赤いネオンサインが輝いていた。その下には『ワイキキビーチと世界の温泉』という文字。

いろんな店の並ぶ通りに『世界のおみやげ』という店があったので、おこづかいの商品券でマカダミアナッツ入りチョコレートを買った。

ハワイの外はすっかり冬だった。セーターでも寒いくらい。空もどんより曇《くも》っている。

高い塔があった。展望台行きのエレベーターがあった。

せっかくだから上がってみた。

「この塔はな、パリの凱旋門《がいせんもん》の上にエッフェル塔をくっつけたデザインなんやで。だから、このまわりの通りもパリみたいに放射状になってるわけやな」

すぐ隣に立っていた男が、そう話しかけてきた。

「なあ、よかったら案内したげよか」

「まにおうてるわ」

そんな言葉が自然に出てきた。まるで、ずっと前にすでに起きたことのように。

男は軽く舌打ちして去っていった。

地上のいたるところで工事が行われていた。

『みんなでつくろう新世界』

そんな横断幕があちこちに掲げられている。工事をしているのは、ヒトデナシではなくヒトだった。この世界には、ヒトデナシはいないのだろうか。さっきマカダミアナッツ入りチョコレートを商品券で買ったときのお釣りの硬貨があったので、展望台の双眼鏡のスリットに入れてみる。もっとよく地上を見たくなったから。

そして、レンズを覗《のぞ》きながらゆっくりと双眼鏡を動かしたとき、それが目に飛び込んできたのだった。

工事現場の運搬車両から資材が下ろされるところ。荷台の上の鋼材。フォークリフトがそれをパレットごと持ちあげる。それを運転しているのは、ヒトではなかった。

カメだ。この世界にも模造亀はいるのだ。

双眼鏡から目を離して、その場所の見当だけつけると、非常階段を駆け下り、そのまま走った。でこぼこの道を、息が切れても走った。どこかでサイレンが鳴っていた。

放射状に伸びた道をまっすぐ走って、そして、さっきのフォークリフトを見つけた。誰も乗っていない。あたりを見まわしたが、他の作業員もいない。それでやっと、さっきのサイレンがお昼のサイレンだったのだと気がついた。昼休みなのだ。

昼休みが終わる時刻にまたここへ来ればいい。そう思ってあたりを歩いた。

『完成予想図』の看板が立っていた。テレビで見たことのあるいろんな動物が柵《さく》の中にいて、そのあいだをヒトが大勢歩いている。そんな絵だった。知っている動物も知らない動物も、いろんな動物がそこにいた。ヒトも含めて。そういうものがここに作られるらしい。

フェンスの隙間《すきま》から中を覗いてみると、そこには小さな丘があった。

その丘の斜面に、さっきのカメがいた。

草の上に座って、何かを食べている。

フェンスをくぐって近づいていくと、こちらに気づいて食べるのをやめ、そしてまた食べはじめた。袋に入ったパンの耳を食べているのだった。

その隣に並んで腰を下ろした。

なぜこの世界では自分はカメではないのだろうと思った。隣のカメはパンの耳を食べ終えてもまだそこに座っていたからそのままいっしょにそうしていた。

買い物カゴの中のマカダミアナッツ入りチョコレートが目に入った。どうせこれは、あっちへは持っては帰れないのだろうと思った。だって、これは夢のハワイ旅行なのだから。

椰子の木の絵のついたその包装紙をばりばりと破いて箱を開け、カメの前に出した。

カメはしばらくそれを見ていたが、手を出してひとつ取った。並んでいっしょに食べた。

夢のハワイの味がした。

そのうち昼休みが終わって、カメは仕事に戻っていった。残ったチョコレートは箱ごとあげた。カメはチョコレートの箱を持って仕事場へ戻っていった。

「おっ、なんだなんだ、こいつチョコレートなんかもらってるぞ」

「隅におけないな」

カメといっしょに働いているヒトたちが、そんなことを言いあって笑っていた。

カメリは今もよくハワイのことを思う。

あの亀の甲羅の中にも自分はいるのだろうか。

そんなことを考えたりする。

夢のハワイがどこかにあることはわかった。では、いったいどうやればそこに行けるのか。カメのまま、そこに行く方法はあるのか。

それはわからない。

でも、またいつかハワイに行こう。

誰にも言わないが、カメリはそう決めている。

カメリ、エスカルゴを作る

最近、カメリは図書館に通うようになった。

螺旋街《らせんがい》は川によって二分されている。他に名前はあるのだが大きい川だから単に大川《おおかわ》と呼ばれることが多いこの川の右岸にカメリの勤めるカフェは位置しており、図書館はこの川の中之島《なかのしま》にあった。

模造亀《レプリカメ》はあまり速くは泳げないから、カメリはいつも流されながらなんとか中之島までたどり着き、その岸に這《は》いあがる。

昔、ここには橋があった。その橋が右岸と中之島と左岸とを繋《つな》いでいたのだ。カフェの常連のヒトデナシがカメリにそう教えてくれた。そして、もうすぐそこに新しい橋ができるということも。

カフェの常連のヒトデナシたちがその工事をしているというから確かな話だ。

そうなったらもっと簡単に図書館に行けるようになるだろう、とカメリは思う。

中之島の端からは左岸にある駅の大屋根が見える。螺旋街にいくつかある駅のひとつだ。

駅にはいろんなものがやってくる。ヒトデナシたちの行っている作業の材料とかそれに使う機械とか補充のヒトデナシたちがコンテナから吐き出されてくることもある。列車で運ばれてきたヒトデナシたちが連なってわやわやと大川を渡ってくるのをカメリは何度か見たことがある。

中之島は、ほんとうは島ではなくて大きな船なのだといつかカフェのマスターが言っていた。

星のあいだを渡ることもできる船だった。大川に沈んだままになっているが、でもまだ生きていて、その証拠に下流にある万国博覧会記念塔に今も電波を送りつづけている。それでテレビが映るのだ、と。

では、ヒトが引っ越していったテレビの中の世界というのは、あの図書館と同じようにその船の中のどこかにあるのだろうか。

カメリはそう推論したりもするのだが、しかしマスターの話がどこまで本当なのかがわからないのでそれ以上は推論を進めようがない。

マスターはとにかくいろんなことを知っている。シリコンでできた彼の頭にはいろんな役に立つ情報が詰まっている。もっとも、マスター自身がそう主張しているだけで、ほとんどが古くなって役に立たない情報だ、などと皆に笑われることのほうが多いのだが。

しかし、すくなくとも、この中之島にある図書館に関する情報はカメリにとって大いに役に立つものだった。

わからないときは図書館に行けばいいんだよ。

カメリの発する様々な疑問に対して、石頭のマスターはそう答えたのだ。

まあそれでわかるとは限らないけど、それでわかることもあるからな。

そして、図書館の場所とその利用法を教えてくれた。それからカメリをあらためて見つめてつぶやいたのだ。

なんか近頃、やたらといろんなことを知りたがるようになったよなあ。

色気づいたんじゃないか、と続けようとして、あわててその言葉を呑《の》み込んだのは、ウエイトレスのアンと目があったからだ。なにしろ、それってセクハラよ、が口癖の赤毛のヌートリアンである。

アンは、テレビの連続ドラマが好きだ。カフェが閑《ひま》なときはいつもテレビを見ているし、閉店したあとも、お気に入りの番組があるときは店に残って見る。そんなときのアンの顔は穏やかで幸せそうで、泥沼戦用兵器であるヌートリアンにはとても見えない。

そんなアンに戸締りを頼んで、マスターは家へ、カメリもアパルトマンへとそれぞれ帰っていった、というのが昨晩のこと。

そして今朝《けさ》、いつも通り出勤してきたカメリは、目の前の光景にしばし推論停止状態に陥ってしまった。

カフェの壁と屋根がない。そこにあるのは、剝《む》き出しになったカウンターとテレビだけ。その前で、マスターとアンが同じようにぽかんとした表情で突っ立っていた。三人で顔を見合わせたまま、しばらく黙っていた。

どうなってんの、これ。

ようやくアンが言った。

こっちが教えてほしいよ。

マスターがつぶやいた。

昨夜ちゃんと戸締りして帰ったわよ、とアン。

わかってるわかってる、そういう問題じゃない。

そうよね。

アンはカウンターの上のテレビのスイッチを入れた。

あ、ちゃんと映った。よかったじゃない。

嬉《うれ》しそうにアンが言った。

そういうことでもない。

なくなってしまった壁に沿って歩きながらマスターはつぶやいた。

そこへヒトデナシたちが次から次へとやってきた。仕事に出かける前と仕事の後にカフェに寄ることが習慣化しているヒトデナシたち。カフェの常連のヒトデナシたちだ。

なんだなんだ、どうなってる？

なんだなんだ、どうなってる？

なんだなんだ、どうなってる？

彼らは互いの触手を連結して高速で情報の交換を行い、どのヒトデナシの内部にもその事態に関する知識がないことがわかると声をそろえてマスターに尋ねた。

なんだなんだ、どうなってる？

どうもこうも、今朝来たらこうなってた。

マスターが答えた。

なんにしても、これじゃ当分のあいだ店はやれないな。

そりゃ困る。

ヒトデナシたちがいっせいに言った。

なんだなんだ、どうなってる？

なんだなんだ、どうなってる？

なんだなんだ、どうなってる？

あとから来たヒトデナシたちは、口々に言いながら先に来ていたヒトデナシたちと触手を繋《つな》ぎ、声をそろえた。

そりゃ困る。

大丈夫大丈夫、とカウンターの中に入ったアンが言った。

なくなったのは外側だけで、中身はこうしてちゃんとあるんだからさ。

そう言いながらいつもの手順で泥コーヒーを作りはじめた。

そうなのか、とヒトデナシたち。

まあ、そうかな、とマスター。

それを聞くとヒトデナシたちはいつものようにカウンターの前にきれいに並んだ。カメリもカウンターの奥で泥と缶詰の中身をこねて泥饅頭《どろまんじゆう》を作った。

毎朝そうするように、ヒトデナシたちはコーヒーを飲み、饅頭を食べた。

うまいうまい。

彼らは口々に言った。

うまいよ、カメリ。

うまいよ、アン。

テレビは朝の連続ドラマをやっていた。これもいつも通り。画面の隅には、時刻を示す数字が映っている。それは、この世界でいちばん正確な時計だと言われていた。もちろん、ヒトデナシたちの仕事もその時計に基づいて計画され、進められているという。だから朝は、いつもこのチャンネルに決まっている。

四角い画面の中では今日も連続ドラマが進行している。主人公の女性が意地悪な上司にどう考えても不可能な仕事を押し付けられ、それでもなんとかやりぬこうと奮闘努力しているというのが昨日までのところで、今日は主人公の先輩にあたるぶっきらぼうだが優しい男性が、困っている主人公に手を貸そうとしていた。

テレビの中には、主人公や主人公の上司や主人公の先輩の他にもたくさんのヒトがいる。ずっと前にこの世界から引っ越してしまったと言われているヒトたちが、その世界で笑ったり泣いたり怒ったりしている。

連続ドラマが終わると、ヒトデナシたちはいっせいにカウンターを離れる。そのまま
ひと繋がりになってわしゃわしゃわしゃとその日の現場を目指して歩いていくのだ。

そんなヒトデナシたちの背中に、いってらっしゃい、とアンが声をかける。

チャンネルを変えると、料理番組が始まったところだ。カメリはいつもそれを見る。

こんな料理を作ることができたらヒトデナシたちはもっと喜ぶのではないか。

カメリはよく、そんなことを思う。

だが、テレビで見るだけではその材料も作り方もほとんど推論できない。今のところ
カメリにできるのはその形だけをなんとか真似《まね》た泥饅頭を作るくらいだ。それでもヒト
デナシたちは前より喜んでいるような気がする。もちろん、ほんとうにヒトデナシたち
がそんなことで喜んだりするものなのかどうかカメリにはわからないのだが。

そうか、犯人がわかったぞ、と、マスターが突然、叫んだ。

カメリが振り向くと、マスターはテレビの画面を指差していた。

指差したままテレビの中の探偵のような口調で続けた。

こいつが犯人だ。

そこには、今日の料理が映し出されている。

「さて本日は、ご家庭で簡単に作れるエスカルゴです」

テレビの中で、ヒトが言った。

＊

なに、それ。

エスカルゴンがやったにちがいないと主張するマスターにアンが尋ねた。

エスカルゴンっていうのは、巨大化したエスカルゴのことだ。つまり、エスカルゴ怪獣エスカルゴンだな。

なにがつまりなのよ、とアン。

だからほら、さっきテレビでやってただろ、あれだよ、あれがエスカルゴ。昔はこのあたりにたくさんいた巻貝だ。

ああ、オタマ運河にいるタニシみたいなやつね。

いや、形は似てるんだが、このエスカルゴというやつは巻貝だけど地上に棲《す》んでる。おまけにあんな料理になるもんだから乱獲につぐ乱獲でついには絶滅寸前、そのうちいっさい捕《と》ってはいけないと法律で決まってしまった。調査目的で捕るというのだけは許されてたんだが、そんなの年に数匹のことだからな、料理したって一人前にもならない。で、腹を立てた誰かが、その遺伝情報をこっそりいじって大きくしたんだな。ほら、ものすごくでかけりゃ一匹でもたっぷり食うことができるだろ。それなら法律に反することなく腹いっぱいエスカルゴが食えるってわけだよ。でも、大きくなったのはいいんだが、味も同じくらい大味になったというか、まあはっきり言って不味《まず》くなった。だからエスカルゴンは、エスカルゴが地上から消えたあとも残ったんだな。

マスターは説明した。

エスカルゴンは石灰分を食べることもある。殻《から》を大きくするのに必要なんだ。それでうちの壁と天井を食っちまった、ということだろうな。

いつもそういう見てきたようなことを言うけどさ、とアンが口を尖《とが》らせるのもいつものこと。

でも、これがそのエスカルゴンのしわざかどうかなんてわからないじゃない。

カメリもうなずいた。

じゃ、証拠を見せてやる、とマスターはカフェの壁があったあたりにうずくまると、そこに自分の掌《てのひら》をあててアンとカメリの顔の前に持っていった。

マスターの掌はどろりとした粘液にまみれている。

これだ。

なに、それ。

これがエスカルゴンの足跡《あしあと》なんだよ。いや、足はないから這《は》い跡《あと》というべきかな。まあそんなことはどっちでもいい。ようするに陸に棲む貝だから、身体《からだ》がこういうねばねばした液に被われてて、這ったところにはその跡が残るんだ。これがまた、いちど手につくと洗ってもなかなかとれないんだよな、とマスターは、そのねばねばのついた掌をアンの毛皮に擦《こす》りつけようとして、肉球のある手で張り倒された。

ま、そんなわけで、と起きあがりながらマスターは続ける。

この這い跡はなかなか消えない。だから注意して見ると、ほら、とマスターの指差す方向には、なるほど地面や草の上に光を反射して銀色に光る帯のようなものが続いている。

じゃ、あの先にそのエスカルゴンがいるってこと？

その通り。ちょっとこれから見てくるよ。

そう言うなり、そのまま走り去ってしまったマスターを見送って、そんなの見つけたところで店がもと通りになるわけじゃないのに、とアンが肩をすくめながらカウンターの中に入る。待っていても仕方がないので、カメリとアンで夕方の営業のための仕込みを始めた。

カメリは水没した倉庫に潜って缶詰を取ってきて、その中身と泥とをこねて饅頭を作り、アンは泥コーヒーの用意をする。ひと通り終わるのを見計らったように、マスターが帰ってきた。

それで、そのエスカルゴンとやらは見つかったのかなあ？

とげのある口調でアンが尋ねた。

いやあ、とにかくあの銀色の跡を追いかけられるだけ追いかけてはみたんだけどさ、と石頭をかきながらマスターが答えた。

敵もさるもので、途中で自分の這い跡をわからなくするために大川に入ったらしいんだな。正面に中之島が見える土手のあたりまでは行ったんだけど、その先は追跡不可能だったよ。

そんなことだろうと思った、とアン。

まあ、考えてみれば見つけたところでこの店がもと通りになるわけじゃないしな。

今さらのようにマスターがつぶやく。

＊

エスカルゴンの行方は、そのあとですぐ判明した。

夕方、カフェにやってきたヒトデナシたちが知っていたのだ。マスターの話を聞くなり、彼らは口をそろえて言った。

ああ、あれならもう処理しちゃったよ。

処理って、どう処理したんだよ。

マスターが尋ねた。

土手を歩いてたのを全員で川に引っ張り込んで分解したんだよ。あの殻は、いい材料になるからね。中身は皆で食っちゃったけど。

おいおい、あの殻の中にはこの店の壁と天井も入ってるんだよ。その分だけ、こっちに回してもらうってわけにはいかないのかな。

マスターが言った。

ヒトデナシたちは顔を見合わせ、触手で繋がりあった。そのまましばらくびゅるびゅる動いていたかと思うと、ひとりのヒトデナシが代表するように口を開いた。

それはそうしてあげたいよ。だって、おれたちにとっても大切な店だからな。なんとかもと通りにしてあげたい。でも、決められていない工事はやれないんだよ。そういうふうにできているんだろうな。うん、できないようにできているんだ。だから無理なんだよ。

わかってるわかってる、冗談だよ、とマスターは言った。

エスカルゴンっておいしいの？

アンが尋ねた。

まあうまくはないね、とヒトデナシたち。

うん、あんまりうまくないよ。

ほらな、とマスターがカメリとアンにささやいた。

エスカルゴはうまかったらしいけどね、と別のヒトデナシが言った。

うん、ずっと昔食べたことがあるんだが、たしかにあれはうまかったな、とマスター。

食べたことがあるのかい、エスカルゴンじゃなくてエスカルゴを、とヒトデナシたちがいっせいに言った。
まあ、ずっと昔にだよ。
そりゃうらやましいな。
ヒトデナシたちがマスターを囲む。
いちど、この店で出してくれよ。
無理だよ、とマスター。
わかってるわかってる、冗談だよ、とヒトデナシたち。
もちろん冗談だけどさ、とヒトデナシたちは続ける。
柱になる前にいちど食べてみたかったよな。
うん、冗談じゃなくね。
うん、これは冗談じゃないよ。

*

カフェがあんなことになったせいでいろいろと用事が増え、このところなかなか閑ができなかったのだが、ひさしぶりにカメリは図書館に来ることができた。もっとも、それも店の用事のひとつではあったのだが——。
マスターに調べものを頼まれたのだ。

この螺旋街の昔の地図が欲しいという。

街のあちこちにはまだ使える材料が残ってるだろうからな、とマスターは言った。だいたいどのあたりに何があったかを昔の地図で調べて探すしかないだろ。ずっと壁も天井もなしってわけにはいかないしな。

ああ見えても、ちゃんと店のことは考えているらしい。

カメリもアンも、そのことに少し感心した。

中之島の図書館は、大きく傾いていてその半分以上が地面に沈んでいる。

奥に向かって傾斜したその暗い通路は途中から水に浸《つ》かっていて、カメリはいつものようにそのまま水の底を歩いていく。明かりがないのでほとんど何も見えないのだが、鼻から吸い込む水の匂いを憶《おぼ》えているから閲覧室の方向はわかる。途中で天井が低くなるから、模造ではないホンモノの亀のように腹ばいになり、床に腹甲を滑らせるようにして暗い水の中をカメリは進む。

手足をのたのた動かして階段を滑り下りたり、どこからか光が射《さ》している吹き抜けのホールや円形の広場を通ったり、エレベータの縦穴を上昇したり下降したり。

そしてようやく閲覧室にたどり着く。

両開きのドアを押し開けると、その内部の水は赤い光で満たされている。糸のように細い光がいろんなところから伸びていて、それらが縫《ぬ》い合わされたように複雑な網目を作っている。

カメリはそんな光をここ以外では見たことがない。

甲羅干しをするように、背中をその光に向ける。

柔らかいネットが被さってきて、それがゆっくりと動き、甲羅の中にまでそれが入ってくるような感じがして少しくすぐったい。

我慢してじっとしていると、そのうち甲羅の中央を縦に走っているキールのところが熱くなってくる。

目の奥に白い光が見える。

キールが光と熱を放っているような気がする。

ぱちぱちぱち、とその熱によって甲羅の中で何かがはじけているような。

そんな感覚。

それは、日光で甲羅干しをしているときとはまた違った快感で、そしてふいに、部屋全体がさっきまでと違った形に見えるようになる。

網目でしかなかったその中にいろんな細かい形が見えはじめ、その形のひとつひとつに意味があるということがなぜかわかる。そしてその形の中にもまた全体がありその全体の中にも小さな形がある、といったことが。

そうなると、自分の読みたい本がどこにあるのかということもわかるのだ。

あとは、とん、と軽く床をけって、その方向に泳ぎ出せばいい。

必要な本の入った本棚が、そこにある。

本棚には数え切れないほどの本が入っている。ぎゅうぎゅうになって、蠢《うごめ》いている。本たちはその狭い容れ物の中で、絡みあったり交わったりお互いを食いあったりしているように見える。

本はオタマ運河に棲んでいる水蛭《みずひる》によく似た形をしているが、ずっと大きい。カメリの尻尾《しっぽ》くらいはある。それが矢印の形をした平らな身体の縁をひらひらひららと波打たせながら、矢印の三角部分にふたつ並んだ目玉でカメリをじっと見つめながら水の中を近づいてくるのだ。

そのままカメリの首筋に貼《は》りついて、血液を吸う。その腹には尖《とが》った口があって、それを皮膚《ひふ》に突き立てて吸っている。そういうところも水蛭に似ている。

違うのは血液を吸って膨《ふく》らんだあとで、その真ん中のあたりがくびれて、ふたつに切れることだ。矢印の先のほうは泳いでもとの本棚に戻っていく。残りはカメリの甲羅に貼りつく。

甲羅に貼りついたほうは固くなって、そのまま甲羅の一部になる。そして、そこに書かれているいろんなことがカメリの中に読み込まれるのだ。

カメリのような模造亀はそんなふうにして本を読むことができるのだとマスターは教えてくれた。マスターのような石頭にはまた別のやり方があるし、ヌートリアンにもヒトデナシにもまた別の読み方があるらしい。

ま、アンは本なんかよりもテレビに夢中だけどな、とマスターは笑って言った。

カメリはまだ、石頭やヌートリアンを図書館で見かけたことはないが、ヒトデナシなら目にしたことがある。たぶんそれは自分たちのやるべき仕事が書かれている『台本』という本を読みに来たのだろう、とマスターは言っていた。カメリが見たそのヒトデナシは、ふたつに分かれた本の片方をくちゃくちゃと食べていた。カフェに来るヒトデナシたちが泥饅頭を食べるときのように触手で口の中に押し込んでいる。そうやって台本を読み込んでいたのだろう。どうやらそれがヒトデナシのやり方らしい。

本というのは小さな世界のようだとカメリは思う。小さな世界が自分の甲羅にくっついて、それで甲羅の中の世界がほんの少し大きくなる。本を読むというのはそういうふうに世界をほんの少しだけ大きくすることなのではないかとカメリは考える。

そんなふうにして、今日もカメリの甲羅の中の世界がほんの少しだけ大きくなった。もっとも、自分の中の世界が大きくなることによって、カメリをとりまく世界はカメリにとってさらに理解しがたいものになるのだが——。

知れば知るほどわからないことが増えるというのは不可解だとカメリはそのたびに思うが、水中で渦《うず》に巻き込まれたようにくらくらするその感覚は嫌いではない。

数え切れないほどの本が詰まった本棚。そして、そんな本棚が数え切れないほど入っている図書館。いろんな本があって、いろんなことが書かれている。

一冊の本の中に書かれているのはほんの小さな世界だが、それでも図書館すべての本をあわせれば、とんでもなく大きな世界がそこに収納されていることになる。

いったい誰がそんなものを書いたのだろう。

もちろん、この世界からいなくなってしまったヒトだろう、とカメリは推論する。そんな大きな世界を書くことができるのなら、もしかしたらこの世界のすべてを書くこともできるのかもしれない。この世界もそんなふうにして、誰かによって書かれたものなのではないか。そして、その世界でこんな推論を行っている自分もまた。

結論の出ないことが始めからわかっているそんな推論で頭をくらくらさせるのも、カメリは好きだ。

図書館を出るともう夕方で、大川はあいかわらず泥色の水を勢いよく流している。いつものように中之島の端から川に入ろうとしたとき、水音に混じって、カメリ、カメリ、と聞き覚えのある声がした。

ヒトデナシの声だ。

夕闇《ゆうやみ》に沈んだ川面《かわも》から、それは聞こえてくるようだったが、どこにもそれらしき姿はない。

カメリがもういちどあたりを見まわしたとき、中之島と向こう岸とのあいだに水飛沫《みずしぶき》があがり、そこにヒトデナシが現れた。

そのヒトデナシは、まるで水の上に立っているようだった。

やあカメリ、とヒトデナシは言った。

それに続いて、やあカメリ、と大勢のヒトデナシの声がした。そして、そのあたりの水面がいっせいに持ち上がった。

川の中ほどに、柱が立ったのだ。

大勢のヒトデナシがその触手を繋ぎあわせ、泥色の太い柱になっている。

本番直前のリハーサルだよ、とヒトデナシたちは言った。

それで忙しくて、またしばらくカフェに行けないんだ。マスターにそう伝えといてくれないか。

*

そうそう、ああいう流れのきつい川に橋を架《か》けるときには、ヒトデナシを支柱に使うことがあるんだよ。ヒトデナシみたいな柔らかい構造のほうが力の変化に対応できるからな。

マスターは言った。

工事をしているヒトデナシの集団のなかから一部を切り離してそのまま柱にする。ヒトデナシバシラっていう昔からある工法なんだ。

その日、マスターとカメリとアンは、並んで大川沿いに歩いていた。

カフェにお客が来ないことはわかっているので、カメリの調べてきた地図に従って、昔、カフェやレストランのあった場所を散策することにしたのだ。

曇《くも》ってはいたが、ときどき雲が切れて陽が射《さ》した。

やがて、崩れかけた石の建物がたくさん残っているところに出た。

かつて鴨《かも》やエスカルゴの料理が名物だったというレストランだった。

おっ、けっこう使える材料がありそうだよ。

マスターは言って、建物に入っていった。建物の中をマスターが調べているあいだに、カメリは裏に回って草の生えた地面をがしがしと掘った。

しばらく掘ったが、なかなか目当てのものは見つからない。それでも諦《あきら》めずに掘り続けた。

いつのまにかアンが隣でいっしょに掘っていた。穴掘りはアンのほうがずっとうまい。鋭い爪《つめ》でたちまちそこらじゅうを穴だらけにした。そして、何十個目かの穴の中で、アンはそれを見つけた。

巻貝の殻だ。ひとつ見つかると、次から次へ出てきた。

やはりそこには貝塚があったのだ。かつてエスカルゴがたくさん消費されたことのある場所にはそういうものがあるのではないか。

カメリはそう推論していたのだった。

持ってきた買い物カゴが、掘り出したエスカルゴの殻でいっぱいになる頃には、もう陽が傾いていた。

こんなもんでいいんじゃない、とアンが言った。

でもこんなのでほんとうにエスカルゴが作れるの？

カメリはこくりとうなずいた。

マスターがカメリとアンの名を大声で呼んでいたので表に回った。

なんだよそんなとこにいたのか。

マスターがほっとしたように言った。

先に帰っちゃったのかと思ったよ。ふたりでいったい何やってたんだ？

それより、店を直す材料は見つかったの？

アンが尋ねた。

材料はここにある分でたぶん間に合うんだけどさ、と腕組みをしてマスターは言う。

店まで運ぶ方法がないことには、どうにもならないんだよなあ。

そんなの最初からわかってたことじゃない。

そりゃあそうなんだけどな、とマスターは大きなため息。

ま、できることからこつこつとやっていくしかないよ。

カメリは買い物カゴの中の殻を見た。そして、図書館で調べたこの街の昔の地図を思い浮かべる。

この螺旋街は、真上から見るとエスカルゴの形をしている。そういうふうにデザインされたのだ。

古いその地図にはそんな説明が添えられていた。これまでそんなことは知らなかった。自分たちは大きなエスカルゴの中にいる。

それを知ったあとでは、これまで見ていた風景がまた少し違ったものに見えてくる。

夕暮れの道を帰りながら、カメリはそんなことを思う。

＊

ヒトデナシたちが忙しくて店に来られないあいだに、マスターは修理のいい方法を考えるのだと言う。だからカフェはしばらくお休みになった。カメリはカメリでやりたいことがあったのでちょうどよかった。

朝から図書館に行って調べものをした。あまり頻繁に本を読むと血液が足りなくなるせいかふらふらになる。連続して図書館に行くのは身体によくないのだが、今回だけは仕方がない。

カメリはそう決めた。

夕方、いつもより重い足どりで図書館を出た。貧血気味のところに今日は荷物まで持っている。

ただ泳ぐだけでも大変なのに、荷物の入った買い物カゴを水に浮かべてそれを鼻先で押しながら川を渡らなければならない。

川の中ほどまではなんとか行ったがそこで買い物カゴが流されそうになり、それを止めようとしたところが身体がくるくる回りはじめどうにもできなくなった。流されながらじたばたやっていると、ふいに顔の前にロープのようなものが現れた。

ロープはカメリと買い物カゴを流れの途中で受けとめた。

やあカメリ。

川の中から岸までまっすぐ張られているロープが振動してそんな音を出した。

それは長く長く伸びたヒトデナシだった。

もうリハーサルも終了だ。明日の夜には必ず行くから、またうまいのを頼むよ。

そんな音を出しながらロープは蠕動《ぜんどう》し、水に浮かんだカメリを岸まで送り届けてくれた。

カメリは帰りにカフェに寄って、マスターにそのことを伝えた。

アンの姿はなかった。今日は見たいテレビがないのだろう。

カメリはアパルトマンに戻り、明日のための準備をした。

＊

そして予告通り、夜になると常連のヒトデナシたちがそろってやってきた。わややわややわやわやといつもより活性化しているように見えた。

カフェは何日かぶりで騒々しくなった。

このうちの約半数が、明日ヒトデナシバシラになる。リハーサルの結果、そう決まったらしい。

おれたちだよ、と約半数のヒトデナシたちが言った。

それじゃ、もうここには来られなくなるんだな、とマスター。

そりゃ、柱になるんだからね、とヒトデナシたち。

でもそのあとも他の連中は来るんだから同じだよ。おれたちは全員、同じだから。

そうそう、他の連中のなかにもおれたちがいるんだよ。

同じなんだ。

そのへんのことはよくわからんなあ、とマスター。

ところで、カメリはどうした、とヒトデナシたちが言った。

ああ、なんかさっきそのへんでごそごそしてたけどな、とマスターがあたりを見まわしたとき、店の外の瓦礫《がれき》の陰からアンが大皿を持って現れた。

カメリからの特別プレゼントでえす。

アンが大皿を頭の上に掲げて言った。

なんだなんだ、とヒトデナシたちが触手をふるふるさせる。エプロンをしたカメリが入ってきてぺこりと頭を下げると、アンはカウンターの上に皿を置いた。

皿にはエスカルゴが山盛りになっていた。

エスカルゴだ。

ヒトデナシたちがいっせいに叫んだ。

カメリが作ったのか、とマスターが驚いたように言った。それから、ひとつつまんで中身を覗《のぞ》いた。

こんなのどうやって作ったんだよ？　殻はともかく、この中身は――。

本だ。

ヒトデナシのひとりが言った。

台本と同じ、本だ。

ヒトデナシたちが言った。

シナリオと同じ、本だな。

じゃ、ホンモノのエスカルゴじゃないんだな。

少しがっかりしたようにヒトデナシたちはつぶやいた。

なに言ってんのよ、とアンが言った。

それはエスカルゴの本なのよ。エスカルゴの味が書いてある本をカメリが毎日図書館に通ってやっと見つけてきたんだから。

エスカルゴの味か。

ヒトデナシたちが言った。

よくそんなものがあったな。
聞いたことがある。
代表的な料理。
それを本に。
音楽とか。
匂いとか。
触覚とか。
そんな本があった。
聞いたことがある。
それが残っていた。
それをカメリが。
あのカメリが。
やったのか。
すごい。
カメリがそれを。
すごい。
レプリカメにはそんな機能が。
すごい。

エスカルゴを。

失われたエスカルゴを。

エスカルゴの味を。

再生した。

カメリが。

すごい。

ヒトデナシたちは口々に高速でしゃべりだし、やがてその声がまじりあってカフェは何も映していないテレビのような音に満たされた。しばらくそれが続いたかと思うと、突然ヒトデナシたちは全員繋がりあい、ぴたりと口を閉じる。

その一瞬の沈黙のあと、全員が同時に言った。

殻がホンモノで、中に入ってる味がホンモノで、外見がホンモノそっくりなら、それはホンモノのエスカルゴだよ。

アンがカメリの甲羅を肉球でばしばし叩《たた》き、当たり前じゃない、と言った。

でも、どうなんだろうか、ここで本を食べるということに問題はないんだろうか。

ヒトデナシのひとりが言った。

今入っている工事用のシナリオが上書きされてしまうおそれがあるんじゃないか。

それじゃ食えない。

せっかくのエスカルゴが食えない。

食えないのか。

カメリのエスカルゴが。

食えない。

また全員がしゃべりだし、また全員が繋がりあった。繋がってしまうと言葉を発する必要がないのか口を閉じた。

カフェは静かになった。

ヒトデナシたちは黙ったまま、触手を高速で震わせたり、身体を発光させたり、色を目まぐるしく変えたり、目玉をくるくるまわしたりした。

どこか遠くから変異鴨の鳴き声が聞こえた。

そしてヒトデナシたちは離れ、全員を代表するようにひとりのヒトデナシが口を開いた。

すっかりお待たせしてしまったが、相談がまとまったよ。エスカルゴはありがたくいただくことにする。でも、全員は無理なんだ。明日、ヒトデナシバシラになる連中だけが食べさせてもらう。あのエスカルゴの本と我々が読み込んでるシナリオは同じ書き方で書かれているものだからね、それを入れるとシナリオが読めなくなってしまうかもしれないんだよ。でも、大丈夫、明日、ヒトデナシバシラになる連中の持っているシナリオを、それ以外の者全員で明日まで預かることにしたからね。だから、連中がエスカルゴを食べて、そのせいで手持ちのシナリオが上書きされてしまったとしても、心配はない。明日の本番までに、また戻せばいいんだから。それじゃ、よろしく頼む。おれたちの分まで、連中にエスカルゴを食わせてやってくれ。

そう言うなり、約半分のヒトデナシたちが店を出ていった。

残ったヒトデナシたちはカウンターに並んだ。マスターが、床に落ちていた黒板を拾って「エスカルゴ」と書くと、皆がそれを指差した。それから全員ひとつに繋がって、カメリの作ったエスカルゴを食べた。

小分けにされてエスカルゴの殻に詰められていたエスカルゴの本が、ヒトデナシたちの中で繋がってひとつの味を作っていくのが見ていてわかった。

うまい。

目を閉じてそれを味わいながら、ヒトデナシたちは言った。

うん、うまい。

エスカルゴは、うまい。

うまいエスカルゴだ。

大したもんだよ、カメリ。

ありがとう、カメリ。

うまいよ、カメリ。

そして、全員が声をそろえて言った。

もちろん、カメリの泥饅頭も同じくらいうまいよ。

＊

翌朝、カメリはカフェに来て驚いた。

カフェに壁と天井があったのだ。

泥饅頭をくりぬいてドアと窓をつけたようなもと通りの形に戻っていた。

時間が来て、いつものようにヒトデナシたちがやってきた。

もと通りになったカフェを見ても、ヒトデナシたちは何も言わなかった。当たり前のようにコーヒーを飲んだり饅頭を食べて仕事に出かけていった。

きっと、あいつらが直してくれたんだよ。

ヒトデナシたちが出ていったあと、マスターが言った。

カメリのエスカルゴを食った連中さ。たぶんエスカルゴのせいでヒトデナシが持ってたシナリオが壊れたんだ。

そう言われれば、エスカルゴを食べてからのヒトデナシたちはなんだかあまりヒトデナシらしくなかった、とカメリは昨夜のことを思い出す。

カフェの修理について、マスターにいろいろと質問したりもしていた。材料は手に入ったのかとか、どうやってやるつもりだ、とかそんなことを。

一時的にせよシナリオが壊れたから、シナリオにない仕事ができるようになったんじやないかな。それで、ひと晩かけてやってくれたんだ。

夕方、カメリは中之島のあたりまで行ってみた。ヒトデナシたちはあいかわらず黙々と作業を続けていて、濁流の中にはヒトデナシたちでできた泥色の柱がまっすぐ立っていた。

それからしばらくして、右岸と中之島と左岸とを結ぶ新しい橋《ポン・ヌフ》ができた。エスカルゴの殻のようなすべすべした橋だ。

一時は約半数になってしまったヒトデナシたちだったが、すぐにどこからか補充が来て以前と同じくらいの数になった。どれが新しく補充されたヒトデナシなのか、もうカメリには見分けがつかない。

橋が架かったおかげでカメリは以前のように激しい流れを泳いで渡ることなく図書館に行けるようになった。橋を渡っていると、途中で誰かに呼ばれることがある。カメリ、カメリ、というその声は、見下ろす濁った水の中から聞こえてくる。

ちょうど、あの柱のあたり。

だからカメリは橋を渡るときいつも、流れに泥饅頭を落としてやる。

カメリ、テレビに出る

おはよう、カメリ。

店の看板を表に出しながら、石頭のマスターがあくびまじりに言う。カメリは両手をぱたぱたと顔の前で動かしてそれに答え、裏口から厨房《ちゅうぼう》へと入っていく。

半分水没したままの厨房はいつも薄暗くて、泥の匂いがこもっている。それはヒトデナシたちの匂いでもある。

今朝《けさ》も、カメリは仕事を始める。そして、そのことを不思議に思う。

そもそも、この世界で仕事を持っているのは、ヒトデナシたちだけなのだ。模造亀《レプリカメ》もヌートリアンも石頭も、仕事など持ってはいなかった。ヒトが与えてはくれなかった。

仕事など与えられてもいないのに、石頭のマスターは自分からヒトデナシたちを相手にしたこのカフェを始めたのである。

石頭のマスターは、その呼び名の由来でもあるシリコン製思考部位に組み込まれた発見的手順《ヒューリスティック・アルゴリズム》を用いて、この世界における自分の役割を発見することができたらしい。もっとも、それは発見というより、捏造《ねつぞう》と言うべきかもしれないのだが。

それはともかくとして、さらにそこから派生した役割を、カメリやアンにも分配してくれたことは確かだ。そういう意味でも、マスターと呼ぶにふさわしい。

カメリは石頭のマスターのことをそう認識していて、だからそう呼ぶことに最初から抵抗はなかった。

そんなわけで、オタマ運河のほとりでマスターにスカウトされたあの日からずっと、カメリはここで店員として働いている。

そう、水没した倉庫と大量の缶詰。それを発見したことが、おれの最初の幸運。そして、すべての始まりさ。

お客として初めて店に来た新入りのヒトデナシたちに、マスターはいつもその話をする。だから、古株のヒトデナシたちは、何度も何度も同じ話を聞いているはずなのだが、まるでそれが新入りを迎える手続きでもあるかのように静かに、しかしきちんと相槌《あいづち》を打ちながら聞いている。そんな光景をカウンターの中から目にするたびに、ヒトデナシたちはこのカフェが好きなのだ、とカメリは思う。

そんな場所で働けてよかった。

そう感じることができる。

もう聞き飽きたわよ、そんな話、などと言いながらもその顔は笑っているから、きっとアンも同じように感じているのだろう。カメリはそう推論する。

あんたたちもいいかげんうんざりでしょ、とカウンターにずらりと並んだヒトデナシたちにアンが同意を求めると、彼らは声をそろえて、いやいやおれたちはもう聞いたけどこいつらはまだだから、と答える。

ま、カフェの始まりの話っていうのは、カフェの常連にとっては神話みたいなものなんだよ、とマスターが得意げに言う。

そんな大層なもんじゃないでしょ、とアン。

お愛想で聞いてくれてるだけよ。

そんなことないよなあ、とマスターがヒトデナシたちに同意を求める。

と、この一連のやりとりもじつはいつも通りで、まるで判を押したように毎回繰り返されている、というそのことに果たして気がついているのかどうか。

カメリにはわからないが、ヒトデナシたちはいつも、そのやりとりも含めたすべてを気持ちよさそうに聞いている。

*

濁った水の底から、カメリが缶詰を両手に抱えて上がってくる頃には、アンも店に出てきている。アンは出勤前に子供を預けてこなければならないので、どうしても朝は少し遅れるのだ。

おはよう、カメリ。

そう言ったときには、すでにアンは仕事にとりかかっている。カメリから受けとった缶詰の蓋《ふた》を、その鋭い爪《つめ》ですばやく開けていく。ヌートリアンはもともと沼地戦用に作られたものだからその戦闘能力はきわめて高く、その手にかかれば缶詰の金属などは紙の様にすこすこと穴があく。アンの仕事はいつも流れるようになめらかで、正確だ。

カメリは、そのエレガントな仕草に思わず見とれてしまうことがある。そんなときのアンの赤毛は普段よりずっと鮮やかにつやつやと輝いていて、そして、そんな赤毛に包まれたしなやかな身体は、まるでテレビの中のモデルのようにきれいだ。

アンが開けた缶詰の中身を泥といっしょにこねて、カメリは店で出す泥饅頭《どろまんじゅう》の仕込みをする。

マスターが玄関前の掃除を終え、アンがカウンターの中でカップと皿を準備し、カメリが泥饅頭を仕込み終えて赤いリボンを結びなおしたところへ、からころん、とドアベルを鳴らして入ってくるのは、常連のヒトデナシ。カウンター席に腰かけると最初に、そこに置いてあるリモコンを取ってテレビのスイッチを入れる。

このカフェには時計がないのでテレビを時計がわりにしている、ということもあるのだが、しかしそれを抜きにしてもヒトデナシたちは皆、テレビを観るのが好きだ。ここで時計がわりにテレビを観ているうちにそうなったのか、それとも、ヒトデナシというものはもともとテレビを観るのが好きなのか。とにかく彼らはいつも、このカフェでじつに熱心にテレビを観て、そしてテレビで観た内容についてたくさんの会話を交わす。

テレビの中にはヒトがいる。ヒト以外の生き物が映ることもあるが、基本的にはヒトとヒトのあいだで起こる出来事をテレビは映している。それは、テレビの中だけの光景だ。

テレビいうのは、遠いところを映すもの、という意味の言葉らしいから、それはここから遠いところにある世界なのだろう、とカメリは推論する。

遠い世界での、ヒトとヒトとのあいだに起きる出来事を、ヒトデナシたちは毎朝、熱心に観る。

このドラマは、フィクションです。

ドラマの終わりにいつも、そんな断りが出るから、カメリもそのことは知っている。

しかしその、フィクション、というのが何を意味しているのかは、つい最近まで知らなかった。

教えてくれたのは、マスターだ。

マスターはいろんなことを知っていて、カメリやアンにその知識を披露するのが好きだ。

あんなの全部、テレビの受け売りよ。

アンはよく言っているが、カメリはそれでもなかなか大したものだと思う。

フィクションっていうのは、つまり嘘《うそ》ってことだよ、とマスター。

あの連続ドラマの中で起きてることっていうのは、だから、本当のことじゃない。と言ってもドラマを作るときにカメラの前ではあの通りのことが起きてるわけだから、そういう意味では本当にあったことだって言えなくもない。まあこのあたりはなかなかややこしいんだが、とにかくテレビの中の世界っていうのは、おれたちの知ってる現実ってものとは違ってて、何が違うって言うと、まず、台本とかシナリオって呼ばれてるものがある。全員がそこに書いてある通りに動くんだ。なにしろ、このシナリオってものには、この先、何がどうなるのか、が全部記述されてるんだからな。ほら、ヒトデナシたちが自分の身体《からだ》の中に今やってる工事の計画書を持ってるだろ。あれも一種のシナリオだな。自分と、自分以外の者がいつ、どこで、何をすれば、作ってるものが出来上がるかが書いてある。だからシナリオっていうのは、世界の工事計画書みたいなものだよ。例えば、おれが今こうやってしゃべることとか、全部書いてある。いや、もちろん、おれたちのやってるのはドラマじゃないから、そんなシナリオはどこにもないよ。おれもアンもカメリもそんなもの持ってない。でも、テレビのドラマは、全部がこのシナリオの通りに動いてるんだ。だって、そうしないと時間内になんてきちんとおさまるはずないし、ちょうどいいところで「つづく」になんてできるはずないだろ。いや、わかるわかる。言いたいことはわかる。たしかに、この現実ってものにも、シナリオがあったほうが便利だよ。それならいろんな物事がもっとうまく運ぶだろうし、おさまるところにおさまるものな。それに、この現実にはシナリオがないって言ったけど、ヒトデナシたちは現に工事のためのシナリオを持ってるわけだし。だから、現実にはシナリオが存在しないって決まってるわけじゃないんだ。本当はあるんだけど、おれやアンやカメリがそのシナリオをもらってないってだけのことなのかもしれんよ。もしかしたら、おれたちの出てたドラマはずっと前に終わっちゃったのかもなあ。ほら、あのテレビの連続ドラマだって、どこまでも連続してるってわけじゃなくて、かならず終わるだろ。だからまあ、もしそうだとしても、それはそれで仕方がないことなのかもしれないよ。

あいかわらず、よくわからないなあ。

話し終えるのを待ちかねたようにアンが言った。

マスターも、ほんとはわかってないんじゃないの。

失礼なやつだな、まったく。

マスターとアンのいつものやりとりを、ドラマの再放送を観るようにカメリが眺めていたそこへいつものように、からころん、とドアベルを鳴らしてその朝最初のヒトデナシが入ってくるのだ。

いつもの席につき、そしてそれが彼の役目であるかのようにカウンターの上のテレビのリモコンを取って、いつものようにテレビのスイッチを入れる。

カメリたちにとっての忙しい時間が始まる。いつも通りのカフェの朝だ。そう思っていた。

カメリもアンもマスターもいちばん乗りのヒトデナシも、そしてたぶんまだ姿を見せていない他のヒトデナシたちもそう思っていたはずだ。

ところがその朝は、いつもとは違っていた。

＊

なんじゃ、こりゃ。

沈黙に耐えかねたようにマスターが言った。

しばらくおまちください。

アンが言った。誰かにそう頼んだのではなく、画面中央の文字列を読んだのだ。

文字列といっしょに、NHKの腕章をしたヒトが、申し訳なさそうな顔で立っている。

常連のヒトデナシたちが全員そろっても、テレビの画面はあいかわらずそのままだった。音もしなければ動きもしない。だからもちろん、ヒトデナシたちは朝の連続ドラマを楽しむことはできなかった。いつもならドラマが終わるといっせいに席を立ち、すっかり息のあった様子で歩調をそろえて現場へと向かうというのに、今朝はコーヒーを飲み終えた者から順に黙ってばらばらと出ていってしまった。

ヒトデナシたちがいなくなると、カメリとアンとマスターは後片付けをして夕方の準備に取りかかった。その合間にちらちらとテレビを見ても、画面はずっと「しばらくおまちください」のままだ。

このしばらくというのはいったいどのくらいの時間のことなのだろう。しばらく待っていれば、テレビはまた前のように番組を映すようになり、ドラマはいつもの連続性を取り戻すのだろうか。

そんなことを考えながら、カメリは夕方の営業にそなえて、カップを洗ったり、泥に潜って缶詰を取ってきたり、泥饅頭をこねたりした。

こんなことは初めてだなあ。

マスターは、何度も何度もそう言った。

夕方になって、仕事を終えたヒトデナシたちが店にやってきたが、テレビの画面はそのままで、しかしなぜかヒトデナシたちはそのことにはいっさい触れようとせず、何事もなかったかのように、昨日までの連続ドラマについて話していた。

わやわやわやわやわやと、カフェの中はいつものようににぎやかだし、交わされている会話もいつもと同じようなのだが、それでも確実にいつもとは違っていた。

カメリにはそれが何なのかわからなかったが、昨日まではあったのに今日はないその何かが、このカフェにはどうしても必要なもののような気がした。

そして、もし仮に、テレビがこの先もずっとこんな状態を続けたとしたら、あのヒトデナシたちはもうカフェには来なくなるのではないか。

なんの根拠もないそんな推論をいつのまにか自分が行っていることに気づき、そして、カメリはそんな自分を不思議に思う。このカフェで働くようになるまで、そんなことはしなかったはずなのだが。

いつからそんなことをするように、そして、できるようになったのだろう。しかしまあ、それはそれとして――。

明日の朝にはもと通りになってて欲しいよなあ。

カメリが考えているのとまったく同じことをマスターがつぶやき、そんなマスターの言葉にアンが珍しく素直にうなずいた。

*

翌朝、カメリがカフェに出てきてみると、マスターがリモコンを手に、なんとも情けない顔でテレビの前に立っていた。

画面は昨日と変わらず「しばらくおまちください」だ。

マスターは、どこからか持ってきた目覚まし時計をカウンターの上に置いた。

ま、とりあえず、時計に関してはこれで解決ってことで。

つぶやくようにそう言い、力なく笑った。

あらら。

カメリがその声に振り向くと、やはり心配だったのか、いつもより早くやってきたアンが、テレビの画面を見て肩をすくめていた。

こういうのって、いったいどこに言えばいいの？

どこなんだろうなあ、とマスター。

だいたい、何がどうなってこうなったのよ。

アンがいらついたようにその鋭い歯を剝《む》き出しにした。

そんなのおれに言われても、とマスターがあとずさりした。

じゃ、誰に言えばいいのっ。

ヌートリアンの戦闘モードである赤い瞳《ひとみ》になってそう聞き返したアンの赤毛は、その身体が倍の大きさに見えるほど逆立っている。

まあまあ、落ちついて落ちついて。

さらにあとずさろうとして、だがすでに自分の背中が壁にぴたりとついてしまっていることに気づいたマスターが、うろたえながら答えた。

そりゃ、テレビ局だろ、テレビ局。

そのとき、からころん、とドアベルが鳴り、最初のヒトデナシが入ってくる。テレビの画面を横目でちらりと見てから、カウンターのいつもの席に座り、無言でコーヒーを飲み饅頭を食べた。

からころん、からころ、からころ、と次々にヒトデナシたちが入ってきたが、皆、同じだった。黙って飲んで、黙って食べた。目覚まし時計が秒を刻む音だけを背景に、聞こえてくるのはコーヒーを啜《すす》る音と饅頭を咀嚼《そしやく》する音だけ。やがて目覚まし時計の針が、朝の連続ドラマの始まる時刻をさした。

ヒトデナシたちはまるでそうするのが決まっていたかのように同時にテレビの画面を見つめ、ドラマの終わる時間までそうしていた。それから、時間になるといっせいに席を立ち、ぞろぞろぞろと店を出ていった。残ったのはどんよりとした沈黙だけ。

重い。

耐えかねたように、マスターがうめいた。

なんでこんなに空気が重いんだ。

テレビが映らないからでしょ。

アンがこともなげに言った。

なんでだ、とマスター。

テレビなんて、ついでみたいなもんだろ。カフェになくたって、ちっともかまわないものじゃないか。それとも、あいつらにとってこのカフェってのは単なるテレビを観るための場所なのか。

どうやらそうだったみたいね、とアン。

カメリもひかえめにうなずいた。

そんな馬鹿な。それじゃ、今までおれがやってきたことはいったい――。

マスターが天井を見上げて叫んだ。

それはともかく。

アンが言った。

このままじゃ、まずいんじゃないの。

まずいよ、そりゃ。テレビが映らないせいで本当に客が来なくなったりしたら、おれ、もう立ち直れないよ。いや、そうならなくても、あの重い空気にはとても耐えられそうにないし。ああ、いったいどうすればいいんだ。

だから、さっき自分で言ってたじゃない。テレビ局よ、テレビ局。テレビ局になんとかしてもらえばいいじゃない。

なんとか?

そう、なんとか。

それからアンは思い出したように尋ねた。

ところで、そのテレビ局って、どこにあるの?

＊

そんな肝心なことをマスターは知らない、ということがわかって、アンはかなり呆《あき》れたようだった。

だって、これ、拾ったテレビだもんな。

マスターは、ぼそぼそとつぶやいた。

なによ。いつもなんでも知ってるようなこと言ってるくせして。

そんなこと言われたって、おれはあくまでもカフェのマスターで、テレビ局員じゃないし。

すぐそうやってひらきなおる。それにしても——、とアンはテレビの画面を見つめ、見つめたまま尋ねた。

そもそも、テレビって、どうやって映ってるの？

それは、あれだよ、つまり、その、番組ってものを、テレビ局が流してるわけだろ。で、流れてきたそれが、ここにこうして映ってるんだよ。

どこからどうやって流れてきてるわけ？

そんなことおれに聞かれても。

知らないの？

だって、おれはあくまでもカフェのマスターで、テレビじゃないし。

アンが大きくため息をついた。

でもまあ、たしかにそう言われてみれば、このテレビはいったいどうなってるのかな

あ、とマスターは腕組み。

そのとき、突然カメリがテレビを壁ぎわから動かし、その背面から出ている黒い尻尾《しっぽ》のようなものを引っ張った。とたんに、テレビの画面は、ざあああああ、と何も映していない状態になる。

だめだよ、カメリ。

——マスターがそう言ったときには、画面はもとの「しばらくおまちください」に戻っている。再びカメリが引っ張ると、ざあああああ、弛《ゆる》めると、「しばらくおまちください」。それが何度か繰り返された。

そうだったのか、と、いきなりマスターが叫んだ。

このテレビは、ケーブルテレビだったんだ。つまりこのケーブルを使って――。

言いながらマスターは、カメリの引っ張っていたものをつかんだ。

番組は送られてきてるんだよ。

今になって、そんなことに気づいたの。

アンがつぶやいた。

だって、落ちてたのを拾ってきて、そのうちなんとかしようと思って置いといたら、いつのまにか勝手に映ってたんだよ。ま、ちょっと変だな、とは思ったけど、せっかく映ってるんだからそれでいいや、ってことで。ああ、そうかあ、そうだったのかあ、なるほどなあ、こいつ、ケーブルテレビだったんだなあ、とマスターはしきりに感心している。

それじゃ、これをたどっていけば、そのテレビ局に行けるんじゃないの。

ケーブルをつまんで、アンが言った。

まあ理屈ではそうだけどなあ。

理屈でそうなら、そうでしょ。じゃ、ちょっと行ってくる。

さっそく出かけようとするアンを、マスターがあわててとめた。

いや、それはちょっと。

なんでよ。

だって、あれだろ。アンはちょっと乱暴っていうか、荒いっていうか、見境がないっていうか。

それ、どういう意味よ。

いや、その通りの意味なんだけど。もし仮にだよ、アンがテレビ局に行ったら、そこで揉《も》め事を起こすっていうか、いろんなものを壊すっていうか、誰かを殺すっていうか、食っちゃうっていうか、そういうことをやりかねないだろ。

そんなことないわよ。

あるって。なあっ、とマスターが同意を求めたからカメリは素直にうなずいた。実際、そういうことは以前に何度もあったのだ。

いやいやいや、それはそれでいいんだよ、場合によってはそれがいいほうに働くこともあるんだし、それがアンのいいところでもあるわけなんだけど、でもほら、今回の場合は、テレビ局と揉め事を起こしたりしたら、このままずっと映らないまんまになっちゃうかもしれないだろ。なっ、そうなったら困るだろ。

アンは不満げに頰《ほお》を膨《ふく》らませたが、それでも大人しく聞いているから、マスターが指摘した自分の傾向を認めてはいるのだろう。

なんか私、無法者みたいじゃない。

いや、だからそこが魅力でもあるんだよ。だけどね、まあ、今回のところはひとつ、とマスターが移動させる視線の先には、ケーブルを握ったままのカメリがいる。

ふたりの視線に気づいたカメリはしばらく考え込むようにしてから、ふしゅう、と深呼吸をひとつ。そして、以前ヒトデナシたちにプレゼントされた赤いリボンをきりりと結びなおし、大きくうなずいた。

*

テレビの置かれていたすぐ後ろの壁にはきれいな円形の穴があいていて、そこには穴と同じ太さのケーブルが通っていた。

うわっ、いつのまに。

マスターが叫んだ。

放送を受けるために、ここに穴をあけて、近くに敷設されてるケーブルまで自分のケーブルを延ばしたんだな。

マスターが感心したようにつぶやいた。

誰が？

アンが尋ねた。

そりゃ、このテレビが、だろ、とマスター。

テレビがそんなことする？

そりゃ普通のテレビはやらないさ。でも、こいつはケーブルテレビだからな。神経ケーブルを成長させて、繋《つな》がることができる他のケーブルを探すんだよ。電波のテレビに較べて後発のケーブルテレビは、そうやってネットワークを独自に作ることでシェアを拡大していったわけだ。

くいくい、と壁の向こうからケーブルが引っ張られた。カメリが店の裏手に回り、壁にあいた穴から出ているケーブルを引いているのだった。

それだそれだ、やっぱり間違いないな。

壁の向こうにいるカメリに、マスターが言った。

店の裏では、カメリが黒いケーブルを持って立っていた。そのまま甲羅に巻くようにして胴体にケーブルを一周させ、体重をかけて引くと、カフェの周囲に広がる湿地の泥に沈んでいたケーブルが持ちあがった。

それは、湿地を突っ切って一直線に伸びているようだった。

それじゃ頼むよ、カメリ。

マスターが甲羅を軽く叩《たた》いた。

店のほうはまかしときな。

アンがそう言いながら、いつもカメリが使っている買い物カゴを持って出てきた。中にはもうすでに、弁当箱と水筒が入っている。

カメリはこくりとうなずき、さっそくケーブルをたどって歩きはじめた。

マスターとアンはカフェの裏に並んで立ち、甲羅が見えなくなるまで見送った。

*

カメリはオタマ運河の土手に着く。

そこからケーブルは斜面を下り、水に入ったところでもっと太いケーブルに繋がっていた。それは鮮やかな赤い色で、土手の上からもよく見えた。

これまで何度もここを通ったことがあるのに、そんなものがあったことにカメリは今まで気がつかなかった。まあオタマ運河には他にもいろんなわけのわからないものが沈んでいたり水面に浮かんでいたりするから、もし見ていてもいちいち気にとめなかったのだろう。

カメリは水中の赤いケーブルに沿って土手の上を早足で歩く。ケーブルの表面には、へばりつくようにして何本ものいろんな色や太さのケーブルが繋がっている。たくさんのケーブルが髪の毛のようにふさふさと水の中で揺れているところもあった。

あのケーブルの一本一本の先にはすべて別々のテレビがあるのだろうか。だとすれば、それはどんなところに置かれているのだろう。

そんなことを考えながら、カメリは土手を歩き続けた。旧市街の手前でオタマ運河は地下へ潜っている。ケーブルも地下水路へと続いていた。もちろん、行くしかない。

その前に、土手に座ってアンが手渡してくれた弁当箱を開けた。泥饅頭と粘土のパテがぎっしり詰まっていて、そして水筒には泥コーヒーが入っていた。饅頭にパテをぬってぱくつき、コーヒーを飲んだ。そうしているとなんだかピクニックにでも来たような気になった。

カメリは空《から》になった弁当箱と水筒を買い物カゴに入れると、土手の斜面に置いた。それから、暗い水の中にとぷん、と沈んでいった。

ヒトデナシたちを満載した平底船《ひらぞこぶね》がすぐ上の水面を通過していく。

ごおんごおんという響きを、カメリは甲羅全体で感じていた。

船のスクリューが掻《か》きあげる泥で、見る見る視界は悪くなった。もちろん、そうなることはわかっていたから、その前にカメリはケーブルを両手でしっかりとつかんでいる。そのまま、ケーブルを伝って潜っていった。

運河の底には、水面からは見えない分岐がいくつもあって、その分岐のひとつに沿ってケーブルは続いていた。

少しくらい奥へと入り込んでも、カメリはさほど不安を感じなかった。模造亀にとって、長時間の水中行動はお手のものだし、地下にはメトロの路線のように水が干上がって空気が溜まっているところもある。それに、肛門呼吸によって水中から酸素を取り込むことだってできるのだ。

カメリは様々な事態を想定し、そうなった場合のシミュレーションを頭の中で行いながら、ケーブルをたどっていった。

そのあたりまで潜ると、もう水は濁っておらず、水路の壁面に並ぶ夕陽の色をした光点のおかげでケーブルは充分に目視できた。両手が自由に使えるので、カメリはさらに速度を上げた。一般に考えられている以上に、模造亀の水中運動能力は高い。そして、その能力を最大限に発揮し、ついにカメリは、水路の底のそのまた底にある総合レジャービル・龍宮城へと到着したのだった。

＊

洞窟《どうくつ》の奥で光と熱を燦然《さんぜん》と放っているその巨大な構造体が総合レジャービル・龍宮城であり、そしてそこにはテレビ局も組み込まれているということがカメリにわかったのは、「水中の洞窟の奥に燦然と輝く総合レジャービル・龍宮城！　テレビ局もあるよ」という赤や青のネオンサインの文字が壁面に輝いていたからだ。おまけに、その隣の巨大な画面の中にタイやヒラメが舞い踊っているその様は、まさに絵にかいたようなベタな龍宮城のイメージそのままである。

外壁に並ぶ大きな窓からは、中の様子を垣間《かいま》見ることができた。総合レジャーとはいかなるものなのか。カメリは泳ぎながらひとつずつ窓を覗《のぞ》いていくと——。

なんと、そこにはヒトがいるではないか。

テレビの中にしかいないと思っていたヒトが、大勢いる。

まあテレビ局というのはこの世界とテレビの中との境界のようなものらしいから、そんなこともあるのかも。

カメリはそう推論した。

テレビの中が外にこぼれたり、外側のほうがテレビの中にはみ出たり。境界条件次第で、境界が不確定で確率的なものになり、そういうことが起きてもおかしくはない。

窓の向こうには、たくさんの椅子《いす》やテーブルがあって、大勢の人が飲んだり食べたりしている。テレビでよく見るような、背広を着たヒトたちだった。背広のヒトの隣には、ドレスを着たヒトやキモノのヒトがいて、いっしょに飲んだり食べたり話をしたりしていた。

ある窓の中では、カメリが頭につけている赤いリボンのようなネクタイをしているヒトがいたり、スカートをはいたたくさんのヒトが出てきて、ぱたぱたぱたとヒトデナシのように動きをシンクロさせて、右に行ったり左に行ったり足を上げたり腰を振ったりしている。

別の階には、裸で蒸気の中に座っているヒトやお湯につかっているヒトや寝転んでいるヒトやそのヒトの身体を押したり揉んだりしているヒト。また別の階には、小さな球を打ち合っているヒトや、一列に並んで小さな球を弾《はじ》く手動機械を操作しているヒト。あれらすべてをひっくるめたものが、総合レジャーなのだろうか。カメリには判断がつかなかったが、そんなことをいつまでも推論してはいられない。テレビ局に行かなければならないのだ。

壁面の矢印によると、それはこの建物の上層階にあるらしい。カメリは龍宮城の外壁に沿って泳ぎ、上っていく。

洞窟の上方には、空気が溜まっている。どうやらテレビ局は、空気中に突き出たその部分にあるようだ。水面の高さにちょうど玄関があって、ＮＨＫというその組織の名前が大きく掲げられている。

テレビでいつも見ているその文字がいったい何の略なのか、前にマスターとアンが議論していたことがあった。Ｎはニューとかニューラルとかニューロマンティックとか、Ｈはヒトとかヒューマンとかヒューリスティックとか、Ｋはキングダムとかカブシキとかカイシャとか、そのあたりだろうということになったのだが、もちろん結論は出ないままだ。

水から出てリボンをしぼってもういちど頭に結びなおし、その玄関口に立つ。

ドアが自分で開いた。自動ドアだ。正面の受付らしきところには誰もいない。カメリはそのまま通路を進んでいった。どこからか、悲鳴やら爆発音のようなものが聞こえてくる。

何事だろうと耳をすましたそのとき、突然、カメリのすぐ近くのドアがいきおいよく開く。いや、正確には、爆風で吹き飛んだのだった。

二枚あったドアの、一枚は反対側の壁に突き刺さり、もう一枚はカメリの甲羅にぶつかって天井に跳ねあがり、そこにあった蛍光灯を割ってから床に落ちて派手にバウンドした。

反射的に頭と手足を甲羅に収納したのでカメリは無事。

そっと頭を出すと、衝撃で砕けたらしい壁と天井の破片であたりが白く煙って見えた。リボンについたコンクリートの粉をぱたぱたとはたきながらカメリは立ちあがり、吹き飛んだドアが塡《はま》っていたフレームの向こうを覗く。

そこは、戦場だった。

テレビで観たことのある戦争とそっくりの光景が展開されているのだ。

繁華街の中に何台もの戦車が連なっていた。道路の舗装は、その重量でばりばりと音をたてて割れ、整列した戦車の大砲がいっせいに炸裂《さくれつ》する。

砲身からはオレンジ色の炎が噴出し、地面が大きく揺れた。

だが、戦車が火力を見せつけたのはその一瞬だけだ。

カメリが感心する間もなく、並んでいた戦車は次々に粉砕されていった。巨大な赤いハサミ状の物体が空から振り下ろされ、戦車の装甲を真上から突き破っていくのだ。

何かがカメリの足もとまで飛ばされてきた。それはヒトのようにも見えたが、しかし千切《ちぎ》れてなくなったらしい腕の付け根から血は出ておらず、破断したその部分は半透明のゼリーに覆《おお》われていてすでに再生が始まっているようだった。それで、ヒトではなくヒトデナシだということがすぐにわかった。

退避ーっ、退避ーっ。

ヘルメットを被ったそのヒトデナシが叫んでいる。どこかで見たことがあると思ったら、「しばらくおまちください」の文字といっしょに頭を下げていたヒト、まさにあのままの格好だった。では、あれもヒトではなく、ヒトデナシだったのか。

カメリの存在に気づき、ヒトデナシが姿勢を正した。

あ、見学のかたですか、じつはですねえ、今ちょっと現場のほうが取り込んでおりまして、見学コースはご遠慮願いたいのでして、いえいえいえ、単なる技術的なトラブルです、なにも見られて都合の悪いようなものがあるというわけではありません断じてない誤解ですよそれは、そういった皆さまの誤解を解くという目的もあって、それでこの自由見学コースというものが設定されているわけですから、なのに、それをご遠慮願いますというのはいかにも何か秘密があるんじゃないか、とか、勘ぐられてしまいますよね、うん、そう思われるのも無理はない、しかし上からの指示でして、いや、なにも上からの指示にならなんでも従うとかそういうことではないのですよもちろん、職員一同、ちゃんと個人として責任を感じておりますし、あくまでも個人の判断で行動しておりまして、これだってなにも与えられたセリフを丸暗記しているのではないのです、見学けっこう、見学上等、大歓迎ですよ、視聴者に開かれた風通しのいいＮＨＫに生まれ変わろうとしておりますから、もちろん自由に見学していただいても問題はないのですが、ただ、危険が伴います、と申しますのは、見学コースに想定外の事態が発生しておりまして、ここ数日のトラブルもそれに起因するところが大きいわけで、まことにご迷惑をおかけしておりまして申し訳ありませんが、なにとぞいましばらく、といっても、ではそのしばらくというのはどのくらいなのだ、その上限は何時間何分何秒だ、などということをお尋ねになられても、私どもといたしましてはとにかくです、前向きにです、最大限の努力を払わせていただいておりますとしか申し上げられないわけでして、もちろんそのあたりのことは、あとで公式発表が行われますから、といってもなにもあとになって都合のいいようにデータを改竄《かいざん》して発表しようとかそういうことではなくてですね、とにかく今は視聴者に対する責任として、この事態の一刻も早い収拾と鎮静化を最優先課題として、と、そこに赤いハサミが下りてきたかと思うとその先端で、今もしゃべり続けているそのヒトデナシの身体を肩から股の付け根まで一気に串刺しにして空中へと引き上げていった。

ぴくんぴくんと痙攣《けいれん》しつつ空へ昇っていく串刺しになったヒトデナシのその行方には、ハサミより赤い裂け目が口を開けている。そう、まさにそれは比喩《ひゆ》でもなんでもなく、実際に口を開けているのだ。裂け目の両側にはぎざぎざの歯のようなものがびっしりと並んでいて、カメリが見上げたときには、すでにそのヒトデナシはその裂け目の中で、もしゃもしゃもしゃと咀嚼されていた。

そこまできてようやく、その巨大なものがザリガニの形をしているということがカメリにもわかった。あまりに大きすぎて全体が見えなかったのだが、つまりそれはまわりにあるどの建物よりも大きなザリガニなのだ。

こんなところに立っていたら同じように襲われる。カメリはあわてて逃げようとしたが、さっきまで自分がいたはずの通路が見当たらない。ドアの嵌まっていたフレーム越しに覗いていたはずなのに、いつのまにやら自分が立っているのは、巨大なザリガニが暴れまわっているまさにその場所、フレームの真《ま》っ只中《ただなか》なのである。境界から中身がはみ出したのか、それとも自分が巻き込まれたのか。

わからないまま顔を上げ、それでザリガニと目があった。

そのまん丸な目玉に自分の姿が映っているのを、カメリは見た。それだけで、手も足も頭も勝手に甲羅の中に入ってしまった。身体がすくんで動かない。

赤いハサミが迫ってくる。表面のぶつぶつした突起がくっきり見える。

カメリは甲羅の中で目を閉じた。

そうしていると、テレビのスイッチを切ったように何も見えないし聞こえもしない。

だがもちろん、次の瞬間には衝撃が襲ってくるだろうことは予測がついた。

カメリはその衝撃に備えた。

ところが、何も起きない。

ゆっくりと目をあけてみると、ザリガニは両方のハサミを振り上げてバンザイしたその恰好《かっこう》のまま止まっていた。まるで、生きていないかのように、ぴたりと止まっている。

そんな静止したザリガニの中で、ひとつだけ動いているものがあった。

目玉の中で、光が瞬《また》いているのだ。

そこに浮かんでいるのは、見覚えのある映像だった。

「しばらくおまちください」

カフェのテレビが映していたのと同じもの。つまり、頭を下げているヒトあるいはヒトデナシの映像だ。

いったい何がどうなったのだろう。さっきのヒトデナシが食べられて、それであのザリガニの中に入ったのだろうか。

推論しようにも材料が少なすぎた。

うわあ、もう食われちゃったのかよお。

そんな声に振り向くと、さっきのヒトデナシが立っていた。いや、さっきのヒトデナシは食われたはずだから、さっきのとそっくりなヒトデナシなのか。

まあそりゃあね、我が身を犠牲にして時間を稼いでくれたってのはありがたいけど、そのしばらくって、いったいどのくらいのしばらくなんだよ。

そのヒトデナシは、ザリガニの目玉の中のヒトデナシの映像に言った。

ったく、どうせならそういうのは最後の手段にとっておいてだな——。

そこでようやくカメリに気がついたらしい。

あああっ、やっと来てくれたんですか。いや、よかったよかった、ほんと助かります。

ヒトデナシはカメリに向かって、あの映像とまったく同じ形で頭を下げた。

このたびはどうもご苦労様です、うん、まあとにかくこちらへ、さっきうちの職員が自分の肉体ごと一時停止信号を食わせたんで、しばらくはこのまま止まっててくれるはずですが、なにしろもうシナリオごと暴走してますからねえ、いや、それでもこうやって一時的にせよ停止するっていうのは、畜生の浅ましさというか、ほら、あれですよ、ボクサーが意識朦朧《もうろう》のまま戦ってても、ゴングの音を聞いたらパンチが止まる、みたいな、でもまあそんなものがいつまで効果があるかわかりませんから、とにかく急いで来てくださ い時間がない、うん、そうそう、歩きながら、「これまでのあらすじ」だけでもざっと説明しときましょう。

先に立ってすたすた歩き出したから、カメリはなんだかわからないままついていく。

＊

いやあまいっちゃいましたよお。何がって、つまり視聴者アンケートでね、朝の連続ドラマがですね、なんていうんですか、ようするにワンパターンだとかマンネリだとか、そういう意見がけっこうあったわけで、いやしかし、こっちとしてはわざとそうしているところもあってですね、ほら、ある程度まではお約束として処理しちゃうことで、ドラマ連続体を構築維持するために必要な演算の速度を上げることができるしメモリーも節約できるわけだから、こっちとしてはわかったうえでやってることなんですが、いやいやそれもわかるけどさ、視聴者の意見を無視するってわけにはいかないだろ、なんて上が言い出しまして、まあ最近、不祥事が次々に発覚しちゃったりなんかして、びくついてるんですよね。だからできるかぎり視聴者の希望をすくいあげなければいけない、なんてこと急に言い出して、さっそくシナリオ自動生成システムのパラメーターをちょっといじったわけですけど、ところがこれ、ちょっとだけいじったから、ちょっとだけ変化する、っていうようなものでもないところがありまして、ほら、ドラマってものは、複数のキャラクターとかイベントが相互作用してできてるわけで、だからなんていうか多体運動というか、どうしてもカオス的な要素が入ってきまして、バタフライ効果っていうんですか、まあひらたく言えばそういうことが起こっちゃいまして。いやまあ本来はそういうことが起こりそうになるとその手前で、現場での常識的判断とかそういうのが復元力としてちゃんと働くようになってるんですけど、しかしまあ混沌《カオス》ってくらいですから正確には予測しようがないってことはわかっていただきたく、いやいや、言い訳してるわけじゃなく、しかし今回はこの復元力の働く範囲を振り切っちゃいまして、そうなるともう雪玉式にどんどん膨らんで、なんでもあり、みたいな状況、具体的には、ドラマ内での脇役《わきやく》っていうか、ちょい役っていうか、いっそ小道具っていうか、そういうものに過ぎなかったはずの、主人公の飼ってたザリガニがいきなり巨大化して、それで主人公を食っちゃった。主人公が脇役に食われちゃったんじゃ、これはもうドラマとしてとうてい成立しないし、だいたいそんな巨大ザリガニに画面狭しと暴れまわられたんじゃ、主人公の純愛とかトラウマなんかもうどうでもいいっていうか、そんな状況でそんなこと言ってたらただの馬鹿、みたいなことになっちゃうし、だいたいその主人公がもうすでに食われちゃってるし、とても放送なんてできない。だめだこりゃ、ってことで放送を中断してこうして事態の収拾にあたってるんですが、しかしまあこの巨大化したザリガニ——シナリオでは「ザリガニイ」って呼ばれてるんですが——これが強いの強くないの、まあ早い話がめちゃくちゃ強いんですが、だから通常兵器じゃとても太《た》刀《ち》打《う》ちできない。ま、ご覧の通りですよ。そこで、苦肉の策としてですね、このドラマを、そういう巨大ザリガニ怪獣みたいなものが大暴れしてもいいタイプのシナリオに無理やりにでも収束させて、それでともかく終わらせてしまおう、と。ほら、終わってしまいさえすれば、新番組を始めることができますから。というわけで、よろしくお願いしますよ、こちらです、とそのヒトデナシが開けてくれたドアをカメリがくぐるとそこは、テレビ画面がたくさん並んだ薄暗い部屋だった。それらすべての画面は、「しばらくおまちください」になっている。

ちょっと荒療治になりますけど、とにかく暴走中のドラマのシナリオに強引に割り込みをかけて、その文脈を乗っ取ります。幸いにっていうか、不幸中の幸いっていうか、とにかく主人公はもう食われちゃってますから、こっちから新たに主人公を挿入することが可能です。で、そのブリッジに使う追加シナリオがこれ、とヒトデナシが差し出したのは、掌《てのひら》サイズのナメクジみたいな茶色い塊《かたまり》。

ええっと、シナリオの読み込みはもちろんできますよね、レプリカメなんだから、とカメリの返事も待たず、それをカメリの甲羅の中央に、ぺた、と貼《は》りつけた。

それが吸着したことをすばやく確認すると、では私もサポートしますが、足りない部分はアドリブでよろしく、と頭を下げる。

そのときにはもうすでに、カメリの中では高速でシナリオの読み込みが始まっていた。図書館の本を読むのと基本的には同じだったから、本を読み慣れているカメリにはとくに苦労はない。さくさくさくさく読み進めていった。

突然、どおんっ、と部屋全体が揺れ、すべての画面の「しばらくおまちください」が歪《ゆが》みはじめた。

おおっと、ザリガニイの一時停止命令もそろそろ限界みたいですよおっ。

ヒトデナシが叫んだ。

リハーサルなんかやれそうにないんで、一回こっきりのぶっつけ本番でお願いしますね。

ヒトデナシは部屋の隅にある小さなドアの前に立った。

じゃ、本番、いきますっ。

叫ぶなり、一気にドアを引き開けた。

暴走したシナリオ特有の「なんでもあり」の吸引力が作用し、わざわざ一歩踏み出すまでもなくカメリはドアの向こうの世界に投入される。

ああっと、でも、そのリボンはちょっとまずいかも。

背後で、そんなヒトデナシの叫びが聞こえた。カメリにはそれがどういう意味なのかわからなかったのだが、しかしそのあとすぐに、まあこの際だから細かいことはいっかぁ、と開きなおったような声が追いかけてきたので、気にしないことにする。

なにしろ読み込んだばかりのシナリオを自分の中で咀嚼することだけで、もう手いっぱいなのだ。

一方その頃――。

ドラマ連続体の中では、突如として出現したザリガニ状巨大生物に町は蹂躙《じゅうりん》され、自衛隊の通常兵器はまるで歯が立たず、ついに核兵器の使用が検討されていた。

＊

人々は家財道具を大八車《だいはちぐるま》に満載して逃げまどい、病院は次々に運び込まれてくる負傷者で機能停止に陥り、体育館は怪我人《けがにん》や死体であふれ、そして、町のいたるところが燃えています。

どこからか聞こえてくるそんなアナウンスによって、カメリは状況を知らされた。

どこかで聞いた声だと思ったら、さっきのヒトデナシの声だ。

このますべてが焦土と化していくのを我々は手をこまねいて見ていなければならないのでしょうか。あるいは、この帝都に我々自身の手で核が投下されることになってしまうのか。人類の未来は、この苦しい選択に委ねられているのかもしれません。

どうやらあのヒトデナシは、実況中継しているアナウンサーとしてこのドラマに挿入されたらしい。自分に与えられたシナリオの流れから、カメリはそう判断した。

ああ、こうして決死の中継を行っている我々にも、ついにあのザリガニ状巨大生物が近づいてこようとしています。しかし、我々は臆することなく、最後の最後まで皆様に愛されるＮＨＫを目指して放送を継続する覚悟であります。もう、すぐそこまで迫ってまいりました。なんという脅威、なんという恐怖。今、禍々《まがまが》しく巨大な赤いハサミが空高く振り上げられました。まもなく、まもなく、我々めがけて振り下ろされるのでありましょう。いよいよお別れです。この放送をお聴きの皆さん、さようなら、さようなら、さよ――。

めりめりばりばりと何かが押し潰されるような音にその声はかき消され、アナウンサーは間違いなく殉職したであろうと、その放送を聞いていた誰もが思ったその次の瞬間、再び実況の声が響きわたる。

いや、待ってください。我々は無事です。なんと、我々は無事のようです。しかし、なぜだ。いったい何が起こったのでしょう。あっ、あれは、いったい何だ？　何かが、あのザリガニ状巨大生物と戦っています。信じられません。私には、自分のこの目が信じられません。皆さん、私は、夢を見ているのでしょうか。なんと、カメです。巨大なカメです。頭に赤いリボンをつけた巨大なカメが、あのザリガニ状巨大生物と戦っています。はたして、新たに出現した人類の敵なのか、味方なのか、いったいどっちだ、もしもしカメよ。

そんな実況を聞きながら、カメリは与えられたシナリオの中の自分の役を着実にこなしていった。

＊

そのときは目の前のことに反応するだけで精一杯だったのだが、じつは、ザリガニイを組み伏せ、そのハサミを口にくわえてべりばりと毟《むし》り取りながら、カメリは視界の隅にあるものを捕らえていたのだ。

一瞬のことだったが、こうしてすべてが終わったあとでもくっきりした記憶として残っているそれは、一体の模造亀の姿だ。

ザリガニイが破壊したあのドアのところ。通路からこっちを覗き込むようにして、つまりほんのすこし前、自分が立っていたのと同じところに、所在なさげに突っ立っている模造亀。

もしかしたらこの役は、自分ではなく、あの模造亀が演じるはずのものだったのではないか。このためにあの模造亀は呼ばれてきたのではないか。

カメリはそんなふうに推論する。

あのヒトデナシが、たまたま同じ場所に立っていた自分とあの模造亀とを勘違いした、あるいは、亀違いだが仕方がない、と考えたのか。

なんにせよ、カメリにとって本当に気になっているのは、そんなことではなく、あの模造亀は、かつて自分がハワイに行ったとき、そこで出会った模造亀なのではないか、ということ。いや、そうに違いない、とカメリは確信していた。

目があったその瞬間、カメリにはそれがわかったのだ。

それは、運命の再会だったのかもしれない。しかし、シナリオにないそんなシーンをそれ以上続けることはできなかったし、戦闘で舞い上がった土煙に紛れて、すぐに見えなくなってしまった。

まるで、連続ドラマでは定番の運命のいたずらによる「すれ違い」のように。

あの模造亀にも、名前があるのだろうか。自分と同じような名が。

カメリは思う。

はたして、あの――亀の名は。

ザリガニ状巨大生物は一体だけではなく、撮影用に様々な機能を持たせたものや、その予備が何体も作られていた。だから、暴走したシナリオの要請に従って自律ナノアセンブラが組み立ててしまったそれらのすべてを、それらと同じくらい巨大なカメとしてドラマ連続体に投入されたカメリが食いつくすという作業は、なかなか終わらなかった。

このままずっと終わらないのではないか。気の長いカメリでさえ、そんなことを思ったほどだ。しかしあるとき、その永《なが》い戦いは唐突に終わった。いつものようにカメリが破壊し再生不可能なまでに分解咀嚼して飲み込んだそれが、最後の一体だったのだ。

かくして、カメリは与えられたシナリオも、ザリガニ状巨大生物も、残さずきれいに消化し終えることができたのである。

*

いやあ、おつかれさまです。ちょっと予定より時間が押しちゃいましたが、時間のほうは編集でなんとでもなりますから、そっちはお任せください。あ、それからこれ、つまらないものですが、記念品、っていうか、メモリーっていうか、メモリアルボックスっていうか、まあそんなところで。

ヒトデナシはそう言って、弁当箱みたいな黒い箱を差し出した。そして、お帰りはこちらから、と案内するドアをカメリがくぐると、そこはメトロのトンネルのようなところである。

では、ごきげんよう、とヒトデナシが外からハッチを閉めると、どこからか水が流れ込んできて、そのままカメリを押し流す。両手に箱を持ったままカメリは流され続け、すぽん、と広いところに飛び出たと思ったらそこは、見なれたオタマ運河の水面だった。

土手の向こうには夕空が広がっていた。

疲れた身体でのたのたと岸に這《は》い上がった。

しばらく土手を歩いて、斜面に置いていった買い物カゴを探したのだが、あたりにそれらしきものは見当たらない。風で運河に落ちたか、それとも誰かが持っていってしまったのか。お気に入りの買い物カゴだったのに。

カメリは土手から降りて、まっすぐ湿地を横切っていった。ずいぶん遅くなってしまったから、マスターもアンも心配しているはずだ。

それにしても、いったいすべての処理を終えるまで、どのくらいかかったのだろう。シナリオを消化することに夢中になっていたカメリにはよくわからなかった。

湿地はすでに夕闇《ゆうやみ》に沈んでいた。

カフェのテレビはちゃんと映るようになっているだろうか。そんなことを考えながら、カメリは湿地を進んでいった。

ところが、いっこうにカフェの明かりが見えてこないのだ。

いったいどうしたのだろう。その理由を推論しようとしたが、なぜか甲羅の奥が冷たくなっていくような気がして、できなかった。

そんなことはカメリにとっても初めてだ。

これはいったいなんだろう。

カメリは考えようとしたが、その手がかりすら見つけることができなかった。

そんなカメリが、ようやくカフェに着いた。いや、正確には、そこはもうカフェではなかった。昔、カフェのあった場所。

なぜ明かりが見えなかったのか、今は、その理由もはっきりしていた。そこに残っていたのは、崩れた壁とカウンターの残骸《ざんがい》だけだったのだ。

昇ってきたばかりの赤い月が、それらを照らしていた。

いったい何が起こったのか、カメリにはすぐにわかった。

崩れた壁も朽ちたカウンターも、そして完全に水没して見えなくなった厨房も——。

それらすべてが、長い年月の経過を物語っていた。

カメリがシナリオを消化し終えるのに、思っていた以上に時間がかかったのだ。

その間、こちらではいったいどのくらいの時間が経《た》ってしまったのか、カメリにはわからない。

カメリの体内時計は、シナリオ内時間にシンクロして動いていたのだから。

とにかく、もうここには誰もいない。

アンも、マスターも、ヒトデナシたちも。

どうしたらいいのか、わからなかった。

朝になったら、ここに誰かが来るのだろうか。

わからなかったが、そこにいる以外にすることはなかった。やるべき仕事も、職場も、同僚も——。

なにもない。

カメリは自分の手を見た。

お土産《みやげ》にもらった黒い箱が、そこにあった。

残ったのは、それだけ。

そして、それ以外にすることがないからだろうか、自分でもそうする理由がわからないまま、カメリはその箱を開けていた。

ざあああああ、という波のような音が聞こえた。

最初は箱の中から。そして、いつのまにか、周囲すべてから。

驚いて見まわすと、常連のヒトデナシたちが立ちあがってカメリに拍手をしているのだった。

すごかったなあ、カメリ。今朝のテレビ観たよ。かっこよかったぞ、カメリ。リボンが似合ってたよ。いやしかし、いきなりカメリが映ったときはびっくりしたなあ。うん、おどろいた。おどろいたって言えば、あの終わり方だ。思いもよらなかったよな。うん、おどろいた。おどろいたっていうか、めちゃくちゃだよ。めちゃくちゃだったな。これまでの朝の連続ドラマの中でも、とびきりのでたらめさだったな。いきなり主人公がザリガニに食われちゃうんだもんな。その展開はないよな。でも、カメリが出てからはよかったな。うん、カメリのところはよかったよ。昨夜から姿が見えないと思ってたらテレビに出てたんだなあ。すごいなあ、カメリ。テレビに出たんだな、カメリ。いや、テレビに出たって言うより、テレビに入ったって言うべきじゃないのかね。そうだな、入ったのかなあ。出たのか入ったのか知らないが、とにかくよかったよ。うん、よかった。カメリが終わらせてくれたから、また明日から新しい連続ドラマを見ることができるよ。ありがとう。ありがとう。

そして、全員が声をきれいにそろえて言った。

ありがとう、カメリ。

カメリにしてみればずいぶん永い戦いだったが、ヒトデナシたちのセリフから判断して、どうやらこちらではわずか一日、連続ドラマにすれば一回分で消化できる程度の出来事だったらしい。

まあ時間のほうは編集でなんとでもなりますから。

あのヒトデナシが言っていたのは、つまりこういうことなのか。

カメリは思った。

ということは、この世界もまた、誰かによって編集されているということだろうか。

なんだかついさっきまで、その編集の過程で捨てられた時間の中に自分がいたような気がしたのだが、それがどんなだったのか、今となっては思い出すこともできない。

うわああっ、とさっきからカウンターの下で悲鳴をあげ続けているのはマスターだ。

あいかわらず大げさねえ、ほら、なんでもないじゃない、とアンが言った。

アンの前には、あの箱があった。あの竜宮城のお土産の黒い箱。もう思い出すことのできない何かは、その箱と関係があるような気がしたが、やっぱり思い出せなかった。

いや、思い出せないというより、編集されて初めからそんなものはなかったことになっているのかもしれないが。

だいたいそういうものは開けないほうがいいって、昔から決まってるんだよ。

床に伏せたままで、マスターが言った。

だって、ほらあ、とアンがそんなマスターの顔の前に突き出すようにして箱の中身を見せる。入っているのは、真空パックされた紅白饅頭だ。

なんだよお、おどかしやがって。

勝手におどろいたんじゃない、ねえ、とアンがカメリに笑いかけた。

ま、現実はこんなもんか、とマスターは身体を起こし、そのついでのように饅頭をつまんでかじった。

うん、けっこううまい。

なに勝手に食べてんのよ。

アンがマスターの石頭をはたく。

カウンターの隅に置かれている買い物カゴにカメリが気づいたのは、そのときだ。

ああ、これね、とアンが笑ってヒトデナシたちに視線を移した。運河に落ちて流されてたのを、連中が届けてくれたのよ。

おれが、おれが、おれも、おれが、おれが、おれも、おれが、おれだ、おれも、おれも、おれだ、おれが、おれも、とその場にいた全部のヒトデナシがいっせいに口を開き、自分を指差した。

おれがおれがおれもおれがおれもおれがおれだおれもおれねおれもおれだおれが。

カメリは、そんなヒトデナシたちみんなの頰に、いつかテレビで見たようなキスをした。

カメリ、子守りをする

オタマ運河の朝は早い。

マスターのそんな口癖の通り、まだ夜の明け切っていない靄《もや》の中では、ヒトデナシを現場まで運ぶための平底船《ひらぞこぶね》がすでに目を覚まし、エンジンを温める音をぽすぽすぽすと響かせている。

その日もカメリは、早朝からカフェの奥にある厨房《ちゅうぼう》であわただしく働いていた。出勤前のヒトデナシたちで、まもなくカフェはいっぱいになる。泥饅頭《どろまんじゅう》などは前もって作っておかないと間に合わないし、皿だって取り易いようにきちんと並べておく必要がある。それやこれやをきちんと段取りするのが、カメリの朝一番の仕事なのだ。

そんなカメリが、マスターとアンの言い争っている声を聞いたのは、水没した倉庫に潜り、缶詰を抱えて厨房へと浮上してきたときだった。

ふしゅっ、と鼻の穴から水を噴き出すと、いつもならそこで待っていたアンがカメリの手から缶詰を受け取り、その尖《とが》った形のいい爪《つめ》で、きるるきるるきるると缶の蓋《ふた》を次々に切り取ってくれる。

ところが泥水から顔を出したのにアンはそこにはおらず、カウンターのほうから、ふたりが言い争う声が聞こえてきたのだった。

もともとが泥沼戦用として作られたヌートリアンであるアンは、いつもしっかりしていて決断も速く、判断も適確だ。経験でそれはわかっているから、石頭のマスターも口の中でぶつぶつ文句を言いながらもすんなりそれに従う。

ところが、そんなマスターが今朝《けさ》は声を荒らげてアンに文句を言っているようなのだ。普段なら、どうでもいいことはよくしゃべるが肝心なことについては、ああ、とか、お、とか、まあな、とか、そんなことを口の中でごにょごにょ言うだけの、あのマスターが、である。

珍しいこともあるものだ、とカメリは厨房からカウンター内へ抜ける穴から首を伸ばしてみた。

困るんだよな、勝手にこういうことをされちゃ、と、マスターがふてくされたような顔でそっぽを向いていた。

おれの都合とかそういうことは、なんにも考えてくれないんだもんな。

だって、そんなの知らないもの、とアン。

とにかく、前もってひとことおれに相談して欲しいんだよ。

そんなこと言われたって、マスターはいなかったし、放っとくわけにもいかないじゃない、マスターの写真を持ってるんだもの。

ええっ。

マスターの声がひっくりかえった。

ほら。

うわっ、ほんとだ、おれだ。

ねっ、誰だって、マスターの知りあいだと思うわよ。実際、そうなんでしょ。

そうだよ。いや、そうでもない、っていうか。まあ、知ってるか知らないか、どっちだっていうことになれば、そりゃあ知ってるってことになるんだろうけど、でも、憶《おぼ》えがあるかないか、っていえば、それは微妙なところなんだよな。

最初のうちこそマスターの声は大きかったが、最後のほうになると、ぼそぼそむにゃむにゃと結局いつもの調子に戻っているのだった。

さあ、とにかく仕事仕事、とアンはエプロンをつけながらカウンターの下をくぐって厨房へと抜けていった。あとに残されたのは、困惑顔のマスターと首を伸ばしたままのカメリ。

そこでようやく、カウンターの上にあるその見なれないものにカメリは気がついたのだった。

＊

泥饅頭をそっと押して平たくしたような形だが、色は泥と違って白かった。それに、表面はなめらかそうだ。

いつかテレビで見た鏡餅《かがみもち》だろうか、とカメリは一瞬思った。

だが、よく見るとその両端には黒い目がある。目があったとき、ぱちぱちと瞬《まばた》きしたから、それが目だとカメリにはわかったのだ。

そして、そのふたつの目の下、ちょうど真ん中あたりにある切込みのようなもの。その位置と形状から、たぶんそれは口か、それに近い役割をする器官だろうとカメリは推論した。

つまり生き物であるらしいのだ。

たしかにそう思って見ると、鏡餅の形をしたその中央はわずかにくびれていて、腰のようでもある。そこにベルトのようなものが巻かれていて、写真が挟まっている。

なるほどアンが言うようにマスターの写真だった。カウンターの中でコーヒーを入れているマスターだ。背景になっているのはカメリやアンが勤めている今の店ではない。

よくもまあこんな古い写真が残ってたもんだよ。

呆《あき》れたようにマスターがつぶやき、写真を手に取ろうとしたそのとき、餅のような白い表面に、ぱちっと青い火花が散った。次の瞬間には、痛いっ、とマスターが顔をしかめている。

いきなり、電気ショックかよ。

痺《しび》れた右手を振りながら、マスターが叫んだ。

返せよ、このやろう。おれの写真じゃないか。

そう言いながら再び手を伸ばす。さっきよりもっと大きな火花が散ったが、今度はそれを予期してマスターはキッチン用ゴム手袋をしていた。そうしてなんとか取りあげた写真をズボンの尻《しり》ポケットに入れながら、顔をしかめてつぶやいた。

こんなところにのこのこ来るんじゃないよ。

すると、マスターのその言葉に反応したかのように、それはいきなり音を発したのだった。

えうううう、えううううう、えうううう。

カウンターの上でそんな音を発しながら、鏡餅状の表面を振動させている。かたかたかたとカップや皿が鳴りだし、そのうちカフェ全体が共鳴したように揺れはじめた。

わあっ、こりゃいかん、と、あわててマスターはそれを両手で胸の前に抱えるようにした。そのまま軽く揺すったりぽんぽんと掌《てのひら》で軽く叩《たた》いたりしながら、おおよしよしわかったわかった、ごめんごめん、はいはい、るるるるる、るるるるる、と声をかけている。

いったいなんのためにマスターがそんなことをしているのか、最初、カメリにはわからなかった。だが、そうやって抱えたまま、カウンターの前を何往復かするうち、音と振動はおさまったのだった。

どうやらマスターは、あの生き物の扱い方がわかっているらしい。いや、扱い方だけでなく、もっと他にもいろんなことを——。

カメリはそう推論した。

マスターがやれやれという顔で再びそれをカウンターに置いた。するとまたしても、えううううう、と始まり、しかも今度は、らぎゃどがあらうわらがあああ、などとさっきよりも激しくなったから、あわててさっきと同じように胸の前に抱えなおさねばならなかった。そして再び、よしよしよし、などとささやきながら店の中をうろうろするのだ。

そこへカフェの常連であるヒトデナシたちが、いつものようにぞろぞろぞろ次から次へとやってきたから、たちまち店はいっぱいになった。そうなっても、マスターは胸の前に抱えたそれをおろすことができない。ほんのちょっとした動きから察するのか、おろそうとしただけで、あの音と振動が再開してしまう。そのたびにマスターは、ああわかったわかったから、もうそんなに泣くな泣くな、よしよしよし、とカウンターの前をいったりきたりである。

カメリは、マスターの態度や言葉の端々から様々なことを推論しつつ、あらためてマスターの腕に抱かれているものを見た。

それにしても、いったい——。

＊

いやしかし、石頭のマスターに子供がいたなんて、想定すらしなかったよなあ。

ヒトデナシのひとりが大声で言った。

まったくまったく、と他のヒトデナシたちが声をそろえた。

ほんっと、男っていやらしいんだから。

アンが言った。それは、お気に入りの深夜のテレビドラマの中で主人公のウエイトレスがよく口にする台詞《せりふ》なのだった。前からそれを使ってみたかったのだ。だから、顔をしかめながらもアンはどこか嬉《うれ》しそうである。

それはそれとして、アンに話を聞いてからのヒトデナシたちの盛り上がりは大変なものだった。

それは、彼らが店のテレビで毎朝かかさず観ている連続ドラマがこのところ盛り上がりにとぼしく、ゆえにそれをネタに話すこともあまりないし、たまに話題にのぼってもいまいち会話が転がらない、というせいもあるのだろう。

ほとんど展開らしい展開はなく、このところずっと同じようなことばかり繰り返している連続ドラマなどもうそっちのけで、ヒトデナシたちはマスターを囲んでそれぞれの意見を述べはじめ、テレビの音が聞こえないほどの騒ぎである。

おい、いったいあいつらにどんな説明をしたんだよ。

アンを店の隅に引っ張っていって、マスターが尋ねた。

どうって、そのまんまよ。

アンが答えた。

そんまんま、ってなんだよ。

だから、マスターの写真を持ってオタマ運河の土手にいたんだから、これはきっと訳ありに違いないわね、って。

訳ありって、なんだよ、それ。

おおっ、いいね、訳あり。

うん、いいな、訳あり。

訳ありだ、訳ありだ。

全員がマスターとアンの会話に聞き耳を立てている。

なにが訳ありだよ。

マスターが叫んだ。もうひそひそしゃべっても意味はない。

だって、テレビのドラマにはよくあるじゃない。

そうだそうだ、とヒトデナシたち。

みんな、テレビの見すぎだっ。

マスターが怒鳴った。

それにしても、なんで店まで連れてきちゃったんだよ。

店の中のヒトデナシたちを見まわしながらぼやく。

こういう連中が口をはさんできたら、話がややこしくなるじゃないか。

だから、連れてきたんじゃなくて、私のあとを勝手についてきたんだってば。

こいつが?

マスターは、自分の腕の中を見る。

どうやって?

転がって。

うそつけ、こいつにそんなことできるわけないだろ。

そう言ってマスターは、腕に抱えていた鏡餅状のそれを、カウンターの端に置く。途端にまた、えうううあああああえええうううう。

な、こうやって泣くくらいのことしか——。

マスターが言い終わらないうちに、それはカウンターの上をごろんごろんと転がって反対側の端まで行き、落ちそうになる手前でぴたりと止まると、そこで反転してまたマスターの前まで戻ってきた。そして、馬鹿にされたとでも言うように、泣き声をさらに大きくするのだった。

かたかたかた、とそれに共鳴してカウンター全体がまた振動しはじめた。

ああ、はいはいはい、わかったわかった、ごめんごめん、できるできる、できるよなあ、とマスターがあわてて抱きあげると、声はぴたりと止まった。

子供なんてのは、父親の知らないうちにどんどん成長するもんだよ。

カウンターにいたヒトデナシのひとりが言った。

いや、しかしまあこれからが大変だよ。

なによりもまず、認知しなきゃね。

そりゃ、男としては当然だ。

男の責任だもんな。

当たり前だよ。そりゃそうさ、作りっぱなしなんて無責任なことがあるかよ。

いろいろあるだろうけど、とにかくハッピーエンドにして欲しいね。

連続ドラマの感想を述べあうようにヒトデナシたちは言った。

うん、やっぱりドラマってのは、少々辻褄《つじつま》があわなくても、ハッピーエンドがいいもんな。

ま、テレビ的にはね。

だから、これはテレビでもドラマでもないって言ってるだろっ。

マスターが叫んだ。

ただでさえそんなふうに騒々しくなっているところに、まだ次々に別のヒトデナシが入ってくる。もうすでに話を聞いた個体が後から店に入ってきた個体にいちいち説明する手間を省くため、ヒトデナシたちは店の中で泥色の身体《からだ》を繋《つな》ぎあわせ絡まりあって、あちこちで直接情報伝達をやりはじめた。彼らの仕事に必要な能力であり構造だから、そういうのは慣れたものである。店内のいたるところで、ヒトデナシたちはその表面にぱちぱちぱちといろんな色の光を弾《はじ》けさせる。伝達速度と効率を上げるため全員が活性化したのだ。おかげで店内はもう大騒ぎだ。きれいにそろったヒトデナシの波に持ち上げられるように店全体が大きく縦に揺れたのも一度や二度ではなかった。

ようするに、ヒトデナシたちは大いに喜び、その身体を膨《ふく》らませ波打たせて、文字通り盛り上がっているのだ。

いや、だからさっきから何度も言ってるだろ、これはもう、全然そういうんじゃないんだってば。

そんなマスターの言葉など、もう誰も聞いてはいない。

いや、ほんと、すごいよ。ドラマみたいだよな。

テレビみたいだよ、まったく。

みたいっていうか、おんなじだよ。

うん、こないだやってたやつな。

あれ、おもしろかったよな。

まさに、あれだ。

えっ、あんなことやったのか。

マスターってば、あんなことやったのか。

えっ、あんなことを。
あんなことだけじゃない。
あんなこともあんなことも、か。
そう、あんなこともあんなこともあんなことも。
えっ、あんなこともあんなこともあんなこともあんなこともか。
おお、そんなことって。
ほんとうかな。
ほんとうにできたのか。
そりゃそうだろう。
うん、そうできなきゃ、子供はできない。
そりゃ、そうだ。
できなきゃ、できない。
できたから、できたんだよな。
ほんっと、男っていやらしいんだから。
アンがつぶやいた。
うん、いやらしい。
ヒトデナシたちが言った。
マスターは、いやらしい。

いやらしいっていうか、おもしろいよ。

うん、おもしろいよな。

おもしろいやらしい。

今やってる連続ドラマよりも。

これはもうドラマと言っていいんじゃないかな。

ドラマでいっこうにさしつかえないよ。

うん、ドラマだね。

ドラマだよ。

ドラマだ。

ドラマドラマ。

さっきから何を勝手なこと言ってんだっ。

鏡餅のようなそれを腕に抱え、おおよしよしよしと規則正しく揺すりながら、マスター が叫んだ。

勝手なことじゃないよ。

ヒトデナシたちが唱和した。

アンに聞いたんだもんな。

ほんっと、男っていやらしいんだから。

アンがつぶやいた。

でたらめだ、とマスターがアンをにらんだ。

マスターはそう言うけどさ、その子は、マスターの写真を身につけてたわけだろ。そうだよな、とヒトデナシのひとりがカメリに尋ねた。

カメリはうなずいた。

ほら、アンだけじゃない。カメリだってちゃんと目撃してるんだから、これはうやむやにはできないよ。

そうだそうだ、うやむやにはできないぞ。

今さっき店に入ってきて、さっそく情報を伝達されたヒトデナシが言った。

それじゃやっぱり、あんたの子供ってことになるじゃないか。

なぜ、なるんだよ、とマスター。

だって、子供が身につけてるのは、親の写真に決まってるもんな。

うん、常識だよ。

写真を手に、たずねてきたんだ。

テレビのドラマでよくあるやつだ。

素直に認めたらどうなんだ、みっともない。

ほんっと、男っていやらしいのよね。

うん、いやらしい。

たしかにいやらしいな。

ほんと、マスターはいやらしい。

いやらしいけど、すごい。

うん、すごい。

すごいな。

すごい。

すごくて、いやらしい。

すごいやらしい。

ヒトデナシたちは盛り上がり、ずどんっ、と店全体が大きく揺れた。天井の破片がぱらぱらぱらと落ちてきた。

だめだだめだ、そんなに盛り上がられたんじゃ店が壊れちまう。

たまりかねたマスターが声をかぎりに訴えたとき、テレビの中で朝の連続ドラマが終わった。

おっと、時間だ。

ヒトデナシ全員が、そうつぶやいた。

おもしろくないおもしろくないと文句を言いながらも、いちおうテレビの画面は観ていたらしい。

さあ仕事に行かなきゃ。

そうだ、現場が待ってる。

うん、こんなことやってる場合じゃない。

口々につぶやくと同時に、繋がっていたヒトデナシたちは、泡がぱちんと弾けるように一瞬でばらばらになり、めいめいのカップに残っていた泥コーヒーをくいっと飲みほしたり泥饅頭をほおばったりして、いっせいに立ち上がった。

さあ仕事だ仕事だ仕事だ仕事だ。

そう声をかけあいながら、いつものようにからころんからころんとドアベルを鳴らして一列で店を出ていった。

まあとにかくあれだ、こんなのがいたんじゃ夕方の営業準備も何も出来たもんじゃないから、ここはひとつ、子守りを頼みたいんだけど。

マスターが、カメリに言った。

そんなの自分でやればいいじゃない、とアン。

だって、仕込みとかいろいろ、夕方までにやっとかなきゃならないことがあるし。

それっていつもカメリがやってることじゃない。なんで今日に限ってマスターがやるのよ。変じゃない。

いや、そりゃそうなんだけどさ、おれ、苦手なんだよ、こういうの。

それじゃ、私が見てあげようか。戦闘訓練ならうちの子といっしょにやればいいし。

アンが言った。

誰が戦闘訓練なんかやってくれって言ってるんだよ。ヌートリアンの戦闘訓練なんて、あんな無茶なことやったら死んじゃうよ。

そんなことないわよ。ちゃんと一人前の戦士にしてあげるって。

だから、訓練とかそんなことじゃなくて、おれがたのんでるのは普通の子守りだよ、子守り。

その会話から自らの危険を察知したのか、マスターの腕の中から、えううう、とまた泣き声が聞こえてきた。

ほら、怖がってるじゃないかよ。

ちゃんとかわいがってあげるのに。

それが怖いんだよ。

テレビドラマをお手本にしたようなマスターとアンのやりとりを横目に、カメリはテーブルにかかったクロスをつかむと、すたんっ、と一気に引きぬいた。テーブルの上には、皿もカップもきれいにそのまま残っている。それは、テレビで見てこっそり練習したカメリの隠し芸だった。

カメリは、その引きぬいた白い布でマスターが抱いていたその子を手際よく包むと、そのまま甲羅にタスキ掛けにした。その即製のスリングは、あつらえたように甲羅にぴたりとフィットする。

カメリがゆっくりと甲羅を揺すると、すぐに泣き声はやんだ。

マスターとアンが、ぱちぱちぱちと拍手した。

*

そいじゃ、すまないけど、夕方までタマコのこと、よろしくたのむな。

マスターがカメリに言った。

えっ、それじゃ子供じゃなくて卵だったの、とアン。

タマゴじゃない、タマコ。玉のような子、だから、タマコ、ってつけたんだよ。

マスターが照れたようにそう説明した。

なによ、それじゃやっぱりマスターの子供なんじゃない。名前までつけといてさ。さっきはなんで素直に認めなかったのよ。

アンはぷうぷうと頬《ほお》を膨らませた。

ほんと、男っていつもそうやってごまかそうとするのよね。

いやごまかすとか、そういうんじゃなくて、ほんとによくわからないんだって。

検索でもするように自分の頭を掌でくるくる撫《な》でまわしながら、マスターは言った。

そんなこと言ったって、身に憶えはあるわけでしょ。

それは、とマスターは言葉に詰まる。

なんというか、まあ、あるような、ないような。

あるってことじゃない。

いや、それはその、なんというか——ああっ、忘れてた。

　突然、マスターは叫んだ。

大切なことをたった今思い出した、という演技なのだろうか、とカメリは推論した。推論しなければわからないくらい、それは下手な演技だった。

　ちょっとだけ出てくるよ、すぐに帰ってくるから。

ちょっと、待ちなさいよ、とアン。

すぐに帰ってくるって。

そう言ったときには、すでにマスターはアンの横をすり抜けて厨房から裏口へ抜けようとしている。

それじゃカメリ、タマコのこと、よろしくな。夕方の仕込みのほうは、おれがちゃんとやっとくから大丈夫だ。ああ、それから、タマコは基本的にはおとなしくていい子なんだけど、機嫌が悪いときはちょっと大変かもしれない。もし泣き止《や》まなくなったら、そのときは——。

そんなに心配なら、自分でやればいいじゃない。

アンがその赤毛を逆立てて怒鳴った。

だからあ、おれじゃダメなんだってば。寝起きの機嫌の悪いときに母親がいないのに気がついたりしたら、そりゃもう大変なことになるんだよ。

母親って、誰よ。

尋問するようにアンが尋ねた。

ええっ、いや、だからあ、そのへんのことがおれにもよくわからないんだよ。わからないのに、こうやってときどきおれに預けていくんだ。

だから、それって誰なのよ。

だから、わからないんだってば。

わからないって、そんなことないでしょ。

それがあるんだよ。思い出そうとしても出てこないんだよ。記憶のそこんとこにモザイクがかかったみたいになってて。

テレビじゃないんだから、モザイクなんてことがあるわけないでしょ。

あるわけなくたって、実際にあるんだから仕方ないだろ。なんにもわからないんだ。

なんにも、って、何か憶えてることくらいはあるでしょ。

ええっと、そうだな、たしか、メトロだよ。メトロの駅で何かがあって知りあって、それでどっかで何かがあったような気がする。

何かとか、気がするとか、なによそれ。

だって、ほんとに思い出せないんだから。

ほんと、男っていやらしくっていいかげんなんだから。

そんなこと言われたって――。

そんなふたりの会話を甲羅で聞きながら、カメリはからころんとドアベルを鳴らしてカフェを出た。

背中のタマコは、まるで始めからそうすることが決まっていたかのように甲羅の上で具合良さそうにしている。カメリは布越しに、その身体の柔らかさと冷たさを感じることができた。

それはカメリにとっても心地よいものだった。なんだか妙にしっくりとくる、これまで体験したことのないような不思議な感覚だ。

これは、どういうことなのだろう。何か意味があるのだろうか。

そして何よりも、今背中で眠っているのは、いったい何者なのか。

マスターの子供？

タマコ？

そんな情報とも言えないような情報は、推論の助けにはならない。

テーブルクロスで甲羅にタマコを固定したまま、カメリは土手の上の道をゆっくりと歩いた。仕事の途中だったからエプロンをつけたままだった。

テレビで見たお手伝いさんみたいだとカメリは思い、それですこし嬉しくなった。テレビの中にいるヒトのマネをすると、なぜかそんな浮き立つような気持ちになるのだ。

運河の水門のところでは、ヒトデナシたちによる工事が行われていた。

そこで運河は地下水路に分岐していて、それはカメリがマントルの丘などに行くときに利用するメトロの駅への入口でもある。

やあ、カメリ、今日は子守りかい。

声のしたほうに目を落とすと、カフェの常連のヒトデナシたちが、水路の底の泥の中で懸命に働いていた。どうやら分岐点に溜《た》まって流れを堰《せ》き止めてしまっている泥や大《おお》蛭《ひる》を取り除き、その両岸を固める工事をしているらしい。

なんだよ、マスターにやらされてるのか。

雇い主がだらしないと、従業員もひと苦労だよな。

カフェの常連のヒトデナシたちは作業の手を止めることなく、土手の上のカメリに口々に声をかけた。まるでテレビの中のそんな場面みたいに。

同じ現場で働いている他のヒトデナシたちが、それをうらやましそうに見ていた。本当にうらやましがっているのかどうかわからないのだが、カメリにはそう見えた。

そんなことができることをうらやましがっているような。

ヒトデナシにも二種類あることを、今の仕事をするようになってからカメリは知った。カフェに来るヒトデナシ、と、来ないヒトデナシ。いや、来ることができるヒトデナシ、と、来ることができないヒトデナシ、なのかもしれない。なぜそんな差があるのかは、カメリにはわからない。

わからないが、カフェの常連のヒトデナシたちを見ている他のヒトデナシの様子は、カフェの常連のヒトデナシたちが、テレビの中のヒトを見ているときのそれによく似ているように、カメリには思える。

そこで行われていることに自分も加わってみたいのだが、加わることができない。加わる方法が、わからない。

あの感じ。

*

土手の上からヒトデナシたちに手を振っているとき、それは起こった。最初、いったい何が起きたのかすらカメリにはわからなかったのだが——。

身体が甲羅ごと跳ねるように大きく縦に揺さぶられ、その衝撃で地面に両手をついていた。

一瞬、地震かと思った。しかし震源は、どうやら自分の背中であるらしい。

なんだかわからないままふんばっていると、ぶびゃあ、ぶびゃあ、ぶびゃあ、かあああお、おかああああお、という音が加わった。

それでようやく、背中でタマコが泣きだしたとわかった。タマコを甲羅にとめているテーブルクロスが、太い弦《げん》のようにぶうんぶうんと鳴っている。

これがマスターの言っていた、ちょっと大変、というやつなのだろうか。

カメリは思った。

なるほど、これはたしかにちょっと大変かも。

なんとか立ち上がって、甲羅を揺すりながら歩くと、いったん泣き声は止まったのだが、しかしまたすぐに、さらに大きな声で泣き出してしまった。そして、そうなってしまうともういくら揺すっても泣きやみそうにないのだ。

やあ、苦労してるな、カメリ。

ヒトデナシが言った。

大変だな、カメリ。

レプリカメも、泣く子には勝てないか。

がんばれカメリ、と常連のヒトデナシたちが声をそろえた。

泣き声といっしょに振動も大きくなり、テーブルクロスの結び目を握っているだけで精一杯のカメリは、そんなヒトデナシたちに手を振り返すこともできない。そんなカメリに、ひとりのヒトデナシが叫ぶように言った。

百貨店に行けばいいよ。

ヒトデナシの声は、背中の泣き声にもかかわらず、よく聞こえた。音のうるさい現場でも情報を交換するためにそんな声の出し方ができるのだ。

ああ、そうだそうだ、それがいい。

他のヒトデナシたちが賛同した。

オケラ座前の大通りにある百貨店だよ。

そうそう、通りに面したショーウインドウの中に、いろんなものが飾られてるらしいぞ。

ああ、テレビのニュースでやってたな。

クリスマスの飾り付けだよ。

きらきらしているらしい。

それに、動くらしいぞ。

子供っていうのは、そういうのが好きなんだよ。

そうだ。

それがいいよ。

その子に見せてやれ。

川底で泥まみれになって作業を続けるヒトデナシたちが、きれいに声をそろえて言った。

それからおれたちにも、どんなだったか話してくれ。

答えるかわりに、カメリは大きく甲羅を揺すった。そして、オケラ座のほうに向かって歩き出す。

オケラ座前の大通りへはメトロを使ったほうが速いのだが、なんといっても今日は背中で子供が大泣きしている。これではメトロに乗るのは難しいかもしれない。すこし遠いが、夕方までに帰ればいいのだから、運河に沿って歩いて行くことにした。

甲羅を大きく揺すりながら歩いても泣き声は止まなかったが、それでも泣き疲れたのか飽きたのか、オケラ座の丸屋根が見えてくるあたりまで来ると音量はだいぶ小さくなっていた。

大通りに入ると、あたりはヒトデナシで埋めつくされている。

大勢のヒトデナシがいるのだが、別に何をしているというわけでもない。ただあたりをぶらぶらしたり、カフェの表のテーブルでお茶を飲んでいたり、店の飾り窓を覗《のぞ》いていたり、つまり閑《ひま》を潰しているようにしか見えないのだった。

カメリの知っているヒトデナシたちは皆、昼間はどこかで仕事をしているのに。

それとも、ここでこんなふうにしていることがここにいるヒトデナシたちの仕事なのだろうか。

そう思って見ると、そんなふうに見えなくもない。

ま、ヒトデナシの仕事にもいろいろあるってことなんだよ。

いつかマスターが言っていた。

＊

マスターがよく言っているように、この世界をヒトが住んでいた頃の世界に近づけることがヒトデナシの仕事なのだとしたら、こんなふうにテレビの中にあるような街角をここに作り、そしてそこで、まるでテレビの中でヒトがしているようなことをする、というのも彼らの仕事なのだろう。もちろんそれが本当なのかどうか、カメリにはわからないのだが、しかし、ここにあるのは確かに、テレビでしか見たことがないような、つまり連続ドラマなどで何度も見たことがある光景なのだ。だから、それがどういう設定なのか、カメリにもわかる。

クリスマスを前にした街だ。

買い物に来たヒトであふれた歩道。

そして、通りに面した百貨店の大きな飾り窓。それぞれの店のそれぞれの窓の中に作られた小さな世界の中で、音楽にあわせて小さなものが動いている。

よーひら、みーひら、やむやむまー。

よーひら、みーひら、やむやむまー。

そんな歌とも掛け声ともつかないような音を発しながら行進しているのは、熊だった。ホンモノの熊ではない、とカメリは判断する。

テレビで見たことのあるホンモノの熊とは大きさが違っている。カメリの掌に載るくらいの熊なのだ。

行進している熊たちの向こうでは、別の熊たちが蜂蜜《はちみつ》を舐《な》めていたり、何頭かで協力してケーキを作っていたり。熊たちはいろんなことをしているが、それでも共通していることがあった。

同じ動作を延々と繰り返しているのだ。

同じ音楽にあわせて。

熊だけではない。

象が並んでダンスしていたり、ツリーや星がくるくる飛びまわっていたり、顔のあるカップやフライパンが歌っていたり。

いろんな別々の小さな世界の中で、ヒトでないものたちがヒトのように動いている。ヒトの真似《まね》をしている。

テレビの中のクリスマス。

その真似をしている。

これがクリスマス飾りというものなのだろうか。

短い周期で動作を繰り返す小さなものたちを、カメリは見つめた。

そのときまた、背中がぶるんっ、と大きく振動した。タマコがまた大声で泣き出そうとしていることが、カメリにはわかった。

すかさずカメリは、甲羅にタスキ掛けしていたテーブルクロスをくるりと回して、それにくるまっていたタマコが腹甲の前に来るようにする。

それでも泣き出しかけたが、泣くことよりももっと興味をひかれるものを、タマコは目の前に見つけたようだ。その黒い目をめいっぱい開くようにして飾り窓の中を覗き込んだ。

もっとよく見えるようにカメリが両手で抱いて近づけてやると、嬉しいのか興奮したのかその身体をふるふると小刻みに震わせた。

むまー。

そんな声を発した。どうやら飾り窓の中で熊の合唱団が歌っているその最後の部分だけを、いっしょになって歌っているらしい。

ときどき、くきゅくきゅと高い声を出しながら黒くて丸い目を細めるのは、たぶん笑っているのだろう。なるほどヒトデナシたちが言っていた通り、子供はこういうのが好きらしい。

そんなタマコを見ていると、なんだかカメリもふわふわと温かいようなくすぐったいような気持ちになった。

百貨店の飾り窓は、舗道に沿ってずらりと並んでいる。そのひとつひとつに、違った光景や場面が作られていた。

隣の飾り窓の中には別の小さな世界、その隣もまた別の世界、とまるで競いあうように様々な趣向をこらした飾り窓が、通りに面して並んでいる。

カメリはタマコを腹甲の前に抱いて、ひとつひとつの小さな世界を見ていった。

そうしているのは、カメリだけではなかった。周囲にいるヒトデナシたちもまた、舗道を歩きながら、窓の向こうの様々なクリスマス飾りを見物しているのだった。

子供を連れたヒトデナシというものを、カメリはそのとき初めて見た。

カメリと同じように、子供にこのクリスマス飾りを見せに来ているようだ。子供というのはこういうのが好きだから。

それにしても、それはカメリにとってまったく予想外の光景だった。カメリはこれまで、ヒトデナシの子供などというものを、想像したことすらなかったのだ。

カメリの知っているヒトデナシは、事故で失われた分を補充するために鉄道で遠くから運ばれてくる。そんなふうにして新しいヒトデナシというのはカメリの前に現れる。完成した形で。そういうものなのだ。だからこそ、その日から彼らは失われたヒトデナシたちの代わりに働きはじめることができる。

ヒトデナシというのは、どこか遠くで、始めからあの大きさと形で生まれてくるものなのだろう。カメリはなんとなくそう思っていたのだ。

ところがここにいるヒトデナシたちときたら、テレビで見る子供連れのヒトのように、子供を手押し車に乗せていたり抱いていたり手をつないでいたりする。

では、ヒトデナシにも子供という時期があるということなのだろうか。

それとも、ヒトデナシの子供のように見えているだけで、ヒトデナシとは別の何かなのだろうか。

どちらにせよ、目の前のそれが、テレビで見る光景にとてもよく似ている、ということだけはたしかだった。

大勢のヒトがクリスマス前の街を子供連れで歩いている場面に。

もしかしたら、ここは本当にテレビの中なのかもしれない。いつのまにかテレビの中に入り込んでしまったのかも。

そんなことを考えながら、カメリは順番に飾り窓の向こうにあるものを覗いていった。いろんなものが次から次へと目の前に現れる。

タマコが興奮して身体を波打たせるもの、リズムにのっていっしょに声を出すもの、ただぽかんと眺めているだけのもの、驚いたように、ううう、と唸《うな》るもの、いろんな飾りがあって、それぞれに動いたり音を出したり光ったりしていた。

反応は様々だったが、タマコは楽しんでいるようだ。だからカメリは、飾りだけでなくタマコのそんな反応もまた楽しむことができた。

そんなふうにしてカメリは、もういくつ目なのかわからないその飾り窓の前に立ったのだ。

＊

その窓だけ、他のと様子が違っていた。前に立っても、何も見えないし何も聞こえてこない。

窓の中に閉じ込めたような暗闇《くらやみ》があるだけ。

おや、これは故障中だね。

クリスマスまでには修理して欲しいな。

カメリの甲羅越しに飾り窓を覗いたヒトデナシたちが、そんなことを言いあいながら通り過ぎていった。

なるほどそういうことか、とその前を離れようとしたとき、カメリはその闇の奥に何か光るものを見つけた。

顔を近づけてみる。

たしかに光の点が見える。

ひとつではなかった。

目が慣れてきたからだろうか、光の点はさっきよりも増えている。

それが星空であることに、カメリは気がついた。見つめていると吸い込まれそうな星空だ。

運河の土手の上から見る星空と違ってどの星もまたたかないのは、やはり壊れているからだろうか。それにしても、最初に見たときに気がつかなかったのが不思議なほどの星空だ。あのときは、ただの暗闇にしか見えなかったのに。

首を傾《かし》げながら、さらに星空を見つめる。

星空の真ん中あたりに、星の見当たらないところがある。

星空の中の黒い闇。

何かが、星を隠している。

それは、カメリの知っている形だ。

甲羅。

星の海に浮かんでいる甲羅なのだ。

そのことがわかると、もうそれは単なる影ではなかった。かすかな星明かりが、その黒々とした光沢のある甲羅に反射している。

さらに目を凝らすと、甲羅に刻まれた年輪まで見えてきた。もっとよく見ようとしてカメリは飾り窓のガラスに両手をあて、鼻先をガラスに近づける。

両方の掌に、冷たいガラスの感触。

と、そこでカメリは、自分が腕に何も抱いていないことに気づいた。

窓の中を覗くことに夢中になって、タマコのことを忘れてしまっていた。

あわてて周囲を見まわした。

ちょっと目を離したあいだに、自分でどこかに転がって行ってしまったのだろうか。

ヒトデナシたちでごったがえしている舗道。

テレビの中のような雑踏が、そこにあった。

タマコを見かけなかったか、手当たり次第に尋ねようとしたとき、こっちに向かって歩いてくるヒトデナシが、自分のほうを指差していることに、カメリは気がついた。

ひとりではない。複数のヒトデナシが、同じようにそうしている。

いや、自分ではなくて、もうすこし上だ。

振り向いて見ると、さっきまで覗いていた飾り窓、その枠の上に、タマコが貼《は》りついているのが目に入った。

どうやって登ったのか、そしてどうやって貼りついているのか、カメリにはわからない。

それでもとにかく、タマコを見つけたことで、カメリはひとまずほっとする。

だが、よくよく見てみると、タマコはそこに貼りついているだけではない。なんと飾り窓の枠をこじ開けるようにして、その中に入ろうとしているではないか。

壊したら弁償ものである。いったいどのくらいかかるのかすらわからない。

カメリはあわてて、飾り窓によりかかって手足を目一杯伸ばした。

なんとか手の先がタマコに届いた。

そのまま、つかんで、引きずりおろそうとすると、泣き出した。

それは、カメリの背中で発したよりももっと大きな音と振動だった。

固い音の塊《かたまり》が一瞬で膨張し、弾けたようにカメリには思えた。

カメリの前で、ガラスが真っ白になり、次の瞬間には流れ落ちる水のように、その破片がざらざらと崩れ落ちてくる。

カメリは反射的に手足と頭を自らの甲羅に収納していた。

＊

甲羅からそっと頭を出したカメリの目に最初に映ったのは、満天の星空だった。

バランスを崩して、飾り窓の内側に転げ落ちたのだろうか。

カメリはそう推論した。

ガラス越しに見たのと違って、どの星も嘘《うそ》のように明るかった。

こんなに明るくてくっきりと星が見えるところが、はたしてどこかにあるのだろうか。

まあ、他の飾り窓と同じように、これはホンモノではなく作り物なのだから、別にそれでもいいのだろう。

カメリは思った。

そして、そんなふうにくっきりと明るい星の中に、あの甲羅が見えた。

星空の真ん中に浮かぶ甲羅。

いや、甲羅の形こそしているが、どうやらそれは乗り物らしかった。その証拠に、側面には、いくつもの窓が並んでいる。さっき眺めていた飾り窓のように等間隔で。

さらによく見ると、そのひとつひとつにヒトデナシの顔があった。こっちを見ている顔だ。飾り窓の中を眺めているように。

その対比からしてもその乗り物は、ヒトデナシたちを積んで運河を往来している平底船より大きい。仮に、船だとすれば、オタマ運河では狭すぎる。星空にでも浮かべるしかない。

こんな風に――。

カメリは、その巨大な甲羅のてっぺんに、白いものを見つけた。

タマコだった。

形はだいぶ違っていたが、カメリはひと目見て、それがタマコだとわかった。

薄いお椀《わん》のような形をしたそれには、黒い玉がふたつついている。それが、カメリに合図を送るようにぱちぱちと瞬《まばた》きした。

あれは、柔らかいタマコが変形したものに違いない。

そして、そんなタマコのまわりには、銀色の服を着て、頭には透明のボウルのようなものを被ったヒトデナシたちがいる。

お椀のように変形したタマコを、甲羅のてっぺんに取りつける工事をしているようだった。ぱちぱちと火花を散らして、固定作業が完了する。

タマコは固定された点を中心にして、何かを探すように甲羅の上でくるくると回り、そして、ある位置でぴたりと止まった。

とたんに、甲羅の側面にずらりとならんだ窓のすべてに、いっせいに明かりが灯《とも》る。

甲羅からカメの頭が出てきた。カメの目にあたる部分は丸窓だ。

カメがこっちを向くと、なんと、その右の窓にはマスター、左の窓にはアンがいるのだった。

甲羅の上で工事をしていたヒトデナシが手をあげて何か合図をすると、それを見たマスターとアンがうなずいた。

マスターが、目の前のレバーのようなものを操作するのが見えた。

船が、動き出した。

甲羅から出した手足をゆっくりと動かし、その後ろに光の帯を引いて。

星空を泳ぐように。

それは、カメリからどんどん遠ざかっていく。

見る見る小さくなり、すぐに他の星と見分けがつかない光の点になり、そして、闇に溶けるように消えた。

行ってしまった。

マスターもアンも、タマコも。

まるで、この世界からテレビの中に引っ越していってしまったヒトのように。

これはなんなのだろう。

カメリは思った。

そして、ここはいったい——。

ふいに、自分の足の下に何もないということに気がつく。

地面がない。

さっきからずっとなかったのだろうか。では、なぜそんなことに今まで気がつかなかったのだろう。

甲羅が冷たくなっていくような気がした。

冷えきった甲羅だけになって、宙を漂っている。

何もないところを。

そこにはもう、自分すらない。

これが続くのだろうか。

このままずっと。

＊

どのくらいそうしていたのかわからない。

ぽんぽん。

そんな音が聞こえるまで、カメリはずっとそうしていたはずだ。それがどのくらいの長さなのかわからないが、それだけはたしか。

それまでずっと。

ぽんぽん。

その音が聞こえるまで。

それがなんの音なのか、カメリは知っていた。

よく知っている音。

後ろから、掌で甲羅を叩かれる音だ。

最初それは、遠いところからかすかに聞こえてくる音のような気がした。

だが、それが自分の甲羅の音であることに気づいた瞬間、何かがぺろりと裏返った。

自分を包み込んでいるすべてが裏返って、そうしてようやく自分というものが外側に出てきた。出てくることができた。

そんな感じだった。

瞬かない星空はあいかわらず目の前にあったが、でもそれはさっきまでのようにカメリを包み込んではいない。今は、目の前の飾り窓の中に閉じ込められた小さな星空でしかなかった。

真っ白になって砕けたはずのガラスはちゃんとそこにあって、窓の中と外を隔てていた。

カメリはその前に立って、窓の中を覗き込んでいるのだった。

ぽんぽん、とまた、あの音。今度は、すぐ近くから。

それ以上ないほど近くから。

自分の甲羅から。

振り向くと、マスターが立っていた。

ごくろうさん、なかなか大変だったたろ。

そう言ってマスターは、もういちど掌で軽くカメリの甲羅を叩いた。

ぽんぽん。

気になったから運河の土手まで様子を見に行って、そこでヒトデナシたちに聞いたんだよ。カメリとタマコは、たぶんここにいるだろうって。

そうだ、タマコ。

カメリはあわててあたりを見まわした。

タマコはどこに――。

そんなカメリに、マスターは言った。

ついさっき、母親が連れて帰ったよ。

そして、言い訳でもするように、あわててつけくわえる。

いや、もっとも、そこんとこも、じつはよく憶えてはいないんだけどな。あいつにはどうもそういう性質っていうか性癖っていうか、そんなのがあるらしくてなあ。ようするに、相手の頭の中をハッキングして、自分に関する記憶をいじっちゃうらしいんだ。なんでそんなことするのか知らないけど。きっと、よっぽどややこしい事情があるんだろうな。それにしても、ほんと、世の中にはいろんな奴がいるよ。

マスターは、自らの石頭をぺちぺちと叩いて笑う。

だからまあ、本当におれの子供なのかどうか、ってのも、じつのところおれにはよくわからないんだけどさ、でもそのくらいなら根拠とか証拠なしで信じるのもいいだろ。

そして、マスターは遠くを見るような眼でつぶやいた。

ぼんやり憶えてる感じでは、美人だったと思うんだけどなあ、でも、ま、これはおぼろげな記憶っていうより、単なるおれの願望なのかもしれないな。

そこでマスターは、カメリの前の飾り窓に目をやった。

ん？　なんだこれ？　真っ暗じゃないか。

そして、飾り窓の下に出ているプレートを指差した。

ああ、なるほど壊れてるのか。

そう言いながら、プレートの説明を読んだ。

へええ、中が暗くてよく見えないけど、どうやらここに飾られてるのはカメの形をした宇宙船らしいぞ。

マスターは、声に出してプレートの文章を読みあげる。

現在、パラボラアンテナの故障のため、通信ができなくなっております。修理にはもうしばらくかかります。申し訳ありません、だってさ。なんか、ホンモノの宇宙船が故障してるみたいだよな。

そして、振り向いてカメリに言った。

どうだろう、来週あたり、もういちど見物に来るっていうのは。アンもさそって、みんなでさ。その頃にはきっと直ってるだろ。

カメリはうなずき、そして大切な何かを思い出したように突然、足早に歩き出した。

ああ、そうか、とマスターもあわててあとに続く。

来週になっても、ここはクリスマス前のままなのだろうか。

カメリはふとそんなことを思う。

ここがクリスマス前の通りを真似たものだとしたら、これから先もずっと、すくなくとも完成するまでは、ここはクリスマス前のままだろう。

最初の驚きが過ぎ、冷静になってよく見ると、まだかなりの部分が未完成で工事中のようだ。さっきの飾り窓のように修理中のところもたくさんある。

これをここまで作るのにもずいぶん長くかかったはずだし、だとすればその間もずっと、ここはクリスマス前だったはずだから。

たぶん来週も、その先もまだまだ、クリスマス前のままだろう。

クリスマス前の街角で、カメリはそう推論する。

しかし、そんな来週のことよりも、問題は今日の夕方の営業だ。百貨店の正面に取りつけられた大時計によれば、もうヒトデナシたちが店に来ている時刻だった。きっとアンは今頃、仕事を放り出してどこかに消えてしまったマスターに悪態をつきながら、ひとりであたふた大忙しで、頼りになるカメリの帰りを待っているはずだ。

もちろん、店にあふれているであろうヒトデナシたちも。

カメリ、掘り出し物を探す

てぽっ、とカウンターを叩《たた》いて雫《しずく》が弾《はじ》けた。

うーん、漏《も》ってるなあ。

マスターが天井を見上げてつぶやいた。

また直さなきゃな。

てぽっ。

雨はもう何日も降り続いている。

どっちにしても、今日は休みかな。

マスターが言う。

ま、お客が来ないんじゃねえ。

窓の外を眺めながら、アンが言う。いつもならこの時間帯には店は満員で、泥コーヒーと泥饅頭《どろまんじゆう》をテーブル席まで運ぶのにも苦労しなければならない混雑ぶりなのに——。

今、店内で音を出しているのは、テレビだけ。そこに、ときおり思い出したように雨漏りの雫が、てぽっ。

窓から見える湿地にもオタマ運河の土手にも、動くものひとつなかった。

ちょっと見にいこうか、とアンがカメリに言って立ち上がる。

*

傘をさして行くことにした。

ついこのあいだアンが、ノミの市で買ってきた傘だ。カメリの分も買ってきてくれた。おれの分はないのかよお、とマスターがぼやいた。

だって、マスターの趣味なんてわからないもの。それに、ネクタイとか傘をプレゼントすると、男ってすぐに誤解するでしょ。

テレビのドラマに出てくるＯＬっぽく、アンが言う。

すぐにそういうことを言って、おれを仲間外れにするんだよな。まったく、経営者ってのは孤独だよ。

マスターがぼやいた。いろんなシーンで使えるお決まりの台詞《せりふ》。もちろんテレビのドラマで覚えたものだ。これを使うときはなんだか嬉《うれ》しそうだから、マスターのお気に入りの台詞でもあるのだろう。

だいたい、ヌートリアンもレプリカメも、水なんか平気じゃないかよ。

そんなマスターの言葉に、アンはその燃えるような赤毛をわさっ、と逆立てる。

それってセクハラよっ。

ぴしゃりと言った。アンが好きなドラマで主人公がいつも言う台詞だった。

アンが言うとホンモノみたいだ、とカメリはいつも思う。セクハラ、というのがいったい何なのかはわからないのだが――。

すみません、とマスターは肩をすくめる。

もう何度も繰り返されたやりとり。

さあカメリ、こんなセクハラオヤジなんてほっといて行くよ。

緑色の傘を手に、アンがカフェのドアを開ける。

からころん、とドアベルが鳴り、雨の音が大きくなった。

カメリはマスターの顔を見る。マスターは、いいよ、声に出さずに口だけ動かした。

カメリは水色の傘を手に、急いでアンを追いかける。

*

さわさわさわとカメリの頭の上で傘が鳴っている。

均質で柔らかい雨だった。

優しい雨というのは、こういう雨を表現した言葉なのだろうか。

カメリは思う。

ぼんやりとかすんだ土手の上に、アンの傘が見えた。運河の水草みたいなその色は、アンの好きな色だ。

傘をさしているアンが、灰色の空にくっきりと浮かび上がって見える。振り向いたまま、カメリを待っていてくれた。

背骨のまっすぐ伸びたその立ち姿は、なんだかテレビに出てくるモデルみたいだ。

そんなことを思っているカメリに、アンが手招きする。

はやくはやく、なに突っ立ってんのよ。

立ちどまって見とれていたカメリは、その声で我に返る。

あわてて土手の斜面を登っていった。傘をさしているからよけいにのたのたした動きになってしまう。

アンが手を伸ばして、そんなカメリを土手の上へと引っ張りあげてくれた。

ふしゅうっ、とひと息ついてからあたりを見て、カメリはその光景に驚いた。

すぐそこに水面があった。いつもは土手のずっと下に見えるのに。

このままではもうすぐ土手を越えてカフェのほうへ溢《あふ》れてきそうだ。出勤してくるときには、普段より少し濁っていて流れが速い程度だったのに。

流れの中ほどにある葦《あし》の島は完全に沈んで見えなくなり、泥色の水が渦《うず》まいている。

これはすごいことになってるねえ。

アンがおもしろそうにつぶやいた。

大した雨でもないのに、こんなに水量が増えるなんて。

カメリはあらためて運河を観察した。

たしかに水量は増えている。だが、それにしては流れそのものはゆるやかなのだ。むしろ、いつもよりも遅いくらい。ということは――。

だよね、とカメリの顔を見てアンがうなずいた。

この雨のせいっていうより、たぶんこの先で、流れが堰《せ》き止められてるんだよ。

アンは運河を見下ろしながら、土手を足早に歩きはじめた。

下流の様子を見に行くつもりらしい。

でも店は――。

カメリは一瞬考えたが、どっちみちお客は来ていないし、来そうもない。それなら、運河がどうなっているのかをたしかめるほうがいいはずだ。もし溢れたら、店も沈んでしまうのだから。

そう結論したカメリがカフェを振り返ると、ドアの前にマスターが立っていた。

カメリはもうだいぶ先へ行ってしまったアンを指差して、手を振った。するとマスターは、あーはいはい、という調子で大きくうなずき、両手をあげて大きな丸を作った。

カメリはマスターに向かって水色の傘を大きく左右に振ってから、アンの緑色の傘を追いかける。

雨に煙る運河の土手の上を、ヌートリアンとレプリカメは、大川《おおかわ》との合流点に向かって下っていった。

＊

大川に出たときには、雨は上がっていた。

空はまだ灰色の雲に覆《おお》われてはいたが、雨を落としていた黒雲は千切《ちぎ》れ飛ぶように消えていく。

水の匂いの残る空気の中で、いろんなものがくっきりと見える。

大川の対岸が、いつもより近くに感じられた。

オタマ運河の水量が増加した理由はすぐにわかった。

運河は大川の手前でいったん地下にもぐって、そこからトンネル状になって合流している。その大川への排水口が、狭くなってしまっていた。

大川を流れてきたらしい物体。黒い半透明のぶよぶよした四角い塊が、運河からのトンネルの出口に蓋《ふた》をするように、同じ位置にとどまっているらしい。

色と質感は、いつかテレビで見たコーヒーゼリーに似ている。でも、形は豆腐のほうが近いか。

カメリは思った。

ちょっとした家ほどもあるような四角いコーヒーゼリーだ。カメリが勤めているカフエよりもずっと大きい。

あんなものが出口を塞《ふさ》いでいたら、溢れそうになるのも当然だ。いったいどこからあんなものが——。

カメリは、あらためて大川の流れに目をやる。

すると、そこに見える異物は、それひとつだけではないのだ。

すごいすごい。

アンが声をあげて指差す川面《かわも》には、同じようなコーヒーゼリー状の塊《かたまり》がいくつも見える。

いろんな形、いろんな大きさの塊。

それらが流れの中ほどに島のようにとどまっていたり、すこしずつ押し流されていったり、流れながらばらばらになっていったり。

とにかく様々な塊がある。

棒のようだったりアーチ状だったり四角かったり丸かったり。そんなもので大川の流れが埋めつくされているのだ。

そして、すぐ目の前を流れていくその欠片《かけら》が、ヒトの形をしていることにカメリは気づく。

ヒトデナシだ。

アンがつぶやくように言う。もちろん、カメリにもそれはわかっていた。

いつからかヒトがいなくなってしまったここで、ヒトの形をしているものと言えばヒトデナシしかない。わざわざ推論するまでもない。

大川を流れていくいろんな形をした巨大な塊。それは、大勢のヒトデナシを組み合わせて作られた構造物なのだ。

この大川の上流にあるそんなものといえば――。

フルエル塔か。

アンがつぶやいた。

フルエル塔が倒れたんだ。

たしかにそうに違いなかった。もういちど川の中の塊を見ると、そのことがはっきりとわかった。

さっきまでは、いろんな形の黒い塊にしか見えなかったものが、カメリの中で組み合わせられて、ひとつの形をとる。

石のテラスの対岸に立てられて、この街の新しいシンボルになるだろうと言われているフルエル塔。

大勢のヒトデナシを固めて立てられた巨大な塔。その足にあたる部分に取り付けられるエレベーターで、展望台まで上ることができるようになるという。

対岸の石のテラスから眺めると、巨大なヒトが立っているように見える、と評判になっている。

その形に間違いない。

完成したら、皆でいっしょに見に行こうな。

マスターがそう言っていた。

大勢のヒトデナシたちがその工事に携わり、そして材料としても使用される。

ヒトデナシを組み合わせて作った構造を、そのまま固定して支柱にする——いわゆるヒトデナシバシラといわれる——工法、それをさらに進めた方法が使われているらしい。

カフェに来たヒトデナシたちがそんなことを話していた。

ひとりひとりのヒトデナシに加わる応力に対して生きたまま動的な制御を行うのさ。だからあんなに高くても強風や地震に耐えることができるんだ。ふるふると大きく震えているように見えても、その震えは、かかった力を打ち消したりよそへ逃がしたりするための動きで、だから全体としては常に安定していて、じっとしているものよりずっと強いんだよ。震えることによって、外からの力に立ち向かう。そのための震えなんだ。いわゆる、武者震いってやつだな。だから、フルエル塔、なのかどうかは知らないけどね。

そんなことをカメリたちに説明するヒトデナシたちの口調には、憧《あこが》れと誇りのようなものが感じられた。

そう、たとえば、テレビドラマで難工事に立ち向かうヒトビトを見ているときのような——。

そのフルエル塔が、ばらばらになってカメリの目の前にあった。ばらばらになった部品からさらにばらけたもの――ひとりひとりのヒトデナシだったものが、あとからあとから泥色の大川を流れていった。

オタマ運河から大川へと流れ込むトンネルの出口を塞いでいるあの四角い塊は、カメリがいつか上ってみようと思っていたフルエル塔の中層にある展望台だろう。

流れとぶつかっている部分からばらけながら、それはゆっくり下流へと押されていく。

これなら、もうすぐトンネルの出口は広くなって運河の水量はもとに戻るだろう。

とりあえず、運河が溢れてカフェが沈んでしまうことは避けられそうだ。

なるほど、こういうことだったんだね。

アンが川面を見つめてつぶやいた。

フルエル塔が倒れちゃったから、カフェに来ている連中は、きっとそっちに駆り出されたんだよ。いった何がどうなって倒れちゃったのか知らないけど、これじゃヒトデナシがどれだけいたって足りないだろうからね。

そんなアンの言葉を裏付けるように、流れの途中に引っかかって止まっている塔の脚らしきものの上に、大勢のヒトデナシの姿が現れた。

どうやら対岸から張ったロープをつたってそこに渡ったらしい。

大きく股を広げて逆立ちしたような恰好《かっこう》で流れの中ほどに突き刺さっているその上に、ヒトデナシたちは並んでいた。その数がどんどん増えていく。

いちばん上、逆立ちした足の裏にあたるところで手を振っているヒトデナシがいる。

おおおおおい。おおおおおおい。

どうやらカフェの常連のヒトデナシらしい。カメリとアンを見つけて手を振っているのだ。

ひとりではなかった。

てっぺんのそのヒトデナシの後ろには、ぞろぞろと大勢のヒトデナシが繋《つな》がっている。ただ列を作っているのではなく、腰のあたりで本当に繋がって、いわゆる百足《むかで》形態をとっていた。そうすることで、水に落ちたり押し流されたりすることを防止しているのだろう。

オタマ運河の工事でも、流れの中で作業しているときにそんな形態をとっているのを、カメリは何度か見たことがある。

ヒトデナシたちはその体を様々に繋いでいろんな形を作ることができるのだ。だからこそ、彼らは工事をするだけでなく、その要請に応じて材料になったりもできるのだろう。繋がるだけではなく、身体を硬化させたり軟化させたりして。

おおおおおい。

百足形態の先頭のヒトデナシが叫んでいる。

おおおい、カメリ。おおおい、アン。

後ろに繋がっている他のヒトデナシたちも同じように手を振っている。

前から順にほんの少しずつ遅れながら同じように手を振るから、ヒトデナシたちはまるで大きな波のようにも見えた。生きている波だ。

マスターには、しばらく行けそうにないって言っといてくれーっ。

先頭のヒトデナシは言った。

何があったのーっ。

アンが、よく通るしっかりした声で叫び返した。

見ての通りさーっ。

繋がって長くなった身体で不安定な足場に絡みつくようにしながら、ヒトデナシは答えた。

フルエル塔が、震えすぎて倒れちゃったんだよーっ。

どーして、そーなっちゃったのーっ。

わからないよーっ。それはこれから調べるんだーっ。とにかくおれたちは、ばらばらになった部品をできるだけたくさん回収しなきゃならないんだーっ。

と、そこで突然、ヒトデナシたちの乗っている塔の脚が大きく傾きはじめた。

おおおおっ、とこうしちゃいられないぞ。そういうわけで、マスターによろしくーっ。

ヒトデナシたちは岸から張られたワイヤーを塔の脚に固定する作業に取りかかった。

ワイヤーが次々に固定されていく。

ひと通り作業が完了すると、流れの上にぴんと張ったワイヤーをするするすると渡って、別の塊へと乗り移っていく。

がんばってねーっ。

アンがそう叫んだときには、もう彼らの姿は黒い塊の陰になってこちらの岸からは見えなくなっていた。

＊

ああ、あれは、まだいろいろと問題が多い工法なんだよな。

アンの話を聞くなり、マスターは言った。

小さいモデルなら大丈夫なんだけど、フルエル塔くらいの大きさにまでなると、動的制御のほんのちょっとのタイムラグのせいで、波が干渉しあってとんでもない大きさにまで増幅されるかもしれない。その可能性は、前から指摘されてたんだ。それをまた力づくで押さえ込もうとするから、エネルギーがますます大きくなって結局、分解しちゃったんじゃないかな。

なんでマスターがそんなこと知ってるのよ、というアンのもっともな質問に、まあ昔いろいろあってさ、とマスター。

そのあたりの試算を、やったことがあるんだよ。ま、ちょっとした手伝い程度だけどな。

だけど、そんなことわかってるんなら、なんでそんな問題のあるやり方であんな高い塔を建てたのよ。

いやまあ、そういう計算結果をなかったことにするために、計算した連中がお払い箱にされたりしたわけでね、とマスターは思い出すように言う。

つまり、計算自体がなかったことになったんだ。

よくわかんないなあ、とアン。

よくわからんよ、とマスター。

だいたい、システムも計算式と同じで、大きくなりすぎるとよくわからなくなるものなんだよ。そもそもの目的とか、そういう肝心なところがな。

カウンターに肘《ひじ》をついて、マスターがつぶやいた。

よくわかんないけど、なんにしても、お客はしばらくは来ないってわけよね。

アンがテーブル席に座ったまま、退屈そうに伸びをした。

とにかく、食べようや。せっかく用意したんだから。

マスターがカウンターに置いた泥コーヒーと泥饅頭を、カメリがアンのいるテーブルへと運ぶ。

あら、ありがと、とアンはコーヒーをひとくち飲んで、うん、やっぱりうちのコーヒーは、なかなかのもんよね、と満足げにうなずく。

カメリもいっしょに食べようよ。

カメリはこくりとうなずき、アンと同じテーブル席に自分の分を置いた。

マスターもカウンターで泥饅頭を頬張《ほおば》り、コーヒーを啜《すす》る。

あの連中、明日も来ないのかなあ。

アンがひとりごとのように言った。

まあ、あれだけでかいものが倒れたんだからなあ。二日や三日じゃ片付かないだろ、とマスター。

そんな大変なことをやってるんだから、なおさらお茶くらい飲みにくればいいのにね。

ま、現場へのルート上じゃないと、寄り道はできないんじゃないかなあ。あの連中の自由度ってそんなに高く設定されてないからなあ。そこまでシナリオから逸脱するのは、無理なんじゃないかな。

じゃ、とにかくお客は来ないわけだ。

アンがつぶやいた。

そういうことになるだろうな。

マスターがうなずいた。

さて、この機会に、ガタがきてるとこの修理でもするかな。

てぽっ、と、思い出したように天井から落ちてきた雫を見て、マスターは表に出る。

入口のドアを足がかりにして、屋根に登っていった。

それじゃ、あたしたちは――。

アンがカメリに言った。

なんか新しいメニューでも考えようか。この泥饅頭も悪くはないけど、こればっかりっていうのもなんだしね。ひさしぶりに来たときに、何か新しいのを出して、びっくりさせてやろうよ。

カメリは大きくうなずいた。

じつは、前からそのことは考えていたのだった。

ケーキはなかなか難しいが、でもカヌレなら、なんとかそれらしくなるのではないか。ケーキみたいにいろんな色や飾りも必要ない。焦げ茶色だけだ。

ケーキはテレビで見るだけではわからない部分が多いし、その色や形を真似《まね》るのは大変だが、でもカヌレなら型さえあれば——。

そう思っていた。

うん、そりゃいいね、とアン。カヌレって、どんなのか知らないけど、それはいいよ。名前がいい。

そう言ってアンは、カメリの甲羅を叩《たた》いた。

でも、カヌレの型なんて、いったいどこで手に入るのかな。

すると、屋根の上からマスターの声が聞こえた。

ノミの市にならあるかもな。

そんなのあったかなあ、と、このあいだノミの市で傘を手に入れたばかりのアンが言う。

いやいや、そこいらの小さなノミの市じゃなくてさ、ニャンニャンプールとかに行ってみればいいんじゃないかな。

ああ、ニャンニャンプールのノミの市、とアンがつぶやいた。

聞いたことあるけど、まだ行ったことないなあ。

おれも行ったことはないんだけど、とにかくものすごく大きいんだろ。掘り出し物もけっこうあるらしいしね。

うーん、掘り出し物、ってのにはひかれるよねえ。

アンが腕ぐみした。

女子って、そういう言葉に弱いんだよね。

テレビドラマの中のヒトみたいに、アンが言った。

どうせお客も来ないだろうし、カメリといっしょに行ってくればいいよ。

そうだねえ、よしっ、じゃあせっかくだから、行ってみようか。

カメリはうなずいた。そうでなくても、ノミの市でときおり見つかるという掘り出し物のことは、前から気になってはいたのだ。

＊

ニャンニャンプールへは、オタマ運河沿いに上って行けばいい。メトロを使って行くこともできるのだが、それはアンが嫌がるのだ。だって、あんなぬるぬるした大人だか子供だかわかんない奴にしがみつくなんて気持ち悪くってさ、ああ、やだやだ、と、アンは首筋の赤毛を逆立てて言う。それに、ああいう地下水路のようなところは待ち伏せされやすいし、罠《わな》が仕掛けられてたりしたらどうやって脱出するんだよ。そんな自信家じゃないね。つまり、女子として、というより、泥沼戦用ヌートリアンとしての本能が、メトロを拒否しているのだろう、とカメリは推論している。

雨あがりのオタマ運河は濁ってはいたが、水嵩《みずかさ》はもうほとんどもとに戻っていた。見たことのないような大きさの蛭《ひる》らしきものが水の中でのたうっていたり、それに絡みつかれて、平底船《ひらぞこぶね》が転覆しかかっていたりする。ほかにもいろんな見たことのないたくさんの脚や長い胴体のものがうようよわしゃわしゃと地上や運河に出てきている。

このあたりの土地はだいぶ安定しているように見えるのだが、こうして雨が降るだけで、すぐに地面は泥の海みたいになってしまうし、そうなるといろんなものが地上に顔を出す。

ヒトデナシたちの毎日の作業によって、この世界はヒトのいた頃の世界にだいぶ近づいているかのように見えているが、やはりまだまだ先は長そうだ。

運河沿いの道は、やがて環状線と呼ばれる太い管と交差する。どくんどくんと脈打ちながらその管は、水路を跨《また》いでいる。

それは、この街全体を囲んでいる太くて丈夫な肉の管なのだ。いったいそれがどんな役割を果たしているのか、カメリにはわからない。アンも知らないと言っていた。

見上げるほどの大きさの赤と紫の絡み合った管なのだが、その肉の壁は厚くて丈夫で少々のことでは傷つけることすらできない。

巨大な血管なのではないか、とマスターはいつか言っていた。たしかに、色も形もよく似ている。

でもサイズは――。

カメリは思う。

こんなサイズの血管を持つ生き物など、これまで見たことがないし、そもそも、あんなふうに血管だけが地面の上にある、というのもおかしいではないか。

しかし、おかしくてもなんでも、とにかくそういうものがこの街をぐるりと取り囲んでいるのは間違いない。というか、その内側が、街になっている、というべきか。どくん、どくん、と規則正しく脈打っている点も、誰が見たって血管に見えるだろう。サイズを別にすれば――。

土手を左に折れて、そんな環状線沿いに小道をすこし歩けば、もうそこはニャンニャンプールだ。

ほらほらカメリ、はやくはやく、はぐれずについてくるんだよ、とアンが嬉《うれ》しそうな声をあげる。アンは、買い物が大好きなのだ。

もう待ちきれないという様子で、擂《す》り鉢《ばち》状の地形であるニャンニャンプールのその擂り鉢の縁の部分に立って、カメリに手招きしている。

環状線からニャンニャンプールの入口へと続く道は、昨夜からの雨でかなりぬかるんでいる。二足歩行模造亀《レプリカメ》のカメリは、泥沼戦用ヌートリアンほどにはぬかるみが得意ではない。

ずっぽ、ずっぽ、と音をたてて泥から足を抜きながら、ようやくアンに追いついた。

＊

擂り鉢の斜面の下に見える混雑したあたりが、どうやらニャンニャンプールのノミの市らしい。

この街でいちばん大きくて、そして今も成長を続けているというノミの市。

アンもここにはまだ来たことはないというし、カメリに至っては、ノミの市に来ること自体が初めてだった。

擂り鉢の斜面は、ニャンニャンプールというその名の通り、猫の背中にそっくりだ。いろんな毛並みの猫。

白、黒、斑《ぶち》、三毛《みけ》、灰、小豆《あずき》、コーヒー、抹茶。

様々な色と模様を持つ猫の背中が滑らかに繋がって、下まで続いている。

もともとは、一匹一匹の独立した猫だったらしいが、それがなんらかの方法でひとつに繋がったのだという。

そんな猫の毛皮の中から、ぴっ、と小さなものが飛び出してきた。それはカメリの首筋に取りついて、その皮膚《ひふ》をちくりと射した。

ノミだ。

ノミがいるのは当たり前で、もともとここは、高性能ノミの牧場として作られた施設なのだ。

高性能ノミをさらに改良し、さらなる高性能ノミを作り出すのです。そのための実験場であり、さらにその完成品を量産するためにも使われていました。

そんな声がどこからか聞こえてきた。

この牧場を作り上げている材料でもある猫、その体液がノミの栄養源として最適のものであることは言うまでもありません。

この場所は、ヒトデナシには不可能な微細工作を行う超小型高性能ノミの展示場であり、実際にここでその取り引きも頻繁に行われていました。それこそが、このノミの市のそもそもの始まりなのです。

今では、ノミのみならず、様々な作業現場での余剰品、不用品、正体不明品、掘り出し物、といった様々な品物がここに持ち寄られ、取り引きされるようになっています。

もちろん、そういった性格上、中には危険な物もあるでしょう。

もし、入場者がそれによってなんらかの損害をこうむった場合、当ニャンニャンプールノミの市統括委員会は、いっさいの責任を負いませんが、同意しますか？

説明の声に続いて、猫の顔の形のアイコンが、カメリの目の前の空中で点滅した。

顔の中には、『同意します』と『同意しません』と書かれている。

カメリが、『同意します』に手を伸ばすと、ごろごろごろろ、と猫が喉《のど》を鳴らす音がして、アイコンは消えた。

同時にカメリは、すべすべした毛皮の斜面を滑り落ちている自分に気がつく。

背中の甲羅を下にして——つまりあお向けになった状態で——するするすると滑っていく。

横を見ると、アンも同じように滑っている。

アンは、両手を頭の上にあげ、両足もまっすぐ伸ばしていた。

やっほお、カメリ、とアンが手を振って叫んだ。

カメリも真似して、両手をおずおずとあげた。

速度が上がっていく。

＊

擂り鉢の斜面を滑り落ち、底をさらに滑りながら、カメリは減速していった。

タイミングを計り、甲羅の曲面をシーソーのように使って、仰向けになっていた身体を起こす。

次の瞬間には、すた、と立っていた。

すぐにあたりを見まわしたが、アンの姿はない。滑り落ちている途中で見えなくなってしまったのだ。

ここで待っていたほうがいいかもしれないが、アンはアンで探したい物もあるだろう。とりあえず、アンを探すより、目的の物を自分で探してみよう。

カメリはすぐにそう決めた。

ノミの市に慣れたアンの案内がないのは残念だが、まあそれは仕方がない。それに、うろうろしていたら、どこかでひょっこり出会うかもしれないし。

カメリはそんなふうに考えて、ニャンニャンプールの斜面の底を歩き出した。

斜面の底は細い道のようになっていて、それがいくつもに分岐している。上から覗《のぞ》くと、皺《しわ》だらけの布のように見えていたのだが、あのひとつひとつが道とその道を隔てる突起だったのだ。

ニャンニャンプールのノミの市は、大きくて広いぶん、お目当てのところにたどり着くのがひと苦労だって話だよ。

アンはそんなことを言っていたが、なるほど、そんな感じだった。

さっきの斜面みたいにすべすべの毛に覆《おお》われてはいない。赤土のような柔らかくて湿った地面だった。

狭い道の上をヒトデナシたちが大勢歩いていた。

道の左右にはいくつも穴があいている。どうやらその穴のひとつひとつが店になっているらしい。

通路は、お互いに押し合わねば歩けないほどのヒトデナシの密度だった。

カメリはどっちに向かえばいいのかもわからず、その流れにまかせて歩いている。

そして、どのくらい歩いたときだったか、カメリは偶然にも発見した。ヒトデナシたちの中に、自分の目的のものを――。

そう、カヌレの型だ。

両手で、大切そうにカヌレの型を持って歩いているヒトデナシの姿が目に入ったのだ。

前方の十字に交差している道を右に折れていくのが見えた。一瞬のことだったが、間違いない。

こんもりした山のような形の型。プリンの型との違いは、頂上の中心から裾《すそ》へと放射状にたくさんの溝がついているところ。

いかにも掘りだし物、という感じの泥で汚れた型を、そのヒトデナシは両手で大切そうに抱えていた。

あれは何に使うのだろう。あのヒトデナシもカフェで働いているのだろうか。それとも、カフェをやっている誰かに頼まれて、カヌレの型を買いに来たのか。

それはともかく、やっぱりそうなのだ。

このノミの市のどこかには、ある。

いや、そんなことよりも、それをどこで手に入れたのかを聞かなければ。

カメリはあわてて、そのヒトデナシを追いかけた。

しかし、このヒトデナシの密度では容易には近づけない。その泥色の背中は、他のヒトデナシたちに紛れて、すぐに見えなくなってしまった。

あいかわらず、カメリのまわりをいろんなヒトデナシたちがざわざわと歩いていた。両腕でいろんな品物を抱えているヒトデナシもいれば、手ぶらで穴から穴へとせわしなく移動しながら目当てのものを探しているらしいヒトデナシ、探し疲れたのか、ふらふらになって歩くのもやっと、みたいなヒトデナシも。

そんなヒトデナシたちに混じって、たまにヌートリアンや石頭も歩いていた。

もっとも、外見からそう見えるだけで、それらがアンやマスターと同じ種類のものなのかどうか、カメリにはわからない。

他にも、フロッグマンとかザリガニマン、としかいいようのないものも歩いていたり這《は》っていたり。見たことのないものや、見たことのあるものたちで、あたりは大混雑だ。

さすがにこの螺旋街《らせんがい》でいちばん大きなノミの市だけのことはある。いろんなものを求めていろんなところからいろんなものたちが集まってくるのだろう。

そんなことを考えながらカメリが今いるのは、様々な工具が並んでいるところだ。カフェの常連のヒトデナシたちが、腕に取りつけていたりするシャベルやドリル、ハンマーなどが、道の左右の穴の中にずらりと並んでいる。

アンの話では、ノミの市の区画は大まかには扱っている品物の種類別になっているらしいから、カヌレの型があるのはこのあたりではないだろう。

といっても、カヌレの型などというものがいったいどんなところに並べられているのか、そんな区画があるのかどうかすら、わからない。

それでもカメリは、迷路じみた溝のような道を歩き続けた。ヒトデナシたちをかき分けかき分け、さっき目撃したカヌレの型を持っていたヒトデナシが歩いてきたであろうほうを目指して——。

＊

道は、ぬかるんでいた。いや、ぬかるんでいる、というより、泥沼化している、というべきか。

もうだいぶ探したが、カヌレの型がありそうな区画は見つけられない。

カメリはノミの市の通路を奥へ奥へと進み続ける。いや、はたして奥なのかどうかもよくわからないのだが、先へ先へと歩いていった。

もう今では、泥はカメリの甲羅の中ほどまで達していた。赤土をとかしたみたいな泥の中を、カメリはずぶずぶと進んでいく。

まわりのヒトデナシたちも泥まみれだ。どこからが泥でどこまでがヒトデナシなのか、見分けがつかない。そのままとけていってしまってもおかしくないようにカメリには思えた。

そんな泥に沈みかかったような道の左右にも、あいかわらず穴は並んでいるようだ。

穴自体は泥水に沈んで見えないのだが、その穴の中にいるものの一部が泥の表面に覗《のぞ》いていて、それでそこに穴があるとわかるのだ。

赤い触角やハサミの先端だ。

その穴の中にいるものは、ザリガニとそっくりの形態をしている。

オタマ運河にもいるザリガニをそのまま巨大化したような形。

カメリの見ている前で、ヒトデナシが穴に引き込まれていった。

泥の上に出ている赤い触角が動いたと思った次の瞬間には、赤い金属で出来たようなハサミがヒトデナシを捕まえていたのだ。

ハサミはヒトデナシの胴体をがっちり挟んだまま、勢いよく後退し、泥を吹きあげて穴の中へと消えていった。

あれは客を店内に招き入れているのだろうか。

カメリは考える。

それにしても、あんな風に挟まれたら、もし気にいったものがそこになくても、店から出ることはできないのではないか。

もしかしたらここらへんが、アンの言っていたガラの悪いあたりなのかもしれない。

ノミの市の外れはいろいろとぶっそうだからね。

たしか、アンがそんなことを言っていた。でも、掘り出し物を見つけるためには、そんな危険も冒さなければならないだろう、とカメリは思う。それにこういうところのほうが、いかにも掘り出し物がありそうではないか。

よし、掘り出しに行こう。

カメリはそう決めた。

そして、いつも頭にしている赤いリボンを外した。せっかくのお気に入りのリボンが、どろどろになってしまうのは嫌だったのだ。

あたりを見まわすと、盛り上がった泥がわずかに乾いているところがあったので、その上にそっと置いた。

これでよし。

カメリがうなずいたとたん、目の前に赤いハサミが現れた。

両方のハサミで、カメリの胴体を抱きかかえるように挟んできた。だが、もちろんそこには甲羅がある。

かつん、とハサミは甲羅にぶつかった。

その硬さをさとったのかすぐに引こうとしたハサミを、カメリはその根元からつかんでいた。つかんだまま、ぐい、とさらに甲羅に引き寄せた。

ハサミは開いたままの形で硬い甲羅に押しつけられ、それ以上開くこともできなければ、閉じることもできない。もちろんカメリはハサミを離そうとはしない。

仕方なく、ザリガニはそのままで後退する。カメリもいっしょにずぶずぶと穴の中へと沈んでいった。

もちろんその間もカメリは、しっかりとハサミの根元をつかんだままだ。

後退するザリガニに引っぱられて、カメリは穴を奥へ奥へ。

奥は意外に広かった。そのあたりまでくると、周囲は泥水ではなく、いくらか視界がきく程度には澄んでいた。カメリがハサミから手を離すと、ザリガニはそのまま逃げるように後退して濁りの向こうへと消えていった。

どこからか、光が射《さ》している。

周囲にふわふわといろんなものが漂っていた。

それらが、ヒトデナシの手や足や胴体であることに、カメリはすぐに気がついた。

泥の穴から引き込まれて、ここで解体されているのだろうか。

だが、いったいなんのために、そんなことが行われているのか。

もっとも、そんなこと、といっても、どんなことが行われているのか、カメリにはまだわからないのだが——。

＊

流れがあった。

緩やかだが、大きな流れだ。

いつのまにかカメリは、その流れの中にいる。

周囲の水は温かかった。

とくん、とくん、とくん、と遠くから太鼓《たいこ》のような音が聞こえてくる。上のほうが明るくなっていた。

見上げると、薄い皮のようなものを透《とお》して、赤い光が見えている。

皮の内側には、細い線が枝分かれしながら網目のように無数に走っている。

その向こうに見える丸い光の玉は、たぶん太陽だろう。

水の中から何度も太陽を見たことのあるカメリは、そう推論した。

濁った水の中から見上げたときの赤い太陽にそれはそっくりだった。

雨が完全に上がって、ようやく雲間から太陽が出てきたのだろう。そんな太陽を、薄い皮越しに見ているのだ。

とくん、とくん、とくん。

あいかわらずあの音が聞こえていた。

それに同調するように、流れに強弱がついている。

　生き物だ。

ここまでの様々な材料を組み合わせ、カメリはそう推論した。

ここは大きな生き物の内部、もしくはそれに類似するシステムの内部に違いない、と。

そして、ここがニャンニャンプールであることからしてその生き物は、猫と考えるのがもっとも自然だろう。

あの毛皮の斜面。

すべすべした温かいあの斜面。

巨大な猫、あるいは、複数の猫をひとつに繋ぎ合わせて作られたものの表皮。その皮の下には当然、内部があるのだろう。

猫の内と外との境界。

それを今、内部から見ているのではないか。

カメリはそんな結論にたどり着く。

実際、あの毛並みを連想させるようなさわさわとした影も見えている。

つまり、ここは巨大な猫の体内。その体液の流れの中にいる、ということか。

とくん、とくん、とくん、とくん。

この音は、心臓か、それに相当する役割をもった器官が動いている音に違いない。

流されていきながら、カメリは自分の周囲を観察する。

ヒトデナシの欠片が、いっしょに流れていく。ザリガニに切り分けられたヒトデナシのいろんな部位。

ゆるやかな流れにのって、行列のように連なっている。カメリもその同じ列の中にいる。

いつしか頭の上に光はなくなり、暗くて太いチューブに入っていた。

なんだかメトロに乗ってるみたいだとカメリは思う。

そして――。

どのくらいそうしていたのか、唐突にあたりが明るくなった。

丸くて広いところ。

球の内側みたいなところに出た。

周囲の液体は、なんだか濃くなっている。

粘度が増し、そして重く感じられる。

そんな液体の中に、たくさんの星のようなものが輝いていた。もちろん星ではない。星のように見える小さな発光体だ。

カメリの目の前をそのひとつがゆっくり横切った。

夜光虫だろうか。

カメリは思う。

オタマ運河の泥のたまりなどに発生しているあれ。あれによく似ている。でも、光はずっと強い。

発光体は液体の中をゆっくりと移動しながら、底のほうで密集している。

その集まりが、形をとっていた。

どうやら何かに付着しているらしい。それが付着している物の形が、青白い光の線画として浮かび上がって見える。

カメリが見下ろしたそれは——。

フルエル塔だった。

あの倒壊したフルエル塔の形。

その脚や展望台や頭のとんがり、他にもいろんな柱や板のような形が、底に沈んでいた。

完成品ではない。

まだばらばらの部品だが、それでも大まかには、塔の形に並べられている。

カメリは手足で液体を掻《か》いて、すい、と潜っていった。

なんだか空を飛んで、フルエル塔に近づいていっているみたいだった。

塔のすぐ側《そば》まで来た。

表面には、小さな光る虫が無数に貼《は》りついている。

たくさんの虫が、作業をしていた。

表面にびっしりと取り付いている。

そうやって、部品を加工しているのだ。

材料は――。

ここに漂っているもの。

分解されたヒトデナシだった。

虫たちがそれらを材料にして、工作を行っている。

もっとよく見ようとカメリが顔を近づけると、ぴょんっ、と跳ねるように逃げた。

ノミ?

それを連想させる動きだった。

もしかしたらこれが、ニャンニャンプールで高性能工作機械として開発されていたノミなのだろうか。

カメリは目の前の一匹にすばやく手を伸ばす。

爪《つめ》のあいだでぱちぱちぱちぱちと跳ねているそれは、小さなザリガニのようだ。

いや、それとも、やっぱりノミの一種なのだろうか。

猫の表皮で暮らしていたノミが、その活動領域を体内にまで拡大するため、こんな形になったのかもしれない。そう、もしかしたら、あの泥の穴にいた巨大なザリガニみたいなのも、ザリガニなどではなく、モデルチェンジを重ねたノミなのかも。

そんな推論を続けていたカメリの目の前に、突然それは、現れた。

なんと――。

カヌレの型なのだ。

いかにも掘り出し物というカヌレの型。

それが、ヒトデナシの手に握られている。

なくさないように、奪われないように、しっかりと――。

握りしめている。

そんな手が、カメリの目の前を漂っていた。

そして、そこにもたくさんの小さなザリガニが群がり、手は、見る見る分解され、材料としてフルエル塔へと運ばれていくのだった。

あとには、カヌレの型だけが残った。

あのヒトデナシなのだろうか。

カヌレの型を大切そうに持っていた、あのヒトデナシ。

あのあと、カメリと同じように、どこかでザリガニの穴に引き込まれ、それでこうなってしまったのだろうか。

カメリは、そっと手を伸ばす。

もう持ち主のいなくなった、掘り出し物のカヌレの型――。

両手で、しっかりと捕まえた。

カメリはそれを持ったまま、泳ぎ出した。

流れを逆に進み、そしてあの表皮を透して太陽が見えていたあたりを上へ上へと行けば出られるのでは——。そう考えたのだ。

だが、なかなかうまくいかない。両手でカヌレの型を持っているせいで、泳ぎにくいのもあるのだが、いつのまにか身体に小さなザリガニがたくさん取り付いている。甲羅と手足の隙間《すきま》にびっしりと入り込んできて、柔らかい組織に小さなハサミを突き立ててくるのだ。

それでも流れに逆らって、なんとかさっきのところまで戻ってきた。あの光が見える皮のすぐ下まで。

だが、そこから出る方法がわからない。皮の外へはどうやって出たらいいのか——。

そうしているうちに、足の付け根にはザリガニが詰まったようになり、それ以上足が動かせなくなっていた。カヌレの型を両手で包み込むようにしたまま、カメリは流されていく。

完全にコントロールを失ったカメリの目の前に、突然、巨大な赤いハサミが出現する。

それは、泥の穴からカメリをここへと引き込んだあのザリガニのよりも、ずっとずっと大きかった。

片方のハサミだけでもカメリの甲羅より大きい。それが、カメリを狙って真下からまっすぐ迫ってきたのだった。

がつんっ、とたちまち甲羅を挟まれた。

ハサミのぎざぎざが、がっちりと甲羅に食い込んでいた。さっきのザリガニでは歯がたたなかったことから、対模造亀用に出動してきたものなのかもしれない。

現に、カメリは挟まれたままでまったく動けなかった。ハサミには、さらに力が加わった。胡桃《くるみ》割りのようにして、このまま甲羅ごと破壊するつもりらしい。

それがわかっても、どうにもできないのだ。

甲羅に急激にかかってくる負荷を感じた。このままではまもなく耐えられる限界を超えてしまう。

視界が暗くなった。

*

気がつくと、カメリは甲羅を押し潰そうとする力から解放されていた。

さっきまで自分を挟んでいた巨大なハサミが、大きく開いているのが見えた。

どうやら開いたハサミから零《こぼ》れ落ちて、沈んでいくところらしい。

どうなったのかはわからないが、とりあえず逃れることはできたのか。でものんびりしてはいられない。また挟まれる前に、はやく逃げなければ。

あわててじたばたと足を動かすカメリに、再び赤いハサミが迫ってくる。

追いつかれた、と思った。

ところが、ハサミはそのまま、カメリを追い越して沈んでいった。大きく開いたままの形で――。

なぜかそれは、ハサミだけだ。

それは、根元から切断されたハサミなのだ。

カメリは沈んでいくハサミをぼんやり見ていた。いったい何が起きたのかわからないまま。

そんなカメリの尻尾《しっぽ》を、何かが、ぐい、と引っ張った。

誰かの手が、カメリの尻尾をつかんで引き上げようとしている。

振り向くと、自分の甲羅越しに、きれいな赤毛が見えた。

アンだ。

アンは、左手でカメリの尻尾を持ち、そして右手でザリガニのハサミを刀のように構えていた。

すぐ頭の上に、まるで天井のようにさっきの猫の皮が見えた。

アンが右手のハサミを突き刺し、そのまま切り裂いた。

裂けた皮から、いっきに体液が噴き出す。その流れに乗って、アンとカメリは外へ飛び出していた。

毛皮の表面を勢いよく転がった。

空はすっかり晴れていて、よく乾いた毛皮はふかふかしていた。

カメリの甲羅の隙間に入り込んでいた小さなザリガニたちが、乾燥を恐れてか、わらわらと毛皮の隙間へと散っていくのが見えた。

ようやく手足が動かせるようになった。

それでも、カメリはしばらくは腹甲を地面——というか毛皮だが——にぺたりとつけたまま動けなかったのだが。

だから、はぐれないように、って注意したじゃないの。

アンが言った。

カメリはようやくのたのたと立ち上がる。その手には、しっかりとカヌレの型が握られていた。

まったく、あんたときたら。

アンが黒くてつやつやとした鼻を動かして、笑った。

あいかわらず、大したカメだわ。

*

来たときと同じように、オタマ運河沿いの道を帰った。

暮れかかった空に、北駅の三角屋根が黒々と浮かんでいる。

そう言えば、なんにも食べてないんじゃないの。

アンがカメリに尋ねた。そして、背負っていたザリガニのハサミの付け根の部分をカメリの顔の前に突き出した。

赤くて硬い殻《から》の内側に、ぷるぷるした肉片がこびりついている。

カメリがひとくち齧《かじ》ると、アンもひとくち齧った。交互に齧りながら歩いた。

それは、カメリを探していたアンが、途中でしとめたザリガニなのだった。

穴の中で襲ってきたから、背中の殻を叩き破って神経を引きちぎり、ついでにハサミを切断して自分の武器にしたのだという。

ああ、そうそう、これ。

そう言って、アンが差し出したのは、赤いリボン。

大切なお気に入りでしょ。

カメリがあの穴の手前で外したリボンだった。それを見て、アンは同じ穴から入って来たのだ。

では、このハサミはあのとき自分を泥穴に引っ張り込んだザリガニのハサミなのだろうか。

肉を噛《か》みながら、カメリは思う。

なんにしてもアンは、このハサミを使って、あれよりもずっと大きなザリガニのハサミを根元から切断したらしかった。そこにあるものを武器として有効に使うのは、アンにはなんでもないことなのだろう。

まあこんなハサミでもさ、関節にきちんと入れて柔らかいところだけを狙えば、けっこう役に立つもんだね。カフェの厨房《ちゅうぼう》で使うには、ちょっと大きすぎるけど。

さすがは泥沼戦用ヌートリアン、とカメリは感心する。

おかげで、なかなかいいものが手に入ったよ。

アンはカメリに言って、ぶんっ、と、片手だけでそれを振り、くるくる回してからまた背中に引っかけた。

ま、あんたのほどじゃないけどね。

アンは笑って、カメリが握っているものを見た。カメリも、自分の手の中にあるものを見つめた。

これで、ヒトデナシたちを喜ばせることはできるだろうか。

カメリは思う。

フルエル塔の工事を終えて、そのうちまた戻ってくるであろうヒトデナシたち。

カフェの常連たちを――。

カメリの手の中にあるもの。

ちょっと変わった甲羅を思わせるその形。

掘りだし物のカヌレの型だ。

カメリ、メトロで迷う

ある程度は続けないとね。最初からこうだったわけじゃない。だんだんこうなってったわけだよ。この店も、あの連中もな。

石頭のマスターは言う。

たしかに、この店の常連のヒトデナシたちは他のヒトデナシと違っている。大抵のヒトデナシというものは、ただ黙々と与えられた仕事をしているだけのものなのだ。こんなふうではない。

騒がしい店の中を見まわして、カメリはあらためてそう思う。

では、なぜこの店の常連のヒトデナシはこんなふうになったのだろう?

それは、あのテレビのせいではないか、とカメリは推論している。

はたしてそんなことを意図してマスターが店内にテレビを置いたのかどうかは、カメリにはわからない。でも、もし尋ねられたら、そりゃそうだよ、すべておれの想定通りさ、としたり顔で答えるであろうことは、カメリには容易に推論できる。

あのテレビの中には、ここことは違う世界がある。

ここにはいないヒトが大勢いて、そこで暮らしているように見える。そんなヒトたちの真似《まね》をヒトデナシたちはしている。テレビの中にあるカフェの常連の真似を——。

真似っていうか、これだっておれたちの仕事のうちなのさ、と、店のカウンターでいつもの泥コーヒーをすすりながら常連のヒトデナシは言う。

おれたちは、この泥だらけになってしまった世界をそうなる前の世界に近づけるために作られたんだからね。だからこうしてヒトの真似をするっていうのも、その作業の一部ってわけだよ。

では、仕事の前と後にカフェでくつろいでいるように見えているこの時間も、彼らにとっては仕事をしているのと同じ、ということになるのだろうか。

もし、そういうことをするように作られたからそうしているだけだとしても、どうせなら楽しそうにするほうがいい。

最近、カメリはそんなふうに思う。

もっとも、楽しい、というのがどういうことなのか、カメリにはよくわかってはいない。いや、もしかしたらわかっているのかもしれないのだが、それでわかっていることになるのかどうか、というのがわからない。

アンやマスターも、そうだろう。

カメリは考える。

楽しくしている、ということと、楽しそうに見えるということ。

何か違いはあるのか。

だいたい、そんなことを言い出せば、あのテレビの中のヒトだって同じではないか。泣いたり笑ったり怒ったりしているが、あれは全部、与えられたシナリオというものに従ってやっているのだということを、カメリは知っている。前からマスターはそう言っていたし、このあいだやっていたドラマのメイキングで、そうなのだということを確認した。

発する言葉や笑うところ、どんなふうに動いてどう止まるか、まですべて決まっていて、その通りできないとやり直したりしていた。テレビのドラマに映っているのは、そのうまくいった分だけらしい。

だから、ヒトだってそうなのだ。

まあ、ヒトはヒトに似せてヒトデナシを作ったのだから、ヒトとヒトデナシが似ているのは当然のことで、だからここは、ヒトデナシだってそうなのだ、とするべきなのかもしれないが。

＊

当たり前のことだが、カメリがテレビでしか見たことがないものは、ヒトだけではない。

　カフェだって、コーヒーだって、ケーキだってそうだ。今朝《けさ》初めてヒトデナシたちに出してみたカヌレも、もちろんそう。

　このあいだ、ニャンニャンプールのノミの市でカメリが手に入れたカヌレの型。あれを使ってさっそく作ってみたのだ。

　はたしてホンモノなのかどうかカメリには判定のしようのないそれは、掌《てのひら》に載るほどの大きさの金属の型だ。

　金属でできたものなんてここにはめったにないし、もちろんそれだってホンモノの金属かどうかなんてわからないのだが、それでもぴかぴかで固くて、テレビで見た金属とそっくりに見えた。

　こりゃあすごいな。

　掘り出し物だね、これは。

　いやまったくこれはいいものだ。

　けっこうなものを見せてもらったよ。

　常連のヒトデナシたちが、カメリが手に入れたカヌレの型を手渡しで回しながら口々に意見を述べた。

　なるほど、カヌレの型というのはカヌレと同じ形をしているんだな。

　そりゃ、カヌレの型だからね。

同じ形だよな。
そう言えば、前にこんな形の山を見たことがあるよ。
ああ、テレビのドラマでやってたよな。
あれはドラマじゃなくて映画だろ。
そうそう、映画をテレビでやってたんだよ。
映画館ってところでやるのをテレビでやってたんだよ。
だから、ドラマみたいだけどドラマじゃなくて映画なんだ。
中身が同じでも容れ物が違うからな。
でも、それをテレビでやるんなら容れ物は同じってことにならないか。
わからんな。
うん、わからん。
それはともかく、こういう形をした山を、泥で作るんだよな。
なんだかわからないうちに、泥をこねて、こういう形の山を作っちゃうんだよ。
自分でもわからんうちにな。
なんだかわからんのにな。
ホンモノじゃない山を。
泥で作ったニセモノの山だな。
そうそう、山のように盛り上げた泥だよ。

あれはたぶん、シナリオを頭に入れられたんだろうな。
そのシナリオで作るんだろうな。
そうせずにはいられなくなるんだからな。
なるなる。
おれたちに似てるな。
うん、おれたちに似てるよ。
ヒトだけどな。
うん、ヒトだけどさ。
ヒトデナシじゃないけどな。
うん、ヒトデナシじゃないよな。
ヒトだけどヒトデナシに似てるんだよな。
ヒトとヒトデナシは似てるんだよ。
ヒトデナシがヒトに似てるんだよ。
同じだろ。
同じじゃない。
似てるけどな。
似てるけど同じじゃない。
ヒトとヒトデナシみたいにな。

ヒトとヒトデナシくらい違う。
そんなことより、あの映画だ。
そうそう、あの映画な。
泥で山を作ってたら、それと同じ形の山が本当にあるってことがわかるんだよな。
そうそう、テレビで見るんだ。
悪魔の塔っていうんだよ。
デビルズ・タワーな。
悪魔って、ヒトに似てるやつだろ。
形はヒトに似てるな。
ヒトデナシにも似てるな。
じゃ、それもヒトが作ったのかな。
悪魔がヒトを作ったのかもな。
形が似てるからな。
そうだ、同じ形の山があるんだよ。
それで、その山に行くんだ。
そこへ行ったら、空からぴかぴか光る大きな船が降りてくるんだよな。
それで、連れてってくれるんだよな。
どこへ連れてってくれるのかな。

さあ?

現場かな?

わからんな。

うん、わからん。

だって、映画はそこで終わりだからな。

シナリオもそこで終わりだもんな。

まあそういうことだろうな。

そういうことだよ。

とにかく、泥でニセモノを作ってたらそれが本当にあって、そこへ行ってみたら空から船が下りてきて、どこかへ連れていってくれるんだよ。

そうそう、ヒトに似てるけどヒトじゃないものが乗ってる船だったな。

うん、ヒトじゃなかったな。

ヒトに似てたけどね。

ヒトデナシでもないな。

うん、ヒトデナシでもなかった。

どこへ連れていってくれるんだろう。

さあ、どこだかはわからんな。

そこで終わりだからな。

たぶん、ここじゃないところだな。

そりゃ、ここじゃないことはたしかだよ。

ここじゃない、どこかだよ。

現場かな。

わからん。

とにかくあれに似てると思うんだよな。

うん、似てる似てる。

あれに似た形の型だよな。

ヒトデナシたちの関心は、その形が何に似ているか、ということに集中しているらしかった。

カヌレの型についてひと通り意見が出そろったところで、カメリはさっそくそのカヌレの型に泥饅頭《どろまんじゆう》を詰め、ぎゅうぎゅうと押してから皿の上に伏せて、ぱか、とはずした。

おお。

そっくりだ。

すごいな、カメリ。

これはすごいよ、カメリ。

そして、全員で声をそろえて言った。

あの映画に出てくる山そっくりだ。

まあカメリとしては、ヒトデナシたちが喜んだから、それでいいのだが——。

でも本当は、ホンモノのカヌレそっくりだ、と言ってほしかったのだ。

でもそれは仕方がないのかもしれない。

ただ泥を型に詰めて抜くだけでは、そっくり、というわけにはいかないだろう。それだけではダメだ。では、どうすればもっと似せることができるのか。似ていると言ってもらえるのか。

カメリは考える。

それを知るためには、カヌレというものをもっとよく観察しなければ。

テレビを見ていても、画面にいつカヌレが登場するかはわからない。そもそも、カヌレなんてテレビにはめったに出てこない。だからヒトデナシたちも、この形だけではわからないのだろう。

そもそもカヌレというものが何なのか、ヒトデナシたちは知らないのかもしれないし。

たぶんそうだろうとカメリは思う。

いつもとはちょっと形の違う泥饅頭にしか見えていないのだ。

それなら、単なる泥饅頭ではないものを作ればいいのではないか。

そうすればきっと、これはいったいなんなのか、と彼らは尋ねてくるはずだ。

カヌレ。

そのときにそう教えてやれば、ヒトデナシたちもこれまで知らなかったカヌレというものを新しく知ることになるはずだ。

そう、そのためには、まず自分がカヌレのことをもっと知らなければならない。そして、もっと知るためには――。

カメリには、もうわかっている。

マントルの丘だ。

あそこには、行列のできるケーキ屋を始めとして、いろんな店がある。これまでは、ケーキに気をとられてカヌレを見ていなかった。そう、カヌレというものをケーキよりも下に考えていたのだ。それがこういう結果を生んだのではないか。

カメリはそう分析した。

さっそくマントルの丘で焼き菓子の店を探そう。それがいい。たぶんあの行列のできるケーキ屋のケーキと同じように、実際にそれを手に取ることも、もちろん買うこともできないのだろうが、でも、もっと近くで観察することはできるだろう。

ショーケースに顔を近づけて、その表面の色や質感をよく見て、そしてその味や感触や舌触を推論し、きちんと記憶するのだ。

そして、それを参考にして、もっとホンモノのカヌレに近いものを作ろう。

カメリはそう決めた。

決めたとたん、カメリはもう一刻も早くマントルの丘に行きたくてたまらない。

夕方の営業時間になり、ヒトデナシたちがやってきた。

カメリはいつものように、カウンターの中で次々に泥コーヒーをカップに注ぎ、泥饅頭をこねた。

あれ、カヌレはもう出さないの？

アンのそんな問いかけにも首を左右に振るだけ。

定番である泥コーヒーと泥饅頭だけを手際よく作り、カウンター越しにアンに手渡していった。

あんたたちが今朝、変なことを言ったからよっ。

テーブル席のヒトデナシたちに、アンが小声で文句を言っているのが聞こえた。

まったくもう、せっかくカメリが苦労してカヌレを作ってくれたっていうのに、なにが悪魔の塔よっ。

そういうことではないのだが、とカメリは思う。でも、今そんなことを説明しても仕方がないし、自分にそんな説明がうまくできるとも思えない。そんなことよりも、もっとホンモノに近いカヌレを作ればいい。それだけのことだし、それ以外にはどうしようもないことなのだ。

カメリは聞こえないふりで目の前の仕事を段取りよく片付けていった。

夕方の営業が終わり、明日の準備を終えるなり、カメリは買い物カゴを手に取る。

あれれれ？　えらく急いで、今頃からどこ行くんだよ？

マスターが、そんなカメリに声をかけた。

それって、セクハラよっ。

アンがぴしゃりと言う。

カメリは、マスターとアンに答えるように、買い物カゴを持った片手をひょいとあげて見せた。

ああ、買い物かあ、とマスター。

それにしても、こんな時間から、いったいなんの買い物に行くのかねえ。

さあ？

マスターとアンのそんなやりとりを甲羅で聞きながら、カメリはマントルの丘へと出発する。

*

オタマ運河の土手の階段をカメリは下っていった。

土手の下から見上げる夜空には、星が輝いている。カメリは買い物カゴを片手に運河の側道を歩き、そのまま地下水路へと入っていく。

壁のところどころに、ヒトデナシたちを現場へと運ぶ平底船《ひらぞこぶね》のための明かりが灯《とも》っている。

地上に出ている水路より、地下にある分のほうがずっと複雑で長いのだと、ヒトデナシたちは言っていた。様々な現場までヒトデナシたちが船で運ばれるとき、そんな地下水路が使われることが多い。だからこの側道を歩いていて、ヒトデナシたちを乗せた船とすれ違ったりすることもよくあった。

無数にあるそんな地下水路の一部がメトロの路線になっていて、カメリはいつもそれを使ってマントルの丘へ行く。

そんなわけで、今夜もこうしてメトロが来るのを待っているのだが――。

なかなか来ない。

いつもなら、それほど待たなくてもマントルの丘方面へと向かうメトロが来るのに。

もしかしたら、あれだろうか。

だいぶ待ってから、カメリは思う。

ストライキってやつだよ。

カフェの常連のヒトデナシたちは言っていた。

なんでも、みんなでそろって仕事をしないことなのだという。それが、ストライキ。

テレビでそういうのをやっていたらしい。

おれたちもいちどやってみようか、ストライキ。

おお、ストライキ。

いいねえ、ストライキ。

でも、どうやればいいんだろうな。

さあねえ、そういうシナリオはないからな。

仕事のやり方はシナリオにあるけど、仕事をやらないやり方っていうのは、わからないよな。

そりゃそうだ。

やらないやり方はな。

やらないのをやる、なんてのは無理だ。

ヒトはどうやってそんなことをしたんだろうな。

わやわやざわざわとそんなことを言いあっているうちに時間が来て、そしてヒトデナシたちはいつものように足並みをそろえて現場へ行進していったのだった。

今、メトロがそのストライキの最中なのだとしたら、ここでこうしていつまで待っていても来ないだろう。それなら、自分で歩いていくしかない。

そう決定すると、さっそくカメリは買い物カゴ片手に地下通路を、マントルの丘目指して歩き出した。

もし途中でメトロが来たら、それに飛び乗ればいいのだし。

かぽ、かぽ、かぽ、かぽ。

泥にめり込む足を引き抜きながら歩く音が反響した。

＊

メトロに乗ってこれまでに何度も行ったことがあるのだから、途中でいくつか分岐点はあるにしても道くらいはわかるだろう。

カメリはそう考えていたのだが、メトロの路線には平底船の通路のような灯りはないし、歩いて行くつもりではなかったから、発光茸《はっこうだけ》のような照明器具も用意していない。

どこかで道を間違えたらしいことに気がついたのは、だいぶ歩いてからだった。

そろそろマントルの丘から射《さ》してくる光でぼんやりと明るくなっている交差点に出るはずだった。カメリはいつも、そこでメトロから飛び降りるのだが――。

いつまで歩いてもそれらしき交差点に出ないのだ。

それでもさらに歩き続け、ようやく光が射している場所に出たものの、そこはカメリにはまったく見覚えのないところ。どう見てもマントルの丘へと抜ける狭いトンネルと交わっているあの三叉路《さんさろ》ではない。

丸い広場のようになったそこからは、放射状にいくつもの道が伸びている。

どうやら完全に迷ってしまったらしい。

それでもとにかく光があるほうに行ってみようとカメリは決め、一本の道を選んで歩き出した。

しばらく行くと、また同じような丸い広場に出た。そこからも放射状に道が出ている。

その中からまた、おぼろげに光が射している通路を選んで進んでいく。するとまた、同じような広場に出た。

そんなことが続いた。

なるほど、この螺旋街《らせんがい》の地下には、地上よりももっと広くて複雑な世界が広がっているようだ。

あらためてカメリはヒトデナシたちから聞いたいろんな話を思い出していた。

たとえば――。

この地下のどこかには、死んだヒトデナシが新しく生まれ変わる場所がある。六道《ろくどう》の辻《つじ》、と呼ばれる六方向に分かれた交差点で選《よ》り分けられ、それで次に何に生まれ変わるのかが決まるのだ。だから、死んだヒトデナシが再びヒトデナシになれるかどうかはわからない。

あるヒトデナシは、カメリにそんなことを教えてくれた。

なぜヒトデナシがそんなことを知っているのかはわからない。テレビでそんなドラマを観たのか、そんなお話もまたシナリオとして彼らの身体の中に入っているのか。

通路の向こうからその音が聞こえてきたのは、カメリがそんなあれこれを考えながら歩いていたときだ。

ぱしゃぱしゃぱしゃ、と規則正しく泥を掻《か》く音。

カメリにとってお馴染《なじ》みの音だ。

近づいて来ている。

間違いない。

メトロだ。

乗ろう。

カメリは、そう決める。

ここがどこなのかわからないままうろうろするよりも、たとえ「どこ行き」でもいいから来たメトロに乗ってしまうほうがいい。

もしかしたら「マントルの丘行き」かもしれないし、そうでなくてもこの先で、他のメトロに乗り継ぐことができるかもしれない。

カメリは身構える。

いつものように、メトロが目の前を通り過ぎるときその側面に飛びつくつもりだった。

だが――。

何かが違っている。

なんだろう。

何が違うのだろう。

どんどん近づいてくる音。

そして、通路を吹き過ぎていく風。

それがいつもより強いことに気がついたそのときには、メトロはもうそこまで迫ってきている。

なぜこんなに風が強いのか。

その理由がようやくカメリにもわかる。

メトロと通路に、ほとんど隙間《すきま》がない。接近して来るのは、通路すべてをふさいでしまうほどの大きさのメトロなのだ。

その丸い胴体でぴったりと地下水路をふさいだまま、ぐんぐん近づいてくる。

今から走って逃げようとしても、すぐに追いつかれてしまうだろう。脇《わき》にも逃げ場はない。このままでは、メトロと壁のあいだに挟まれてしまう。

それよりは――。

正面からぶつかったほうがいい。

カメリは、とっさにそう判断する。

もしメトロと壁とのあいだに挟まれて、その状態のままメトロが停止してしまったら、押し潰されるかもしれないし、甲羅のおかげで潰されずに済んだとしても、まったく身動きできなくなってしまう可能性がある。こんな地下でそんなことになったら、もうどうしようもない。自力で脱出することは不可能だろうし、誰かが助けに来てくれることなどもっと期待できないだろう。

メトロそのものは、ぷよぷよと柔らかい。だから、腹甲で正面からぶつかっても、その衝撃はある程度まで吸収されるはず。

挟まって壁に押しつけられたまま身動きできなくなるよりは、ずっとリスクは小さい。

カメリは通路の中央に立ち、迫ってくるメトロと正面から向かいあった。

衝突の直前にジャンプして、いちばん柔らかいであろうメトロの鼻先に腹甲でまっすぐぶつかり、そのまま肉に爪《つめ》を立てて、その位置に身体《からだ》を固定しなければならない。つかまった場所が低すぎると滑り落ちてメトロに轢《ひ》かれてしまうだろうし、高すぎても加速と振動でずり上がって天井とのあいだに挟まれる。右か左にずれても、やはり通路とのあいだに挟まれてしまう可能性がある。

正確に、せまってくるメトロの中心に腹甲をまっすぐぶつけ、そのまま爪を食い込ませて身体を固定するのだ。

吹きつけてくる風が、カメリのリボンを揺らす。カメリは膝《ひざ》を折って身体を沈め、タイミングを計った。

ごおおおおと空気が唸《うな》る。

そして、カメリは跳んだ。

＊

べちっ、と腹甲の中心が鳴った。

反射的に手足を引っ込めそうになってしまうのをこらえて、カメリは手足の爪をメトロの皮膚《ひふ》にめり込ませる。

メトロは、速度をおとすことなく、水の枯れた地下水路を進んでいく。

いくつかの分岐点を通り過ぎたことは、しがみついているカメリにもわかったが、いったいこのメトロがどこに向かっているのかを推論する余裕などない。滑り落ちないようにするだけで精一杯だ。

そのうち、すぽん、と音がして、一気に空間が開けた。

メトロが狭い通路を抜けたのだ。

抜けるのと同時に、空中へ飛び出していた。

空が見えた。

それが空だとわかったのは、月が出ていたからだ。

満月だった。

真上から射しているその白い光。

メトロといっしょに落下しながら、カメリはそれを見ていた。

衝撃があった。

続いて、水飛沫《みずしぶき》があがる。

そう、カメリは水の中にいた。周囲を満たしているのは、メトロの路線に溜《た》まっているような泥水ではなく、きれいに澄んだ水だ。

カメリは落下しながら空中でメトロを蹴《け》って身体を離していた。落下した勢いでいったん水底まで沈み、そこで軽く底を蹴ってバウンドするように水面に向かう。

水の中から月が見えた。

カメリは水面に鼻先を出し、息といっしょに、ふしゅっ、鼻の中の水を噴き飛ばした。

そのままぽかんと浮かぶ。

浮かんだまま、あたりを見まわした。

そこは、円柱状にくりぬかれたような縦穴の中だった。

穴の底が池になっている。

テレビで見たことのある井戸というものに似ていた。もっとも、井戸というのはこんなに大きくはなかったはずだが。

この丸い池の直径は、オタマ運河より大きそうだった。

そんな大きな井戸の壁には、たくさんの穴がある。ついさっきカメリを乗せたメトロが抜けてきた水路も、どうやらそんな穴のひとつらしい。

では、いろんな高さに並んでいるあれらの穴はすべて水路なのだろうか。

水が流れ出ている穴もいくつかある。ちょろちょろと垂れていたり、勢いよく噴き出していたり。

あんな水がここに溜まって池のようになったのだろうか。それにしてもここはいったい——。

カメリは、もういちど頭を水の中に入れてみた。

澄んだ水の底まで、月の光がまっすぐ射している。

水に浮かんだまま、底まで見透《みとお》すことができた。

水底に映る自分の影をカメリは見る。

そのすぐそばに、黒々とした大きなものがあった。

水底に横たわるようにしてじっとしているそれは、メトロだった。

ひとつではない。たくさんのメトロが、横一列になってきれいに並んでいるのだ。

そして、そんなメトロの後部から何かが噴出していることに、カメリは気づく。

透明の泡のようなものだ。だがその泡状のものは、空気の泡のように水面に浮かぶことなく、水底にゆっくりと落ちて、泥の上を転がった。

どうやらその球体の中は、空気ではなく液体が詰まっているらしい。そして、メトロの胴体の後ろ——尾の付け根のあたり——から、ぽろぽろぽろぽろと次々にそんなものが排出されているのだ。

カメリはゆっくりと身体を沈めて、それに近づいていった。

よく見るとそのあたりの水底は、同じような物体で埋めつくされている。

ヒトデナシの頭より少し大きいくらいの玉だ。マスターの石頭よりは小さいだろうか。

表面は透明で、中の液体も透《す》き通っているが、よく見ると、真ん中あたりにコーヒー色の塊《かたまり》がある。

玉によってその大きさは違っていた。

やっと見えるほどの大きさのものもあれば、球体の内部のほとんどをその塊がしめているものもあった。

そのときにはもう、それがいったいなんであるか、カメリにはわかっていた。

よく似たものを見たことがある。

卵だ。

その透明の皮に目を近づけて見ると、コーヒー色の塊は、尻尾《しっぽ》を腹の前にくっつけるようにして丸くなったオタマジャクシそのものの形をしていた。半透明の身体の奥には、鼓動する心臓らしき器官も見える。違うのはその大きさだけだ。

そんなカメリの視線に反応したかのように、そのメトロの子供——幼生——が動きだした。

ぴっ、とその尾を伸ばすようにして。

ぴくっ、ぴくっ、と先端を勢いよく振ったかと思うと、そこにあった透明の薄皮が破けた。

尾が出る。

いちど破けると、あっけないほど簡単にその部分から裂けた。

ぴいんっ、と水の中に音が響いた。

それに刺激されたかのように、カメリの周囲で次々に同じような小さな動きが起きた。

ぴいんっ。

ぴいいいんっ。

ぴんっ。

ぴぃいんっ。

ぴんっ。

いろんな高さの音が、そこらじゅうから連なって聞こえてくる。

知っている音だった。

メトロを待っているときなど、地下のどこかから聞こえることがある音。

ああ、メトロには辻《つじ》音楽師がつきものだからな。どっかで演奏してるのが聞こえてるんじゃないか。

マスターはそんなことを言っていたが。

あの音の正体は、これだったのか。

たしかにそれは、テレビの中のヒトが作る音楽みたいだった。たとえば、先に丸い玉のついた棒で並んだ板を叩《たた》いて演奏するあの楽器みたいな音。

そういえば、音楽を演奏するときに使う記号もオタマジャクシと呼ばれていたはずだ。

それに、音楽の速度を決めるための道具らしいメトロノームというのも、もしかしたらその名前はメトロに由来するものなのかもしれない。

マスターの言う通り、メトロに音楽はつきもの、なのだろう。

カメリがそんな推論をしているあいだに、あたりは卵から出たオタマジャクシ——メトロの幼生——でいっぱいになっている。

カメリが水底から見上げると、白い月の光に照らされた水面を、たくさんのオタマジャクシが泳いでいた。

ふいに真上を、大きな黒い影が横切っていった。

影はカメリの上を通り過ぎ、だがそこで失速するようにゆらゆらと水底に落ちてきた。

カメリは近づいていった。

その丸い頭の真ん中に傷があった。

それは、カメリの手と足の爪が作った傷だ。

やっぱり、あのメトロだ。

カメリは確信した。

ここまで乗ってきたメトロ。それが腹を上にして、水底に横たわっている。

死んでいた。

地下水路で見たときよりも小さくなったように見えるのは、水路の壁いっぱいまで膨《ふく》らんでいた腹が、普段のメトロの大きさにまで戻っているからだ。

卵をすっかり生み終えたのだろう。

カメリはそう推論する。

よく見ると、水底の泥から、たくさんの白い棒のようなものが突き出ている。

あれは——。

メトロの骨だ。

ここで死んだメトロの骨。

ここは、メトロが死ぬ場所なのだ。

カメリはそう結論した。

死ぬ場所であり、そして、生まれる場所でもあるのだろう。

水底にびっしりと並んでいる、まだ卵のままのメトロ。

カメリはそんな卵のひとつに手を伸ばした。

あたりをもういちど見まわした。

メトロに目はない。たぶん大丈夫だろう。

カメリは思った。

さっそく食いついた。

おいしそうだったから。

外側の透明の皮は簡単に破けた。

中のどろりとした汁が水中に流れ出してしまわないように、カメリは大きく口を開け、そのままごきゅごきゅと吸い込むように呑《の》んだ。

オタマ運河にいる鴨《かも》の卵の食感に似ているが、でもあそこまでどろどろしてはいない。

ぷるぷるでなめらかだが、濃厚な後味がある。

さらに、中心にある塊。

嚙《か》むと、きゅうきゅうと音をたてるほどしっかりしていて、しかし同時に柔らかい。

骨らしきものもない。押せばへこむが、でも押し返してくるくらいの弾力があった。そして、なによりも色と質感が似ているではないか。焦げ茶色で、表面に艶《つや》があるのだ。

これは、使えるかもしれない。

カメリの中に、ある考えが生まれる。

*

卵まるごとではかさばるので、中心の塊の部分だけを持って帰ることにした。

カメリは水底をふわふわと歩きながら、卵の透明の薄皮を次々に食い破っていく。食い破っては、焦げ茶色の塊だけを注意深く取り出すのだ。

卵は、数えきれないほどあった。

もしこれだけの卵がすべてメトロになったとしたら、いくら地下水路があってもいっぱいになってしまうだろう。

でもそんなことにはなっていない。だから、実際にこのなかでメトロにまで成長するのはほんのわずかで、それ以外はたぶん、事故で死んでしまったり、食べられてしまうはず。こんなふうに――。

カメリはそう推論しつつ、取り出した卵の核を次々に買い物カゴに入れていった。

核以外のぷるぷるした透明の部分は、その場でカメリが食べる。地下をさんざん歩きまわって空腹だったから、ちょうどよかった。一刻も早くマントルの丘へ行こうと、夕食も食べてなかったのだ。

透明のゼリーが、ふるふると震えながら、カメリの喉《のど》を通って腹を満たしていった。取り出したコーヒー色の塊は、買い物カゴの中に隙間なく並べ、きれいに積み重ねた。ひとつでも多く入るように――。

そんなふうにしてぱんぱんに膨《ふく》らんだ買い物カゴを右腕にとおすと、カメリは底を蹴《け》って浮上する。

水を通して円形の空が見えた。

空はすっかり白んでいた。

明け方の空の色をした水面を埋めつくすように、生まれたばかりのまだメトロになっていない幼生が、ゆらゆらと尾を動かして泳ぎまわっている。

今から帰れば、いつもの出勤時間にはカフェに着くことができるかも。

カメリは思う。

でも、それは迷わずに帰ることができれば、だ。いったいどこをどう歩けばあのオタマ運河にある地下への入口に戻れるのか、ここからどのくらいの距離にあるのかすら、カメリには見当がつかない。

井戸の内側のような壁面には、いくつものトンネルが口をあけてはいるが、まずそのどれに入ればいいのか、ということさえ。

と、そのとき、何かがカメリの身体をぐいと押し上げた。なんだろうと思う間もなく、気がついたら、ざばっ、と水から出て、そのまま水面のすぐ上にあるトンネルのひとつにカメリは入っていた。

メトロだった。

メトロが、カメリをそこまで押し上げたのだ。

もちろん、メトロはそうしようとしてしたのではないだろう。産卵を終えてもまだ生きているメトロが再び路線に戻ろうとして、たまたまその進路に浮かんでいたカメリを鼻先で押し上げることになったのだ。

大きく膨れ上がっていた腹部は、産卵を終えてすっかりへこみ、地下水路を余裕で走れる通常のサイズに戻っている。

その丸い頭でカメリを水路の脇《わき》に押しのけるようにしてから、後ろ足と尻尾をばしゃばしゃと動かして、メトロは発進した。

カメリはあわててその後を追いかける。

泥の上を走って追いかけて、なんとか飛び乗ることができた。産卵で体力を消耗したのか、メトロがそれほど速度を上げなかったことが幸いしたのだろう。

カメリは、メトロの後部――尻尾の付け根の部分――に、爪をしっかり食い込ませてつかまった。その位置だと、メトロの後ろ足が跳ね飛ばす泥が顔にかかるのだが、そんなことを気にしてはいられない。

振り落とされないように、しっかりつかまって耐えた。

カメリがそのメトロを降りたのは、マントルの丘に近い分岐点。カーブに特徴があるから、そこがそうであることはすぐにわかった。

しばらく待っていると、すぐに別のメトロが近づいてきた。今朝のメトロは、通常の運行を再開しているらしい。ストはもう終わったのだろう。

カメリは買い物カゴの中をもういちど確かめてから、オタマ運河方面行きのメトロに飛び乗った。

＊

地下水路の半円形の出口から見える空は、もうすっかり朝の色だ。

カメリは、土手の途中の草の上に買い物カゴを置いた。滑り落ちたりしないように慎重に。

それから、オタマ運河に入った。

ゆっくり泳ぎながら、手足と首、それに甲羅や尻尾についている泥を、丁寧に掻《か》き落とし、頭につけている赤いリボンを水中で洗った。

すぐ目の前を、小さなオタマジャクシの集団が尻尾を振りながら横切っていった。

大きさからしてもそれは、成長してメトロになるオタマジャクシではなく、カエルになるオタマジャクシなのだろう。

　もういちど勢いをつけて潜り、甲羅の後ろの泥まできちんと落としてから、カメリは岸に上がる。それから買い物カゴを持って、草を踏みしめるようにして土手の斜面を登っていった。

　ぽこぽこぽこと川面を渡って聞こえてくるのは、運河に停泊する平底船がエンジンを温めている音だ。まだヒトデナシたちは、乗っていない。

　たぶん、カメリのいつもの出勤時間くらいだ。

　カメリが裏口から厨房《ちゅうぼう》に入ると、アンもマスターもまだ来ていなかった。

　いつもの朝なら、まず泥饅頭の仕込みに取りかかるところだがその前に、持って帰ってきた塊を買い物カゴから出して、調理台の上に並べていった。

　板の上でそれを軽く叩いて潰す。まんべんなく潰したところで、それをカヌレの型に押し込んでみた。

　押し込んでも押し返してくるような感触があった。さらに、ぎゅむぎゅむと音が出るくらい押し込んだ。もう出てこなくなったところで、そのまましばらく寝かしておく。

　その間に、カメリはいつもの仕事をした。

　しばらくしてから、ぽん、と型を叩いて、中身を出してみた。

　皿の上に置いても、その形のまま固まっている。押すと押し返してくるくらいの弾力はちゃんと残っているし、焦げ茶色の表面には、しっとりした艶があった。

色といい形といい質感といい、それはテレビで見たカヌレにそっくりではないか。いや、本当にそっくりなのかどうか、カメリにはわからないが、少なくとも泥を型に詰めただけのものよりはずっとそれらしく思えた。

押し込んでは寝かし、取り出して、また次のを押し込んだ。

そうこうしているうちに、アンが出勤してきた。

おっ、すごいじゃない。

型から抜いて棚の上にずらりと並べられたカヌレを見てアンは、もともと丸い目をさらに丸くした。

あいかわらずやるわね、あんた。

そう言うと、カメリの甲羅を、ぽん、と肉球で叩いた。

*

ふむふむ、なるほど、カヌレだね。

ヒトデナシのひとりが手に取って言った。

カエルみたいにヌレッとしている。

どおれどれ、と別のヒトデナシがひとくち齧《かじ》った。

くちゃくちゃくちゃくちゃとよく咀嚼《そしゃく》してから言った。

うん、なるほど、これは見事なカヌレだ。カエルみたいにヌレッとしているよ。

どれどれどれどれ。

ヒトデナシたちはカメリの作ったカヌレの皿を取り囲むと、いっせいに手を伸ばして食べ出した。

ちょっとあんたたち、もっとじっくり味わって食べなさいよ。カメリはわざわざマントルの丘まで行って、ひと晩じゅう材料を探しまわって、あんたたちのために作ったんだからねっ。

おお、そうなのか。

ヒトデナシたちがいっせいに応《こた》えた。

昨夜はメトロがストをやってたから、マントルの丘まで行くのはなかなか大変だったんじゃないか。

大変に決まってるじゃない、ねえカメリ。

実際には、マントルの丘に行こうとしたが行けなかったのだ、というようなことをカメリが説明するより先に、アンは続けた。

もちろん大変だけど、カメリはあんたたちのために苦労して行ったわけよ。

おお、そうか。

そうかそうか。

ヒトデナシたちがうなずき、そして声をそろえて言った。

ありがとう、カメリ。

うん、それでよろしい、とアン。

いやしかし、なんといってもこれは見事なカヌレだ。前のは、カヌレというより悪魔の塔の形をした泥饅頭、だったけどな。

もちろん、前のは前ので、よかったけどね、泥饅頭として。

でも、これは泥饅頭じゃなくて、カエルみたいにヌレッとしてるからな。

でも、カエルじゃないよ。だって、カエルの形じゃなくて、悪魔の塔の形をしているんだからな。

そうそう、カエルみたいにヌレッとしていてカエルの形なら、カエルだものな。

そうそう、その点、これはカヌレだ。

それも、いいカヌレだよね。

ヒトデナシたちが興奮した口調で言う。

あんたたちさあ、カヌレってなんなのか、ほんとにわかってるの?

アンが疑わしそうにつぶやいた。

もしかして、わかってるふりをしてるだけなんじゃない?

いや、わかってるわかってる、っていうか、今さっきわかったよ。

ヒトデナシたちが言った。

今さっきかよっ、とアン。

だって、今さっきわかった、ってことは、今はもうわかってる、ってことだろ。

そりゃそうだ、とマスターが笑った。

ヒトデナシたちもそれを真似るように笑う。

アンも笑っていた。

皆、楽しそうに笑っている。楽しいということがどういうことなのか、カメリには、あいかわらずよくわからない。今さっきわかった、と言えるときがいつか来るのかどうかもわからないし、それがわかったりわからなかったりするものなのかどうか、ということすら、わからない。でも、こうして見ているかぎりには、テレビの中でヒトが楽しいときに笑っているのとそっくりだ。

カメリにはそう判断できる。

そして、そっくりに見えるのならそれでいいのでは、とカメリは思うのだ。

もしかしたら、ホンモノそっくりではないかもしれないが、でも、ホンモノそっくりだと感じられるのなら、それはホンモノそっくりなのと同じことではないか、と。

次のメトロのストライキのときには、もっとたくさんの材料を仕入れて、もっとたくさんのカヌレを作ろう。

もっとホンモノそっくりのカヌレを。

カメリ、山があるから登る

そこにあるのは、斜面というより壁だ。

圧倒的な巨大さで立ちふさがる岩の壁。

カメリはオタマ運河の土手に立って、目の前にそびえる壁を見上げている。

どのくらいそうしていたのかよくわからない。ずいぶんそのままでいたような気がする。にもかかわらず、まだその光景が、そこにあるものとして自分の中に入ってこないのだ。

振り向くと、いつもと変わりのない運河が見える。葦原《あしはら》も小さな石段も水門も係留されている平底船《ひらぞこぶね》も——。

昨日と同じだ。

カメリは毎朝、住んでいるアパルトマンから運河沿いにここまで歩いてくる。ここから土手を下ったところに、カメリの勤めるカフェがあった。カメリはそのまま裏口から入って、厨房《ちゅうぼう》で朝の営業のための仕込みを始めるのだ。

いつもならそう。

だが、今朝《けさ》はどうもそういうわけにはいかないらしい。

なにしろ、そこにあるはずのカフェが、どこにも見当たらない。そして、そのかわりに——なのかどうかはわからないが——山がある。

そう、山。

山としか言いようがない。

巨大な岩の壁が、目の前にそびえている。カフェがあるはずのあたりだ。

カメリがこれまでに見たどんなものよりも、それは大きかった。

いったいこれはどういうことなのだろう。

大いに困惑しながらも、カメリは昨晩のことを思い起こす。

いつものように夜の営業が終わって、それからいつものように後片付けをした。

明朝の下準備を終えると、アンといっしょに店を出た。

あのときたしか、マスターはまだ店に残っていたはずだ。

いつもいっしょに店を出ていたのに、このところなぜかマスターはひとり残ることが多い。

ま、ひとりになりたい夜もあるんだよ。

そんなことを言いながら、カウンター席のいちばん端に腰かけてコーヒーを飲みながらテレビを観ていたりする。温泉巡りの番組とか。

それはいいけど、ちゃんとカップは片付けといてよね。

アンが言うと、あー、はいはい、わかってますよ、とマスター。それもすっかりお決まりのやりとりになっていた。翌朝出勤してきたアンが、ぼやきながらマスターが出しっぱなしにしたカップを片付ける、というのも含めて。

だから、今朝もきっとそうなるのだろう、とカメリは思っていた。

ところが、あるはずのカフェがどこにも見当たらない。

そして、山がある。

マントルの丘のような緩やかな斜面ではない。空に向かってほぼ垂直に突き立てられたような巨大な岩の壁だ。ここから見上げてもどれほどの高さがあるのかわからないほど。現にカメリは、そのてっぺんを見ようとして上を向きすぎ、バランスを崩して仰向けにひっくり返った。

甲羅の曲線をシーソーのように使って起きながらさらに見上げた山の頂《いただき》は、白い雲におおわれていて、どうなっているのか推論すらできない。

いや、それよりも何よりも、ここにあったはずのカフェだ。

いったいどうなってしまったのだろう。

なんじゃこりゃ。

声に振り向くと、カメリのすぐ後ろに、今出勤してきたらしいアンが立っていた。

ぐん、と身体を反《そ》らせ、山のてっぺんを見上げている。レプリカメと違って、ヌートリアンのしなやかな身体は、そんなことでバランスを崩したりはしない。

いったいどうなっちゃってんの。

テレビのラジオ体操みたいに腰に両手をあてて身体《からだ》を大きく反らせたポーズのままで、アンがつぶやいた。

＊

そうこうしているうちにいつもの開店時間になり、あちこちから常連のヒトデナシたちが姿を見せはじめた。

カフェを探してか、あたりをうろうろ歩き回っていたらしきヒトデナシが、土手の上のカメリとアンを見つけて、やあ、おはよう、と近づいてきて横に立った。

そのまま山を見上げる。

カメリもあらためて山を見る。

そこには、曲線はほとんど見当たらない。

ごつごつと尖《とが》った岩の塊《かたまり》だ。雨や風によって削られたり均《なら》されたりしたような様子もない。

できたての山みたいだ、とカメリは思う。はたして、できたての山などというものがあるのかどうかは知らないが。

ある高さから上には、岩のあいだに白いものがちらほらと見える。さらにその上は、真っ白だ。

雪なのかな。

アンが言った。

ようやく雨期が終わって、これから暑くなろうという時期なのに、雪とは。この季節にそんなものを見るのは、カメリにとって初めてのことだ。

カフェがないぞ。

ヒトデナシの声がした。いつのまにか、カフェの常連がすっかりそろっていた。せまい土手の上にざわわざわわと並んで、山を見上げながら口々に意見を述べている。

カフェがないよね。

カフェはないが山がある。

山があったら、登るらしいね。

うん、山があるから登るんだよな。

でも、仕事もあるからなあ。

カフェはないけど仕事はあるぞ。

うん、仕事があったら登れないな。

山があっても、仕事があるんじゃなあ。

雪山だね。

うん、雪山だよ。

白銀は招く。

白銀は招くね。

よーれいひ。

よーれいひ。

でも、仕事があるから。

うん、仕事があるよね。

ヒトデナシたちは手を繫《つな》いで、手や頭の先からぱちぱちぱちぱちと火花を散らしている。

新しいことが起きると、彼らはそんなふうに手を繫ぎあって輪になったりパートナーを変えたり、いろんな組み合わせで繫がりあう。そうすることで、情報をやりとりするらしい。

テレビでやっていたフォークダンスに似ている、とその動きを見ながらカメリは思う。輪になるところは、前にマスターが教えてくれた盆ダンスと同じだが、でもあれより動きはずっと激しい。

そういえばマスターの姿をまだ見ていない。

もうとっくに店に出てきているはずの時間なのに。

カメリはアンを見た。

アンもカメリを見ている。

だよね、とアンの口が動き、カメリはうなずいた。

ふいに、ヒトデナシたちの動きが止まった。

全員が、ぴたりと同じほうを向いている。

目の前にそびえる山の上。

わずかに雲が切れたその部分。

かちかちきるるるかちかち、と小さな音をたてているのは、ヒトデナシのひとりが手にしている小さな黒い筒状の物体。

その筒を山の上に向け、覗《のぞ》き込みながら、指でダイヤルを回している。

ヒトデナシたちの現場で、同じものが使用されているのをカメリは何度か見たことがあった。

覗いているのは、工事現場での計測作業を担当しているヒトデナシだろう。

おお、そうかわかった、準備中だよ。

覗きながらそう言って、その筒を隣のヒトデナシに渡した。

そうかなるほど準備中。

筒を受け取って覗いたヒトデナシは確認するようにそう言い、そして隣に回した。

うん、たしかに準備中だ。

そんな具合にして、黒い筒はヒトデナシたちのあいだを回っていく。

最後のヒトデナシの隣にアンが立って、筒を受け取った。ヒトデナシたちが見ていたあたりに筒を向け、覗く。

あら、ほんとだ、準備中。

アンがそうつぶやき、そしてカメリの目に筒を当てた。

かちかちきるるかちかち、とアンがダイヤルを回すと、筒の中でぼやけていた像がくっきりとなった。

灰色の岩肌のその隙間《すきま》の雪が、手で触れられそうなくらい近くに見える。

風景が拡大されて見えていることは、カメリにもすぐわかった。この筒には、こんな機能があったのか。そして、その拡大された視界の中央にあるもの。

ほぼ垂直に切り立った崖から、テラス状にほんのすこし張り出している部分。

そこにはなんと、カフェがあるではないか。

間違いなくカメリとアンの勤めるカフェだ。

その正面入口のドアに掛かっているプレート。

なるほど『準備中』とある。

それは、いつも、マスターが朝出てきて最初にドアに引っ掛けるプレートなのだ。夜の営業が終わったときにも掛けるから、そのまま掛けっぱなしにしておけば、とアンが言ったことがあったが、ダメダメ、みんな帰って店に誰もいないのに準備中、なんてのはおかしいよ、やっぱり準備をしているっていう状態のときにこれが掛かってないとな、と珍しくマスターは譲らなかった。まあマスターなりのこだわりがあるのだろう。

とにかくそんなわけで、マスターはいつも店を閉めて帰る前には、そのプレートを外して店内にしまう。

まあ準備中なら仕方がないよな。

アンから黒い筒を受け取りながら、最初にそれを持っていたヒトデナシが言った。

うん、準備中なら行っても仕方がないな。

どうせ入れないんだからな。

あそこまで行っても入れないんじゃな。

それに――、と全員がいっせいに顔を見合わせ、声をそろえた。

もう時間だ。

腕に何もつけていないのに、全員が腕時計を見るポーズをして全員でそう言った。そのまま一列に連なり、歩調を合わせて去っていく。

＊

土手の上には、カメリとアンだけが残された。ヒトデナシたちのきれいにそろった足音も、もう聞こえない。

あれがドアに掛かってるってことは、やっぱりそういうことなんだろうね。

アンが、山を見上げたままつぶやいた。

マスターは、店にいるんだよ。

あの『準備中』のプレートと、そして、この時間になってもまだここに姿を見せない、ということを合わせて考えると、たしかにそう結論せざるを得ない。

それにしても、どういうことなんだろ。

アンが腕組みして首を傾《かし》げた。

マスターが、あんなところまで朝から登っていったとは思えないし。

カメリはうなずく。そもそも、マスターはふだんからそんなに身体《からだ》を動かすほうではなかった。

石頭のマスターには、ヌートリアンのアンのような高度な運動能力はないはずだし、本人もそれがわかっているらしくて、なんだかんだと言い訳して、そういうことはやりたがらないのだ。まして、運動能力が優れていてもなかなか登れないようなこんな切りたった崖を、マスターがひとりで登るとはとても思えない。

きっとゆうべは、家に帰らずにあのまま店に泊まったんだよ。

アンが言う。

たしかに、このところマスターは、店に泊まることが多い。

カメリもアンも、朝出てきたときにカウンターに突っ伏してマスターが寝ているのを何度か目にしている。

店に泊まっていったい何をしていたのかは、教えてくれない。アンがしつこく尋ねると、それってセクハラよ、などとアンの口調を真似《まね》て誤魔化したりする。

では、昨夜もマスターは店に泊まったのだろうか。そして、マスターが寝ているあいだに、店とその周辺がこんなことになってしまったのか。

もっとも、こんなこと、というのがいったいどんなことなのか、カメリにはさっぱりわからないままなのだが

まあなんにしても、店のあった場所が一夜にして山になってしまった、そして今もここにある、ということは間違いない。

それにしても、こういう場合は、いったいどうすればいいのだろう。

カメリは考える。

テレビドラマにだって、こんな状況を想定したものはなかった。

主人公の職場が一夜にして高い山の上になってしまう、などというものは——。

でも、もっと広い範囲で考えてみると、制限時間内になんとかして目的地まで行かなければならない、というようなお話はたくさんある。

主人公は苦労して目的地を目指すのだが、会いたい相手にはなかなか会えずにすれ違ったり、次々に予想外のトラブルに見舞われたり。

テレビドラマだと、大抵そういうところで「つづく」になってしまうのだ。

それはともかくとして、ではやはりこうなった場合も同じように、目的地を目指さなければならないのではないか。

カメリは思う。

そうしないと、お話にならない。だって、店に行かないと、仕事もできないではないか。厨房《ちゅうぼう》が無事なのかどうかも気になるし。

それを知るためには、なんとかして店まで行ってみるしかないだろう。

カメリはそう決心して、目の前にそびえる岸壁を見上げる。

ええええっ、あんた、マジ？

そんなカメリから並々ならぬ決意を見て取ったアンが、驚きの声をあげた。

カメリはこくりと小さく、しかし力強いうなずきを返す。その丸くて黒い目は、山上のカフェのあるあたりをまっすぐ見つめている。

いや、いやあ、いくらなんでも無理、無理無理無理無理、無理だってば。だって、あんた、レプリカメでしょ。山岳仕様じゃないでしょ。高地トレーニングなんてやったことないでしょ。

警告を発するときの甲高《かんだか》い声で、アンが早口でまくしたてる。

高い山に登るカメなんて聞いたことがないし。いやいや、あたしだって泥沼専用だしさ。そりゃ見た目は似てるけど、ヌートリアはマーモットじゃないっての。

たしかに、アンの意見はもっともなのだが、しかし何もせずにここにいる、というわけにもいかないではないか。

カメリは思う。

だって、あそこにカフェがあることはわかっているのだ。そこにカフェがあるのなら、行けるところまでは行ってみよう。もし途中までしか行けなくても、どうやれば行けるか、それを推論するための材料くらいは集めることができるはず。そして、今できることと言えば、それだけなのだから。

そびえたつ岩に向かってカメリが歩き出すと、しょうがないなあ、とぼやきながらアンもそのあとに続く。

ま、そういうのが、あんたのいいところだからね。

＊

とにかく、周囲がどうなっているのかを調べてみることにした。

土手を下って、湿地の中に続いている道——いつもカフェに行くときに歩いている道——を進んでいく。

すぐに岩の壁にぶつかった。

ぬかるんだ地面から生えているようにそれは見える。

まわりの土や草には、変化らしきものは見当たらない。一夜にして山ができるような変動があったとはとても思えなかった。

火山なんかだと、平地にいきなり山ができる、なんてこともあるらしいけどね。

アンが、岩の根元を観察しながら言う。

でも、噴火なんてした様子はないし、地面が揺れたりもしなかったよねえ。

思い当たるようなことはカメリにもなかった。ここからさほど離れてはいないアパルトマンに住んでいるカメリも、昨夜は揺れなど感じなかったし、そういうことにはカメリよりずっと敏感なアンでさえもそうなら、きっと地面は静かなままだったのだろう。

じゃ、けっこうなめらかに山全体ができたってことになるねえ。うーん、いったいどういうことなんだろ。

考え込んでいるアンから少し離れたところの岩肌に、カメリは手足を掛けられそうな出っ張りを見つけた。躊躇《ためら》うことなくアタックを開始する。

手を掛けてみた。

岩に腹甲を押し付けながら、ぐい、と身体を押し上げ、右足を掛ける。

さらに上のでっぱりに右手、そして、左足。

身体中に力が入って、尻尾《しっぽ》の先がぷるぷると震える。

大変だが、こうやって一歩一歩登って行けば、そのうちいちばん上までたどり着けるのではないか。

カメリがそんな楽観的な推論をした途端、右手を掛けていた岩の表面が剝《は》がれて崩れ落ちた。

身体がふわりと浮かんだかと思った次の瞬間、ぼすっ、と鈍い衝撃があった。

気がついたら、地面に仰向けで転がっている。どうやら、甲羅が半分ほど泥にめり込んでいるようだ。

湿地帯でぬかるんでいるから、その程度で済んだのだ。

ほら、言わんこっちゃない。

じたばたしているカメリに、アンが手を貸してくれた。

そんなやり方じゃ、命がいくつあっても足りないよ。せめて、命綱くらいは用意しなきゃ。まあそれは明日にでも手に入れてくるから、まずはもうちょっと情報を収集して、作戦を練《ね》ることにしようよ。

アンの言うことがもっともだった。

かなり高いところまで登った気がカメリにはしていたのだが、さっき剝がれ落ちた部分を下から見ると、やっと甲羅ひとつ分くらいの高さなのだ。そんな調子では、この岩の壁を登り切ることなどとてもできはしないだろう。

*

草とぬかるみを踏みながら、切り立った岩の壁に沿って歩いているが、登れそうなルートはいっこうに見つからない。

ま、なんにしても、この北壁はオーバーハングだらけだし、ちゃんとした装備があってもちょっとやそっとじゃ無理だよなあ。

今にも頭の上に落ちてきそうな岩を見上げてアンはつぶやき、再び歩き出す。

あっちに回ってみるか。

カメリが、出っ張った大きな岩の陰にその奇妙な物体を見つけたのはそのときだった。

岩壁の根元に、それはあった。

球体である。

灰色をした光沢のある球。

カメリがたまに作る泥ダンゴ。泥饅頭《どろまんじゅう》をもっと丸くしたやつ。その表面を磨《みが》いたような物体だ。カメリは、空き時間のとくにすることがないとき、泥ダンゴを掌《てのひら》でしゃこしゃこと磨く。細かい砂をかけ、磨き、また砂をかけ、磨く。

続けていると、単なる泥の塊《かたまり》でしかなかったダンゴの表面が次第に光沢を帯びてきて、やがて泥ではないみたいにつるつるになる。

もちろん食べれば同じなのだが、ヒトデナシたちが喜ぶので、カメリはたまにそういうことをするのだ。

あれに似ている。

だが、カメリが作るそれとは、大きさがまるで違っていた。それは、カメリの甲羅ほどもあるだろうか。

色は周囲の岩肌と同じ灰色だ。

それにしても綺麗《きれい》な球形だった。

表面には覗き込むカメリの顔が映っている。

勝手にこんなものが出来るだろうか。

誰かが丁寧《ていねい》に磨き込んだとしか思えない。

カメリがさらに顔を近づけ、そして爪《つめ》の先でつつこうとした。

途端に——。

あぶないっ。

アンの声が響いた。

振り向こうとしたそのときには、カメリはすでに地面に転がっていた。

アンが甲羅に体当たりしたのだ。

カメリはすぐに手と足と頭と尻尾を甲羅に収納したので、ころころと転がった。

アンもいっしょに転がった。

そのまま、しばらくは地面に伏せていた。

ようやくアンが立ち上がったので、カメリも恐る恐る甲羅から頭を出してみる。

さっきの灰色の球が、すでに球形ではなくなっていた。球の一部に切れ目が入るようにして展開し、その内側に畳《たた》み込んでいたたくさんの脚らしきものをわしゃわしゃと動かして地面を移動しているのだ。

甲羅によく似た形の胴体の下に脚がずらりと並んでいる。それらの脚の前で小刻みに震えているのは触角で、その根元にふたつ並んでいる丸いレンズ状のものは目だろうか。

しばらくは注意深く観察を続けていたアンだったが、ようやくほっとしたようにつぶやいた。

なんだ、ただのダンゴロイドか。もっとぶっそうなトラップかと思ったよ。

ダンゴロイドは、触角をふるふると動かしてあたりを探るようにしながら、岩と岩が重なっているあたりに姿を消した。

近づいて見ると、そこには丸くなったダンゴロイドほどの大きさの穴がぽっかりと口を開けている。

トンネルだね。

覗き込んで、アンが言った。

いったいどこに通じてる――。

言い終わらないうちに、もうカメリはダンゴロイドの後を追って穴の中に身体をもぐり込ませている。

ええっ、行くの?

アンが呆《あき》れたようにつぶやく。

あのさあ、あんた、いくら甲羅が硬いったって、やることがちょっと体当たりすぎるんじゃないの。

ぼやきながら、カメリのあとに続いた。

＊

わしゃわしゃわしゃ、とトンネルの中にダンゴロイドの脚音が響いていた。脚の動きこそ速いが、走行速度はそれほどでもない。すぐに、ダンゴロイドの丸くて光沢のある背中が見えてきた。

そう、トンネルの中にもかかわらず、それが見えるくらいには明るいのだった。入口よりはだいぶ広くなっているトンネル内部の壁面は、ところどころが白くぼんやりと光を放っている。

かつこつ、とアンが壁面のそんな部分を爪の先で軽く叩《たた》いた。

どうやら結晶だね。

完全に透《す》き通ってるわけじゃないけど、濁った水程度には光を通すんだな。

歩きながら、アンが言う。

たぶん、外の光がここまで届いてるんだ。外からじゃわからなかったけど、この山自体が同じような結晶で出来ているのかもね。

アンはいろんなことができていろんなことを知っている。

カメリはあらためて感心する。ヌートリアンというのは、みんなそうなのだろうか。

ところどころでぐねぐねと曲がっているトンネルの何度目かの大きなカーブを過ぎた

ところで、視界は大きく開けた。

一瞬、外に出たのかとカメリが勘違いしたほど。だが、そうではなかった。

そこは壁に囲まれたドーム状の空間だ。

天井近くには四角や丸の形をした赤色や青色の光を放つ窓のようなものが見える。

テレビで見た教会みたいだ、とカメリは思う。

平らな床の上には、いろんな大きさの灰色の球がずらりと並んでいる。それがなんなのかは、わざわざつついてみるまでもない。

うわっ、ダンゴロイドだらけじゃない。

アンの声が、うわんうわんと反響する。それに反応したのか、周囲のダンゴロイドたちがいっせいに展開を始めた。

わしゃしゃわしゃしゃしゃと脚を動かしながら、カメリとアンの立っているところから放射状に散っていく。

よく見ると、床には鉄道の線路のようなものがある。

線路は、この教会のような空間の中央から、いろんな方向に伸びているようだ。その線路の上を、ダンゴロイドたちは進んで行く。

それはカメリに、以前迷い込んだメトロの産卵場所――地下にあった円形の池――を連想させた。

では、このダンゴロイドたちも、メトロと同じように、この山の内部のいろんな経路を走っているのかもしれない。これはそのための軌道なのでは――。

床の線路とその上を走っていくダンゴロイドたちを見て、カメリはそう推論する。二本の線路の上に、たくさんある左右の脚をきちんと乗せて、ダンゴロイドたちは走っていく。そんなふうに作られているかのように。

そしてカメリは、床の中央から放射状に伸びている線路の中に、他とはすこし形状の違っているものを見つけた。

それが何を意味するかを推論する前にもう、カメリは走り出している。何か引っかかるものを感じて、その感覚を優先したのだ。

すぐにその線路の上を走っていくダンゴロイドに追いつき、そのまま背中に飛び乗った。

ええっ、まじっすか。

アンが叫ぶ。

ったく、命がいくつあっても足りないよっと。

ダッシュで追いついてジャンプ、すとん、とカメリのすぐ後ろに立った。つるつるのダンゴロイドの背中にもかかわらず、アンはバランスは崩さない。

レプリカメとヌートリアンを乗せたダンゴロイドは、壁にある裂け目へと入っていく。

結晶の裂け目の中、線路は急角度で上へと向かっている。

ダンゴロイドは、短くて細い足をせわしなく動かして、速度を落とすことなくその勾配を登っていく。

うわあ、すごいすごい。

アンが歓声をあげた。

こりゃ楽でいいね。それにしてもあんた、なんでこいつが山の上に向かってるのがわかったの。

アンが尋ねると、カメリは線路を指差した。

ああ、なーる。

アンはその線路の形状を見て、納得がいったというように大きくうなずいた。

線路の上には、他の線路にはない歯車のようなぎざぎざの突起がずらりと並んでいる。もし、登山電車を見たことがある者なら、急な坂を転げ落ちないように歯車を嚙《か》み合わせる仕組みを連想するに違いない。

カメリは登山電車など見たことがないが、しかし線路の表面の形状から、その用途を推論したのだった。もっとも、それは乗り込んでしまってから導き出したのだが。

あいかわらずやるじゃないの。

アンがカメリの甲羅を、ぽんぽん、と叩いた。

わしゃしゃわしゃしゃ、わしゃわしゃわしゃしゃしゃ。

ダンゴロイドは、岩の裂け目の中に続く線路をひたすら登り続ける。

＊

どのくらい登っただろう。

壁の片側が白く輝きはじめていた。

輝きは次第に強さを増しているようだ。

もう濁った水を思わせるような鈍い光ではなかった。

やがて線路の勾配が緩やかになり、ほぼ平らになったところで、ダンゴロイドは停止する。

線路はそこで終わっている。

左右に細長いプラットホームのようなものがあった。

頭の上には、光を通して輝く白い屋根。

それは駅の構内によく似ている。

カメリは細長いプラットホームに立って、周囲を見まわした。

カメリとアンを乗せてきたダンゴロイドは今は線路から離れ、プラットホームの上を歩いている。

いったいどこへ行くつもりなのだろう。

カメリは後を追いかける。

ダンゴロイドはプラットホームの上をわしゃしゃわしゃしゃとまっすぐ進み、そのまま駅舎から出て行く。

空が見えた。

高い山の上にいるせいだろうか、日光がいつもよりずっと鋭いものに感じられる。駅舎を出たところには、擂《す》り鉢《ばち》状の大きな穴があった。向こう側がかすんで見えるほどの大きさだ。

いつかテレビで見た火山の火口のようだとカメリは思う。いきなりそんなものが足もとに口をあけている。どうやらここが山のてっぺんらしいのだ。

火口のような穴と反対のほうに目をやると、すこし下の岩棚に、カフェが見えた。あんなに高いところに見えたカフェよりも、今は上にいるのだった。

土手から見上げたときには、山の上がどうなっているのかわからなかったが、この擂り鉢状の穴の斜面には、螺旋《らせん》状の溝のようなものが刻まれている。それは、擂り鉢の中を回りながら底まで続いているようだった。

うわあ、なんだこりゃっ。

カメリのあとを追って駅舎から出てきたアンが叫んだ。

店を真上から見るのは、初めてだねえ。こうなってたのかあ。

感心したようにアンが言った。そして、反対側の穴を見て、さらに声を大きくする。

雪みたいに真っ白だなあ。

そう。擂り鉢の内側は、眩《まぶ》しいほどの白なのだ。

だが、その白い色が雪ではないことは、その形からすぐにわかる。

ダンゴロイドだ。

白いダンゴロイドが螺旋の溝にびっしりと並んでいる。そうやって擂り鉢の内側を埋めつくしているのだ。

そんな真っ白なダンゴロイドの列の最後尾に、さっきカメリとアンを乗せてここまで登ってきた灰色のダンゴロイドが並んだ。

途端に、ダンゴロイドの後ろ半分が白くなった。一瞬で、変わったのだ。

いったい何が起きたのかと、カメリが目を近づけたとき、その白い部分が突然、ぱか、と外れた。

ダンゴロイドの後ろ半分の形をした殻《から》だ。続いて前半分が白くなり、ダンゴロイドが身体をゆすると外れて転がった。

殻を脱ぎすてて、さっきまでより少しだけ薄い灰色になったダンゴロイドは、そのまくるりと反転して自分の抜け殻をそこに残し、さっき来た道を駅のほうへと戻っていく。

カメリが、つんつん、と爪の先で白い抜け殻をつついた。

かつん、かつん。

硬くて乾いた音がした。

脱皮か。

アンがつぶやいた。

そう、目の前の巨大な擂り鉢状の斜面にずらりと並んでいるのはダンゴロイドそのものではなく、脱ぎすてられた殻なのだ。

脱ぎすてられたダンゴロイドの外殻《がいかく》。

殻だけだと爪や骨のように白かった。

カメリは、さっき脱皮したばかりの殻の前半分を持ち上げて空にかざした。

いちばん前にある丸い部分は透明で、それを通して青空が見えた。

透明の円盤。

こんなにきれいに透き通ったものを見るのは初めてだ。

それを通してアンを見た。

なんだかアンがテレビの中にいるみたいだった。

ダンゴロイドの眼のレンズだね。

アンが言った。

ごおおおおん。

突然、周囲がそんな響きに包まれた。

ごおおおん、ごおおおん、ごおおおおん、ごおおおん。

擂り鉢全体が、振動していた。

斜面の溝に並んだ白い殻が、からからからと乾いた音をたてて擂り鉢の底へと転げ落ちていく。

振動は大きくなり、もう立っていられないほどだ。

ずどんっ、と大きな縦揺れがきて、カメリの身体が宙に浮いた。白い抜け殻といっしょに、斜面をバウンドして、そのまま底まで転げ落ちていきそうになったそのとき——。

つかんでっ。

アンの声が聞こえた。

カメリの目の前に、アンの手があった。

伸ばしたカメリの手を、アンがつかんでくれた。

強い力で引っ張られる。

急な斜面を一気に駆け上がっていた。

アンが、カメリの手をつかんだまま、揺れる斜面を跳躍しながら走り抜けたのだった。

＊

カメリとアンは、擂り鉢の縁に立って、その底を見下ろしていた。

斜面を滑り落ちた白い殻が積み重なり、がりごがりごと音をたてている。

擂り鉢全体が、ゆっくりと回転していた。どうやらその運動によって、殻が細かく砕かれていくらしい。

なるほど、こういうことか。

アンがつぶやいた。

やっぱり、この山はダンゴロイドの殻で出来てるんだよ。

カメリはうなずく。たしかに、泥を固めて高く盛り上げただけでは、内部があんなふうに白くて光を通すようなものにはならないだろう。

ま、誰がなんのためにそんなことをしているのかはわからないけどね。

そう言ってから突然、アンは力が抜けたようにカメリの甲羅にもたれかかった。

カメリは驚いてアンを見た。

自分の身体を支え切れないほどぐったりしている。そんなアンを目にするのは、初めてのことだった。

ごめんごめん、しばらくこうさせといてよ。

額《ひたい》をカメリの甲羅に押し当てるようにして、アンがつぶやいた。

さっきの運動はちょっときつかったな。ほら、言っただろ。こういう空気の薄いところはあんまり向いてないんだよ。身体が高地用にはできてないから。

カメリは身体を屈《かが》め、そんなアンをそっと甲羅に乗せた。アンが甲羅を両手でしっかり持っていることを確認すると、そのまま背負って歩き出した。

一歩ずつ着実に。

すぐ下に見えているテラス状の岩棚を目指して、ルートを探しながら、斜面をゆっくりゆっくり、確実に下っていく。

注意深く探すと、ところどころになんとか手足を引っかけられるような突起を発見することができた。

それらを順番に丁寧に結んで、目的地までの道筋を設定する。

それは、カメリがいつも頭の中で行っている推論過程と同じだ。

手を抜いたり、不自然な飛躍をしないように。

順序通り、正確に。

カメリは亀の歩みでじりじりと目標に近づいていく。

苦労をかけてすまないねえ。

アンがカメリの背中で、テレビの中の老人の口調を真似《まね》てささやいた。

＊

カメリとアンの目的地。

ふたりの職場であるカフェのある岩棚に着いた。玄関ドアに掛かっている『準備中』の札も、今やはっきりと見える。

普段なら裏の勝手口から入るのだが、今はそんなことにこだわってはいられない。入口のドアをカメリが押すと、からころん、とドアベルがいつもの音をたてた。

店に入ったが、マスターの姿はない。でもそれより今は――。

カメリはいそいで椅子《いす》を並べて、その上にアンをそっと寝かせる。

ああ、ごめんごめん。

アンは寝転んだままで言った。

まあ高山病ってほどのもんじゃないよ。空気の薄いところで急に運動したから、ちょっとふらついただけ。水でも飲んでこうしてれば、すぐに回復するから。

カメリは、さっそく水を汲みに厨房へと向かった。カウンターをくぐって厨房に入ったが、そこにもマスターはいない。

＊

自分でそう言った通り、水を飲んでしばらくそうしていただけで、もうアンは回復していた。

うん、調整終わり。だいたい適応したよ。

起き上がりながら、アンがつぶやいた。それからあたりを見まわした。

マスターは？

カメリが首を振ると、さっそく厨房へと向かう。

いったいどこへ行ったんだろ。

首を傾げながら、あたりを注意深く見まわした。

ま、あんな石頭、どうなっても知ったことじゃないんだけど、もしかしたら何が起こってこういうことになったのかを見たかもしれないしね。

なんだか言い訳でもするみたいに、アンはそうつけくわえる。

そして突然、厨房の隅を指差した。

カメリも見る。

たしかにそこには、見なれないものがあった。いつもなら、その壁の前にはマスターが集めてきたいろんなガラクタが積み上げられているのに。

なぜか今は、それらのガラクタがきれいに脇《わき》にどけられていて、そして、床にはぽっかりと四角い穴。

なんだこりゃ。

アンが穴にそろそろと近づいていった。カメリもその後ろに続く。

穴の縁に、小さな梯子《はしご》がかかっているのが見えた。

あれれ、こんなとこに。

覗き込んだアンが、呆《あき》れたようにつぶやいた。

カメリも首を伸ばして、アンの肩越しに覗いた。

そこはちょっとした地下室のようになっている。そして、なぜか床にマスターがいるのだった。

すぴいいいい、すぴいいいいい、と穏やかな寝息が聞こえてくるところからして、倒れている、というより、寝ている。

アンが、すとん、と飛び降りて、いきなりマスターのわき腹を蹴飛《けと》ばした。

ちょっと、何やってんのよ。

うううん、とマスターは唸《うな》り、むにゃむにゃむにゃ、と何やらつぶやく。

立った立った、クラゲが立った。

そんな言葉を繰り返す。

寝ぼけてんじゃないわよ。

アンが胸倉をつかんで、ぱちぱちぱちと頬《ほお》を張った。

いたいいいたいいいたいっ。

マスターが目を開ける。開けた目をさらに見開いて言った。

あれれ、アンにカメリ。今、何時だ?

もうすぐ夕方よ、とアン。

ああ、寝過ごしちゃったか。あっ、それじゃ、朝の営業は?

もうとっくに過ぎてるって。ま、どうせこんな山のてっぺんまでお客が来るわけないけどさ。

えっ、あ、そうか、そうかそうか、そうだった。それじゃ、あれは夢じゃなかったんだ。ほんとにクラゲが立ったんだな。しかしクラゲが立つとはなあ。夢にも思わなかったよ。でもそうか、夢じゃなかったか、うんうん、クラゲが立ったのかあ。

勝手に納得しているマスターに、さっきから何をわけのわかんないこと言ってんのよ、とアン。

いや、おれとしては温泉が出ると思ったんだよな。こっそり温泉を出して、それでみんなをびっくりさせよう、ってね。

はあ？

アンは首を傾げ、カメリと顔を見合わせる。

ほら、あれだよ、あれ。

マスターは床を指差した。

そこにはコーヒーカップくらいの円形の赤いボタンのようなものがふたつ並んでいる。

片方には、赤地に白い線でこんな絵が描かれている。

♨

そしてもうひとつのほうは、それによく似てはいるが、少し違うこんな絵。

♨

何これ？

アンが尋ねる。

前からずっとここにあったんだよ。おれがこの店をここに作るより前からな。

マスターが答えた。

でもさ、おれの経験からいっても、よくわかんないボタンとかレバーとかペダルとかハンドルなんかには触らないほうがいいんだよな。だから、わからないように蓋《ふた》をしておいたんだ。だって、お前らが勝手に触ったりしたら危ないもんな。だろ？　でも、そうやって隠しといたことまで、すっかり忘れちゃってたんだ。

マスターは、自分の言葉にうなずきながら続ける。

ところが、このあいだテレビを見てて思い出したんだよ。そうそう、そうだよ、あの温泉巡り、味巡りのやつな。ケーキとかより、おれはそっちだからな。あれにいつも出てくるマーク、あれを見るたびに、どっかで見たことあるなあ、って思ってた。なんかあんなの、どっかにあったよなあ、どこで見たんだっけ、とか。それで、おまえらが帰ったあとで、店をあちこち探してたんだよ。で、昨夜、やっと見つけたってわけ。で？

あったあった、こんなとこにあったのかあ、うん、やっぱりこの形だ、なるほどそうか、これは温泉のボタンだったのか、ってね。ほら、あの番組でも温泉が出るか出ないかって話があっただろ。いや、あったんだよ。で、これはもう、温泉を出すためのボタンに違いないって思って。

押しちゃったの？

呆《あき》れたようにアンが言った。

うん、とマスター。だって、楽しそうじゃないかよ、温泉。

＊

そう、昨晩、カメリとアンが店を出たあとで、マスターはずっと使っていなかった地下室のことを思い出し、厨房の隅のガラクタをどけて、降りてみたのだという。倉庫といっしょに見つけた地下室だ。そっちは水没していなかったから、その上に店を作ったのだった。

ああ、そうか。ここで見たマークだったか。前にどっかで見たことがあると思ってたんだよな。すっかり忘れてたよ。まあ地下室のことも忘れてたくらいだからな。

あらためて見たが、間違いない、これは温泉のマークだ。

マスターはそう確信した。

さっそく、押してみた。

温泉マークのついているほうのボタン。

なんの反応もない。

おかしいな。これは温泉のボタンじゃなかったのかな。じゃ、隣に出っ張っているもうひとつのボタンは、なんだろう？

湯煙りを表現しているらしい三本の波線が、まっすぐ立っている。

ああ、そうか、とマスターは思った。

つまりこれは、温泉が噴き出している絵だ。

地下に閉じ込められていたお湯が、掘り当てられて、勢いよく噴き上がっている絵に違いない。

そうか、まずこっちを先に押すんだったか。

マスターは、ぐい、と押し込んだ。

かつん、と音がした。

ぶるぶるぶると床が振動しはじめた。

やっぱりそうだ。これで温泉が出るぞ。

わくわくしながら、マスターは待った。

突然、身体が何かに押さえつけられたみたいになった。ひどく重い。立っていられないほど。

実際、マスターは床に押しつけられたようにうつぶせに倒れてしまった。

あれれれれ、いったいどうしちゃったのかな、おれ。

そんなことを思っているうちに頭がくらくらしてきて目の前が真っ暗になった。

どのくらいそうしていたのか。次に目を開けると、あたりは明るかった。上から光が射している。もう朝になっているらしい。

なんで寝ちゃったんだろう。

つぶやきながら、とりあえず、いつも出勤してきて最初にする仕事――ドアに『準備中』の札を引っ掛ける――をした。

これでよし、とドアを閉めて、それから、あれれ、とつぶやいた。

なんだかいつもと外の様子が違っていたような気がした。

もういちどドアを開けてみる。

あ、と口を開いたまま、しばらく動けなかった。

遠くが見えた。

どのくらい遠くまでなのかわからないくらい遠くまで。

なんだかわからないまま、視線を落としていった。

ドアを出て数十歩のところまでしか、地面はなかった。すると――。その先にはなんにもない。

背中が、ぞわわわわ、となり、股間を、ひううう、と冷たい風が吹き抜けた気がした。このまま見ていると、吸い込まれてしまいそうだ。

あわてて、ドアを閉めた。

何がどうなってるんだ。

マスターは、いつもと変わらなく見える店の中でつぶやいた。

なぜこんなに高くなったんだ。

頭がくらくらした。それに、息が苦しい。これはいかん。

どうしたらいいのかわからないまま、また地下へと戻った。

もういちど、あのボタンを見直した。

ふたつのボタン。

あれ?

マスターは思った。

もしかしたら、こっちから見るのが正しいのかも。

つまり、とだ。

湯煙りではなくて、これは、クラゲみたいなものの脚なのではないか。

脚がふにゃふにゃの状態と、まっすぐ伸びて立っている状態。

これはそのふたつの状態を表現しているのでは。

たぶん、この地面の下にあるもの。

この下にあるこんなクラゲみたいなものの状態。

最初は、ふにゃふにゃと伏せていた。だから、それを押しても反応はなかった。そして、こっちの立っているボタンを押した。

それで、立ったのだ。

そう、クラゲが立った。

それで、地面ごと一気に持ち上がって、それでこんなことになったのでは。

昨夜のあの身体が重くなったように床に押しつけられる感覚は、地面ごと急激に上昇したその加速度によるものに違いない。

ということは、こっちのボタンを押せば、またふにゃふにゃのクラゲになって、もとに戻るはずだが。

マスターはボタンに指を置いた。

いや、でも本当にそうなのか？　そんなことはわからない。さっきは押しても反応がなかったが、今、こうなっている状態で押したらいったいどんなことが起きるのか。

で、迷ってるうちにまた頭がくらくらしてきて――。

＊

寝ちゃったわけ？

アンが続けた。

寝たっていうか、頭がくらくらして気を失ったんだって。たぶん高山病だと思うんだけどな。どう思う？

どうだっていいわよ、そんなの。そんなことより――、とアンは声を荒らげていった。

どうすんのよ、これ。マスターのせいだからね。

どうするったって、とマスターはボタンを指差した。

どうなるかもわからないのに、押してみるってわけにもいかんだろう。

そりゃそうだけどさ、とアン。

思い切って押すか?

ちょっとまってよ、うーん、どうしたもんかねえ。

アンとマスターは顔を見合わせ、そのまま考え込む。

と、そのとき、かちり、と音がした。

アンとマスターが見ると、カメリの手によって、♨のボタンはしっかりと押し込まれている。

わあっ、とマスターが叫んだ。

やっちゃったねえ、とアン。

次の瞬間、全員の身体がふわりと浮いた。

＊

なんともたよりない浮遊感は、しばらく続いて唐突に消えた。

ちょっと様子を見てくるか。

そう言ってマスターは梯子を上がっていった。

カメリとアンも続いた。

マスターが恐る恐るドアを開けた。

そこには、いつもの風景があった。

カフェの外には湿地があって、その反対側の少し見上げるくらいの高さにはオタマ運河の土手。

山も岩の壁も、どこにも見当たらない。では、さっきのボタンが正解で、もとの状態に戻った、ということだろうか。

それにしても、とアンがつぶやくようにカメリに言った。あんた、思いきったことするわねえ。

とにかくよかったよかった。

マスターがつぶやいた。

でもこれからは、よくわからないボタンは無闇《むやみ》に押さないほうがいいぞ。

あんたが言うなっ。

アンがマスターの石頭を掌《てのひら》で叩く。

ぽこん、と間の抜けた音がした。

山の上にいたときは陽射《ひざ》しは強く感じられたが、ここではもうすっかり夕方の光だ。

カメリが土手を指差した。

仕事を終え土手の上の道を連なって歩いてくるヒトデナシたちのシルエットが、暮れかかった空に浮かんで見えた。

ああ、もうそんな時間か。

マスターはあわてて『準備中』の札を引っ込めた。

まだ準備は万全じゃないが、この際仕方がないな。

マスターがそう言うより早く、カメリもアンもいつも通り、もう仕事にとりかかっている。

カメリ、海辺でバカンス

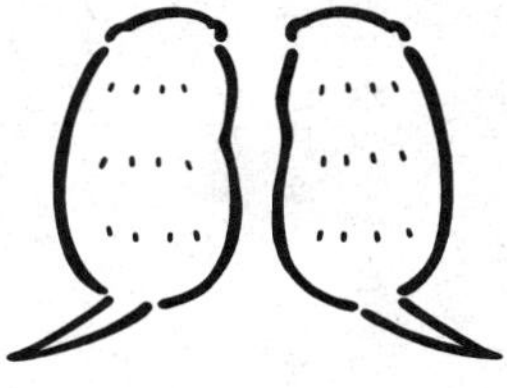

カメリは、テトラポットの上に立って海に沈む夕陽を見ていた。

いやいや、これはテトラポットじゃなくてテトラポッドなんだよ。

マスターは、しつこくそう言っていたのだが――。

でも、テレビでもテトラポットって言ってたじゃない、とアンが反論した。

いや、だから、それは間違いなんだよ。間違った呼び名のほうが広まって、そのまんまそっちが定着しちゃったんだな。だから、これのことをテトラポットだと思ってるヒトのほうが多いのさ。

でも、そんなふうにみんなが呼んでて、それで通じるんなら、呼び名としてはそれで間違ってない、っていうか、そっちのほうが正しい、ってことになるんじゃないの。

いや、正しいっていうのはそういうもんじゃないだろ。

じゃ、どういうもんなのさ。

こんなとこに来ても、マスターとアンはあいかわらずで、なんだかそのやりとりは、テレビのドラマみたいだ、とカメリは思う。

お約束、とマスターが言っていたお決まりのやりとり。つまり、マスターはいかにもマスターらしく、そして、アンはいかにもアンらしい。

石頭のマスターと赤毛のヌートリアンのアン。お馴染《なじ》みのコンビ。

そんな感じ。

ていうか、マスターが言ってるってだけで、そんなのかなり怪しいけどね。

アンが、いつもの口調でそう締めくくるのもいつも通り。

そして、そんなテトラポットだかテトラポッドだかを積み上げて作られた堤防の上に、カメリは立っているのだった。

ここでは、太陽は海から昇って海に沈む。

水平線まで続くのっぺりとした泥色。

そんな世界を二分するかのように、まっすぐどこまでも堤防が続いている。

泥が夕陽の光を反射しているあたりに、細長い小さな影が動いているのが見える。

ヒトデナシたちの行列だ。

その影が次第に大きくなっているのは、こちらに近づいてくるからだ。

早朝、彼らは泥の上を歩いていく。そして夕方、泥の上を歩いて帰ってくる。

あの丸い夕陽が水平線に接するとき、ヒトデナシたちの行列の先頭が、この堤防に着く。

いつもそうなのだ。

だから、時間を告げてくれるテレビが店になくても問題はない。

よっこらしょっと。

そんな声とともに、テトラポットの隙間《すきま》からアンが顔を出した。

そろそろ？

カメリがうなずくと、アンは身体《からだ》をくねらせるようにしてするりと隙間から出てきた。

すごいねえ。

カメリのすぐ後ろに立ってアンが言う。

アンはまもなく水平線にかかろうとする夕陽を見つめている。

たしかに、同じ夕陽のはずなのに、ここからこうして見ると、なんだか違うもののように見えた。

それとも、とカメリは思いなおす。

同じ夕陽なのではなく、違う夕陽なのだろうか。

もちろんそんなことは考えてもわからない。でも、そんなことをカメリはついあれこれ考えてしまう。

たぶんそうしていることが好きなのだろう、と思っている。こういうのを「好き」というのだろう、と。ほんとうにそうなのかどうかはわからないが――。

しかし、そんなことを言いだしたら、足の下にあるこれがテトラポットなのかテトラポッドなのかだってわからないのだし、海だって夕陽だって、本当にそれがそうなのかなんてわからない。

どうせわからないなら、自分でそう決めてしまえばいい。

その「自分」というのがなんなのかもよくわからないまま、カメリはそう決めている。いつからかわからないが、そんなふうに考えるようになった。

だから、アンがさっき言ったように、ここは「海辺」なのだ。そして、海辺であることでやるのなら、「カフェ」ではなく「海の家」だろう。

そういうこと。

＊

じつはおれたち全員、しばらく海へ行くことになったんだよ。

カフェの常連のヒトデナシたちが、声をそろえて言った。

と言うか、海のほうが来た、と言うべきなのかな。

ああ、堤防を突破されちまったわけか。

マスターが、いつもの「訳知り顔」で言った。

ああ、そうそう、そうなんだ。それで海と陸を分けてた境界が消えて、全部が海になっちゃったんだよ。

ふうん、とマスターは腕組みして考え込むようにする。

でもまあ、確率的にはいつかは起きることだから、そいつは仕方ないよな。

よく知ってるね。

カウンターにいるヒトデナシが、泥コーヒーを飲みながら、感心したように言った。

おれたちだって初めてのことなのに。

まああれだよ、とマスターは石頭を掻《か》くようにする。昔、そういう計算仕事をちょっとばかり齧《かじ》ったことがあるのさ。

またまたあ、とアン。こないだは、これでも昔は宇宙開発関係の仕事をやってた、なんて言ってたくせにさ。

そうだよ、とマスターは胸を張る。宇宙開発の仕事の一環として、それを齧ってたんだよ。いわゆる、ソラリス学ってやつをな。

ほお、そりゃ大したもんだ。

アンと違ってヒトデナシたちは素直に感心する。

ま、話半分、っていうか、話四分の一くらいに聞いといたほうがいいわよ。マスターって、いつもそうなんだから。ねえ、カメリ。

そんなことないよなあ、カメリ。

マスターがアンの言葉にかぶせるようにして言う。

カメリはどちらにもうなずくことができず、マスターとアンを交互に見るしかない。

あはは、そんなこと言われても困るよな、カメリ。

ヒトデナシたちが笑う。

まあカメリを困らせるのはこのくらいにして、とにかくそういうわけだから、しばらくは出張で、ここへは来れないんだ。

へええ、みんなで海へ行くのかあ。

アンが興奮したように鼻をぴくぴくさせる。

いいなあ、海辺でバカンスかあ。ロマンスも生まれるかもね。

いつも見ているテレビドラマのＯＬそっくりの仕草と口調で言った。

おいおい、仕事だって言ってただろ。

マスターがつぶやいた。

まったく、女ってやつは。

それってセクハラよ。

マスターの台詞《せりふ》にかぶせるようにアンがぴしゃりと言う。

カメリは空《から》になったカップや皿を引きながら、まだ実際に見たことのない海のことを考えていた。

海。

テレビでしか見たことがない海だ。

夢のハワイにあったのも、テレビの中の海だろう。

だからそんなものは、テレビの中にしかないものだとカメリは思っていた。あるいは、夢の中。ずっと昔はあったのだが、もうなくなってしまったものだと。

でも、ヒトデナシたちの話によると、それは今も、あるところにはあるらしい。

いったいどこにあるのだろう。

そう考えるだけで、カメリはなぜかそわそわして仕事が手につかない。手をすべらせてカップを割ってしまいそうになったり――。

ところで相談なんだけどさ。

ヒトデナシがマスターに言った。

あんたたちもいっしょに、海へ来てくれないか。

がちゃんっ、とカップが割れる音。

カメリが振り向くと、手をすべらせたアンが、舌を出していた。

＊

オタマ運河に、平底運搬船《ひらぞこうんぱんせん》が待っていた。

そこは、毎朝カメリがカフェに行く途中に土手から見下ろす桟橋《さんばし》だ。

おれたちも乗って大丈夫なの？

マスターが心配そうに常連のヒトデナシたちに尋ねた。

うん、こういう緊急の仕事のときは、ＩＤのチェックは省略されるんだよ。だから、乗り込むときに、足だけをおれたちに合わせてくれたら大丈夫。

そう言うなり、ざわわざわわと一列になってヒトデナシたちが甲板《かんぱん》へと続くスロープを登り出したから、カメリたちもあわててその歩調に合わせて足を動かした。

いつも見ている船だが、乗り込むのは初めてだ。

すぐ後ろから聞こえてくる、きゅうう、きゅうう、という甲高《かんだか》い声にカメリが振り向くと、そこには背丈がアンの腰くらいまでしかないヌートリアンたちが、興奮に目を輝かせてあたりをきょときょとと見まわしている。

アンの娘のヌーとリアだ。

あんたたち、静かにしなっ。知らないところは戦場と同じだよ。

アンがささやくと、ヌーとリアはぴたりと口を閉じた。

きれいな赤毛がアンにそっくりだ。

カメリは思った。

ちょうどいい機会だから、子供たちに海を体験させとこうと思ってね。

アンは昨夜そう言っていたのだ。

まあ、店の手伝いくらいはできるしね。

ヌーとリアは、カメリに近づくと、その小さな肉球で甲羅を、ぽん、ぽん、と叩《たた》いた。

ああ、気にしないでね。

アンが笑いながらカメリに言った。

爆発物じゃないか検査してるだけだから。

そのときにはヌーとリアは、カメリの甲羅の検査を終え、マスターの頭を叩いている。

船は、オタマ運河から地下水路へと進んでいった。そして地下水路内にある水門をいくつも経由しながら、さらに地下へと降りていく。

この螺旋街《らせんがい》の地下の錯綜《さくそう》した構造は、まるで立体迷路だ。メトロでたまにマントルの丘に出かけたりする程度のカメリには、その時点ですでに船がどこを航行しているのか、どちらを向いているのかすらわからなくなっていた。

途中で、平底運搬船から別の船に乗り換えた。そこは地下水路の途中にある明かりすらない桟橋だったが、移動していくヒトデナシたちに連なってぞろぞろ歩けば、迷う心配もなかった。

まるであの世の亡者《もうじゃ》の行列だな。

マスターがつぶやいた。

縁起でもないこと言わないでよ、とアン。

ヒトデナシたちといっしょに乗り込むと、船はすぐに動き出した。

加速が感じられるほどの勢いだった。

こいつは高速船だね、とマスター。

船の底からざわわざわわと伝わってくるのはエンジン音だろうか。

真っ暗な中でそれだけを聞いているうち、カメリは眠ってしまう。

＊

ふいに、頭の上からまぶしい光が射《さ》した。

船はすでに停止している。

そこに見えているのが空であることがわかるまでしばらくかかった。てっきり地下にいると思い込んでいたのだ。

だが頭の上に広がるのは、雲ひとつない青い空。そうなって初めて、地下の暗闇《くらやみ》で乗り換えた船には窓も何もなかったのだ、ということがわかった。

ロープのようにひと繋《つな》がりになったヒトデナシたちが、大きく開いた天井へするすると昇っていく。

すぐそばにいたヒトデナシがそんなロープの一部になったかと思うと、そのままカメリを抱えるようにして天井まで引き上げてくれた。アンもマスターもヌーもリアも同じように上がっていくのが見える。

そして、ヒトデナシのロープに引き上げられたカメリの目の前に現れたのは、どこまでものっぺりと続く巨大な平面だ。

いやあ、やっぱり海はいいなあ。

マスターが言った。

なるほど、たしかにそれはテレビで見た海によく似ている。

でも——。

アンもカメリと同じ疑問を抱いたらしい。

ねえ、海っていうのは、こういうんじゃなくて、もっと、なんていうか、青いんじゃないの。

そうなのだ。

テレビでは色はわからない。

白と黒の点の集まりでしかない。

しかし、テレビの中のヒトたちは、テレビの中で、テレビの中の海を見て、海は青い、と言っていたはずだ。夢のハワイの海も、そうだったし。

だが、今カメリの目の前にあるのは、濃い灰色の海なのだ。

ねえ、これってほんとに海なの?

アンがマスターに尋ねた。

ええっ、そんなことおれに聞かれてもなあ、とマスターは口ごもり、そして自信なさげに答えた。海だろ、たぶん。

そのときにはカメリたちをここまで運んできた船は、ざわわざわわと遠ざかっていきつつあった。どこまでも広がる灰色の泥の上を進んでいくその船には、たくさんの脚があった。

なんだよ、あの船。

マスターがつぶやくと、ヒトデナシたちが答えた。

船っていうか、船虫《ふなむし》だね。この海にいる船虫を改造して作ったのさ。

ああ、船虫船《ふなむしせん》ってわけだな。

マスターがうなずき、そして、カメリとアンに向かって言った。

ほらな、やっぱり海だよ。だって、船虫がいるんだもんな。

そんなもんかなあ。

首を傾《かし》げてるアンに、マスターはこう続ける。

で、ここは海なんだから、おれたちがやるのは、カフェじゃなくて海の家、ってわけだよ。

海の家っ！

アンが小さく叫んだ。

素敵っ。なんかドラマみたい。

きゅうきゅきゅう、とヌーとリアも嬉《うれ》しそうに声をあげた。

だろ、とマスターが得意げに言う。それに、そのほうがバカンスっぽいもんな。

やっほお、バカンス！

きゅうきゅきゅう！

*

初日の仕事から戻ってきたヒトデナシたちは、さっそく店を作る工事に取りかかった。

まあヒトデナシというものは元来、その体内に組み込まれたシナリオの実行という形での仕事以外はできないんだがね。でも、現場の判断でその実行の順序を変えることはできるんだな。たとえば、この壊れた堤防を修復するのは与えられた仕事だ。そして、そのためには、これをきちんと並べて——。

常連のヒトデナシが、足もとのテトラポットを指差して言う。

切れてしまったこの部分を繋げばいいわけだが、それを並べる順番は、現場の判断で変えることができる。工事としては、最終的に全部を塞《ふさ》いでしまえばそれでいい。だからやりようによっては——。

ヒトデナシの声に従うように、泥の中からテトラポットが次々に出てくる。四つの突起をしなやかに動かして、自分で出てきては積み重なっていく。

まるで生き物が傷口を修復しているようだった。見るまに堤防の壊れていた部分は、きれいに並んだテトラポットで塞がれている。

そして、さらによく見ると、そこにはそのまま店として使える形と広さの隙間だけが残されているのだった。

ねっ、こんなふうにして、この堤防の途中にスペースを作ることができる。すべての工事が終わるまでに、全部を塞いで直してしまえばそれでいいんだから、言いかえれば、それまでは空いたまま残しておいても問題はない。だからそこを店にすればいいってわけだ。つまり、店って言っても、堤防の隙間なんだけどね。

ああ、それで充分だよ。

マスターが答えた。

だって、もともと海の家なんてのは、バカンスシーズンだけの仮の店なんだからな。テトラポットの隙間なんて、ぴったりだ。

テトラポッドなんでしょ。

アンが言う。

いやいや、やっぱりテトラポットでいいのさ。だって、テトラポッドは、あんなふうに自分で動いたり積み上がったりなんてしないからな。あんなことができるっていうことは、つまりあれはテトラポッドじゃない。テトラポッドの形はしているが、でもテトラポッドとは別のもの――仮にテトラポットということにしておいてもいいんじゃないかな。

そう言ってマスターは、うんうん、いいね、テトラポット、などとひとりでうなずいている。

あいかわらずいいかげんねえ。

アンが呆《あき》れたようにつぶやいたが、そんな意見はまったく気にかけない様子で、よおし、じゃあ明日からここで海の家をやるぞっ、とマスターは宣言する。

＊

ヒトデナシたちは、ここでも同じだ。

朝になるとそろって現場へ向かい、夕暮れになると戻ってきて同じ場所で散開し、それぞれがどこかへ帰っていく。そして朝になるとまた同じところに集合してざわざわと歩調を合わせて現場へと向かう。その集合地点であり解散地点がカフェだったのだが、ここではそれが臨時に作られた海の家になっただけだ。

普通に歩いたら沈んでしまうであろう泥の上を、ヒトデナシたちは全員がひと繋がりになって、そういう形をした一体の生き物のように進んでいく。たくさんの足を波打つように滑らかに動かして。

それにしても、海というのがこんな泥だらけのものだったとは――。

目の前に広がる海を見ながら、カメリはあらためて思う。どこまでも続くいちめんの泥だ。カメリたちがいる堤防の右も左も、ただ灰色の泥があるだけ。

テレビで見るのと実際に見るのとは大違いだ。

でもまあ、空との境界線まで平面がずっと続いているところも、こうしてテトラポットが並んでいるところも、そういうのはテレビと同じだ。だからまったく違うというわけでもない。かなり似ていると言ってもいい。

海といってもいろんな海があるのだろう。海によって違うだろうし、テレビの中にあるのは、ヒトの海なのだ。ヒトの海とヒトデナシの海とは、もちろん違うだろう。

そんなあれこれを考えながら、カメリは夕方の営業の準備を整えている。

そう、頭に描いていた海とは違うといっても、ヒトデナシたちにとって、ここが海の家であるということには違いないのだから、できるだけ海の家のようなことをしなければ。

そのためにどうすればいいかをカメリは考えている。

やっぱりさ、ここはカフェじゃなくて海の家なんだから、コーヒーじゃなくて生ビールにしたいよな。

マスターが言う。

あと、かき氷とかも。

簡単に言わないでよ、とアンはぼやくが、マスターと同じようなことをカメリも思っている。

初日はいつも通り泥コーヒーと泥饅頭《どろまんじゅう》を出したが、やはりもっとそれらしく、海の家っぽくしたい。テレビで見たそれにできるだけ近づけたいものだ、と。

テレビの中の海とだいぶ違ってはいるが、同じところもたくさんあるように。

たとえば、波。

水ではなくていちめんの灰色の泥なのだが、泥が柔らかいからなのか、ちゃんと波はあった。打ち寄せてきて、テトラポットの下で砕けるのだ。

じゃぐるじゃぐる、とぬかるみを踏むような音をたてながら狭い隙間にまで入り込み、泥はそこで激しく攪拌《かくはん》される。

その際に泥の表面にできた白い泡を、カメリは丁寧《ていねい》にすくってバケツに集めていく。思った以上にしっかりとした泡だ。

おお、こりゃ大したもんだな、カメリ。

カメリの試作した新メニューを見て、マスターが叫んだ。

これまで出していた泥コーヒーの上に白い泡を載せて層にしたもの、そして、皿に泡だけを小山のように盛り上げたもの。

うん、どう見ても生ビールとかき氷だよ。

どう見ても、というのは、いくらなんでも言いすぎ、とカメリは思う。容器にしても、持って来たカップと皿ではなく、ジョッキと透明の器にしたかったのだが——。

ノミの市でもまだ見たことがないそんなものが、すぐに手に入るはずもない。

あんた、やるわね。

アンが、カメリの甲羅を肉球で、ぽん、と叩いた。

きゅううきゅうう、とヌーとリアがテーブルに手を伸ばす。

ああ、おまえらは、かき氷だけだぞ。まだ子供だからな。

そしてマスターは、ごぶごぶごぶと喉《のど》を鳴らして生ビールを飲み、ぷはーっ、と声をあげる。

うん、これこれ、いやあ、夏はやっぱりこれだよなあ。

そう言うマスターの口のまわりには、ちゃんと髭《ひげ》のように白い泡がついている。それをぬぐいもせずに、今度はしゃぐしゃぐしゃぐしゃぐと音をたててかき氷を食べ、きーんとくるなあ、とその石頭を掌《てのひら》で押さえる。

もちろん本当にそうなっているのではなく、テレビの真似《まね》だろう、ということくらい、推論するまでもなくカメリにはわかっている。

これならあいつらも大満足だろ、とマスターは大きくうなずく。

でも、テレビがないのはちょっと残念がるかもしれないね。

店内を見まわし、アンが言った。

そう、店のテレビまでは持ってくることができなかった。ヒトデナシたちが、毎朝出勤前に観ているテレビが、ここにはない。

なに言ってんだ。せっかくこんな海辺に来てるのに、朝からテレビなんて観なくていいんだよ。

あら、マスターもたまにはいいこと言うじゃない、とアン。そうそう、だって、海辺でバカンスなんだもんね。

そう言いながら生ビールを片手に、ぷはーっ、と笑うアンの鼻の下にも、白い泡がついている。

＊

もしかしたら、テレビなのではないか。

カメリはそんな推論をする。

ヒトデナシが、カメリたちをここに呼んだ理由だ。

カフェの常連のヒトデナシたちは、他のヒトデナシたちとはすこし違っている。

彼ら以外のヒトデナシは、ただ与えられた仕事を黙々とこなしているだけなのだ。あんなふうにヒトの真似をしたりしない。

では、なぜカフェの常連のヒトデナシたちはそうなったのか。

それは、店にあるテレビのせいではないか、とカメリは以前から考えている。

そして、そんな常連のヒトデナシたちが、仕事の都合でしばらくテレビを観ることができなくなった。だから、テレビの代わりのものとして、カフェの従業員をいっしょに連れてくることにしたのではないか。

カメリのそんな推論がはたして正しいのか正しくないのかはともかく、ヒトデナシたちはこの海の家を気に入っている様子だった。

楽しむ、ということがどういうことなのか、実際にはカメリにはわからないのだが、海の家にいるヒトデナシたちは、テレビの中の楽しそうにしているヒトのように見える。

毎朝、ざわわざわわとこの海の家に集まってきて、しばらくの時間を過ごし、それからまたひと繋がりになって仕事の現場へと向かう。

どこまでも続いているように見えるテトラポットの堤防。その左右にどこまでも続いているように見える泥の平面。

そのどこかにある現場で仕事をして、夕方になるとまた戻ってくる。そして、またこでしばらくの時間を過ごして出ていく。

それから朝になるまでのあいだ、彼らは泥の中にいるらしい。

泥の色と似ているから注意しないとわからないが、泥の中にヒトの形――つまりヒトデナシの形――が沈み込むようにして横たわっているのが堤防の上から見えることがあるし、朝になってヒトデナシたちが海の家にやってくる頃になると、そんな形をした窪《くぼ》みが泥の上に残っていたりする。

やあ、おはよう、カメリ。

いいバカンスだね、カメリ。

堤防の下で泥の波が砕けてできる泡を集めるカメリに声をかけて、テトラポットをよじ登っていく。泥の上に立って、あくびをしながら準備体操のような動きをするヒトデナシもいる。

アンが、堤防の上を歩いて出勤してくると、カメリも泡の入ったバケツを手にテトラポットをよじ登って店へと入っていく。

カメリとマスターは海の家で寝泊りしているのだが、アンは堤防のどこかに仮の住みかを作っているらしい。

こいつらのサマーキャンプも兼ねてるからね。

ちょこまかと動き回るヌーとリアを見ながら、アンは言う。

うん、そいつらにもいい夏休みだよな。

マスターが寝ぼけ顔でカウンターの代わりにしている板の下から這《は》い出してくる。マスターはカウンターの下、カメリは厨房《ちゅうぼう》の床で寝ているのだ。

大丈夫？　ちゃんと眠れてる？

アンが心配そうにそう尋ねるが、カメリにとってはどこで寝ようが、結局は自分の甲羅の中で寝ることに違いはない。そうこうするうちに――。

おっ、こんなところに海の家が出来てるぞ。

朝っぱらからかき氷なんて、いいねえ。

冷却冷却、緊急冷却だ。

口々に言いながら、ヒトデナシたちが入ってくる。

このあたりの台詞は毎朝同じだ。海の家というシチュエーションにふさわしい台詞をあまり知らないのだろう。

おや、ここにはテレビはないようだな。

おいおい、こんな海辺にいるのに、テレビなんて観なくたっていいじゃないか。

そりゃもっともだ。

生ビールをやるのは、仕事で汗を流してからだよな。

ああ、海辺だからすっかりバカンス気分だが、もちろんバカンスじゃないからな。

そりゃそうだ。

そして、かき氷を注文する。

カメリとアンを手伝って、ヌーとリアもよく動いた。足もとを縫《ぬ》うようにして、次々にかき氷を運んでいく。

きーん、とくるね。

きーん、とくるよ。

口々に、きーん、と言いながら、ヒトデナシたちは、しゃぐしゃぐしゃぐと泡のかき氷を口に運び、そしてまた、きーん、と言いあう。そんなことを何度か繰り返してから彼らはいっせいに立ち上がり、店を出たところでひと繋がりになって現場へと向かうのだ。

カフェにいるときはテレビの連続ドラマが終わるのがきっかけのように見えていた彼らだが、ここではいったい何をきっかけに店を出るのか、観察しているカメリにもわからない。もしかしたら、体内に時計のようなものがあって、もともとそんなものは必要ないのに連続ドラマをきっかけにしているふりをしていたのかもしれない。

彼らの中に、仕事を行うためのシナリオがあるのなら、そのシナリオといっしょに動く時計があってもおかしくはないだろう。テレビのドラマがそうであるように。

カメリはそう推論する。

なあ、とマスターが、カウンターの中からヒトデナシたちに尋ねる。この海の上でいったいどんな仕事をしてるんだい。いつも、だいぶ沖まで出ていってるだろ。

テトラポットの隙間から見える泥の彼方《かなた》をマスターは指差した。

いやいや、それは違うよ、とヒトデナシたちが声をそろえて否定した。

あっちは海じゃない。

だって、海じゃないかよ、とマスター。

いやいや、おれたちが仕事をしているあそこは、海じゃなくて陸なんだ。今は海と見分けがつかなくなってるだけでね。

えっ、そうなの？

アンが言った。

子供たちにも、ずっと海だって言ってきたんだけどな。

海はこっち側で、とヒトデナシたちは、さっきマスターが指したのと反対側を指差した。で、そっちは陸なんだよ。だって、ここは堤防だろ。堤防の片側は海なら、その反対側には陸があるに決まってる。だからこその堤防だもんな。

うーん、でも、どっちも海にしか見えないけどねえ、とテトラポットの隙間から外を覗《のぞ》きながら、アンが首を傾《かし》げる。

そりゃそうだよ、とヒトデナシたち。だからこそおれたちが来たんだ。

えっ、どういうこと？

堤防っていうのは、つまり海と陸の境界線だろ。何かが原因でそれが壊れたんだ。たぶん量子効果によって、波に乗り越えられてしまったんだな。それで境界が境界じゃなくなってしまった。海と陸の区別がなくなってしまった、というわけさ。

なんかよくわからないけどそういうことなのね、とアン。

そうなんだよ。この堤防が海と陸を区別してたわけだからね。それが壊れて、どっちが海でどっちが陸か、ってことが不確定になって、その結果として確率の高いほう――つまり海――に、陸が引き込まれてしまったってわけだよ。

そりゃ大変だな、とマスターがしたり顔でうなずく。

ああ、大変なんだよ。だって、このまま放っておいたら、どんどんこの引き込みが連鎖していって、そのうち世界全部が海になっちゃうからね。

なるほどなあ。もとの木阿弥《もくあみ》っていうか、まあ昔みたいに戻っちゃうわけだ。

なんだか懐かしそうにマスターが宙を見つめてつぶやく。

そうそう、そうなんだよ。だから、いちおう切れてた堤防だけは、こうやってテトラポットで大急ぎで繋いだんだけどさ。

ヒトデナシは、店の床を指差して言う。

だけど、境界線を修復しただけじゃ、まだどっちが海でどっちが陸だかわからないままだろ。だから今、おれたちはあの先で――。

ヒトデナシたちは、何かの宣伝ポスターのように隙間から見える泥の平面の彼方を力強く指差した。

それを確定する作業をやってる、ってわけさ。

へええ、とアンが鼻をぴくぴくさせる。どうやって？

そこが陸だ、って確定できる部分をひとつ作るんだよ。すると、自分が陸なのか海なのかわからなくなっていたその隣接する部分は、それと自分とのあいだに境界がないことから、自分も陸だと判断して陸に戻る。すると、その隣接した部分が、またそれによって陸に戻る、とまあ、その繰り返しさ。

自分？　陸が？　そういうものなの？

アンが首を傾げながら言う。

ああ、そういうものらしいよ。

マスターがしたり顔で言う。

だって、テレビだってそうだろ。あの画面は小さい光の粒と波でできた海みたいなものなのに、それがこっちの見ようによって、それが陸になったり空になったり街になったりするじゃないか。テレビだけじゃなくて、この世界そのものがそういうものなのさ。

そうなの？

ああ、だって、テレビっていうのがそもそも、この世界の模型だからな。

あいかわらず、あやしいんだか、もっともらしいんだか。

アンがつぶやく。それが聞こえたのか聞こえなかったのか、マスターはこう締めくくる。

そういうものさ。もちろん、おれやカメリやアンだってな。

＊

ヒトデナシたちがひと繋がりになって現場へと出発すると、もう夕方まではあまりすることはない。生ビールのための泡をバケツで取ってくるくらいだ。

ぼかあ幸せだなあ、とマスターは上半身裸で堤防の上に腹這《はらば》いになっている。

カメリもいっしょにどうだ？　あっ、カメリがやったら、ほんとの甲羅干しだな。

ひとりで言ってひとりで笑うマスターに、カメリは首を左右に振り、バケツを片手にテトラポットからテトラポットへと堤防を下っていく。

アンは今日も、朝の営業が終わるとヌーとリアを連れてどこかへ出かけていった。いったい毎日、どこでどんなことをやっているのかわからないが、ここに来てからヌーとリアがなんだかたくましくなってきたのは、その成果ではないか、とカメリは推論している。それが、サマーキャンプというやつなのだろう。

カメリはバケツ片手に、泥の波が打ち寄せるところまで下りると、テトラポットの隙間を丹念に見ながら歩いていく。

生ビールとかき氷にする泡はけっこう長持ちするから、もう充分すぎるほどストックがあるのだが、それ以外に何か、海辺らしいものを探しているのだ。といっても、海辺らしい、というのがどういうものなのか、カメリにもよくわからないのだが——。

それでも、海辺らしいものを目にしたら、そのとき自分はそれを、海辺らしい、と感じるのではないか。

それを期待して、カメリはただひたすらじっくりと観察しながら歩く。自分の中のあるかもしれない「海辺らしさ」というものを探しているように。

まあ海なんだからさ、そこらへんに魚とか貝とかいてもいいんだけど。

マスターは言っていたが、今のところそれらしきものは発見できていない。

しかしまあ、この海は泥ばっかりで水がないから、テレビで見る海みたいに魚なんかはいないのかもしれないな。それでも、こういう堤防の下の波打ち際なんかには、フジツボとかカメノテくらいはいるんじゃないかと思うけどね。

カメノテという言葉にカメリが反応すると、マスターはあわてて付け加えた。

ああ、ちがうちがう、カメノテって言っても、ホンモノのカメの手でもレプリカメの手でもないんだよ。岩についてる貝の一種でね、形がカメの手に似てるから、そんな呼び名がついたのさ。

そう言ってマスターは笑った。

形だけがカメの手に似ている、ホンモノのカメの手ではないカメノテ。

カメリは考える。

レプリカメというのは、ニセモノのカメ、という意味だと、マスターがいつか教えてくれた。では、そのカメノテも、カメのパーツのニセモノ、ということなのだろうか。そんなものがあるのなら、ぜひ実際に見てみたい、とカメリは思う。だってせっかくこうして海辺に来ているのだから。

テトラポットの下。

泥と接触しているあたりをカメリは丁寧に覗き込んでいくが、それらしきものはいっこうに見当たらない。

カメの手に似たものがあるのなら、カメの甲羅に似たものや、カメの尻尾《しっぽ》に似たものもあるかもしれない。そんな似てはいるがホンモノではないものをすべて集めたのが、レプリカメなのかも。

そんなことを考えつつ、カメリはテトラポットのあいだの探索を続けた。

そしてついに、それらしきものを目にする。

テトラポットの隙間に、手のような形のシルエットが見えるのだ。

カメノテだろうか。

もっとよく見ようと近づこうとして、カメリは甲羅を横にしてその狭い隙間に入っていった。

もうすこし奥。

さらに一歩踏み出そうとした。だがそれ以上、足を踏み出すことができない。

誰かが、尻尾を引っ張っている。

アンではない。そもそもアンはそんなことはしない。

では、マスターがふざけているのだろうか。

いかにもやりそうなことだが、それにしてはさっきからずっと無言のままだ。

それではいったい――。

カメリは後ろを見ようとしたが、テトラポットに甲羅が引っかかって身体《からだ》を回すことができない。足をふんばって甲羅を後ろに傾けた状態で首を伸ばせるだけ伸ばし、それでようやく、自分の尻尾を自分で見ることができた。

マスターではなかった。

もちろん、アンでもない。

というか、誰でもなかった。

そこにあったのは手だけなのだ。

テトラポットに四つある突起、その先の平らになった部分。

そこからなぜか手が出ている。

いや、手の形をしたもの、と言うべきか。とにかく、そこから手が生えているように見える。

ヒト、あるいは、ヒトデナシの手首から先にあたる部分にそっくりの形をしている。ということは、これはカメノテではなくて、ヒトデ、あるいは、ヒトデナシテとでも呼ぶべきものか。

尻尾をつかまれたまま、カメリは推論する。

最初に隙間に見えたシルエットも、これと同じ種類のものだろう。しかしそんなことよりも今は――。

カメリは、つかまれている尻尾を外そうと両足に力をいれる。ぐいぐいぐいと足を踏ん張りながら前に出ようとした。

外れなかった。

引っ張ると、それに反応してさらに強くつかんでくるのだ。

痛い。

何度かやってみたが同じ。

困ったカメリが顔を上げ、あたりを見まわしてみると、手の形をしたものはそれひとつではない。

さっきまでは、拳《こぶし》を握るようにしていたのだろう。しかもテトラポットと同じ灰色だったからわからなかったのだ。

ところが今は、その拳を開いたり閉じたり、わさわさわさと活発に蠢《うごめ》いている。手首から先だけだからよほど近づかなければつかまれたりすることはないだろうが、しかしカメリはもうすでに尻尾をつかまれてしまっている。

店からはだいぶ離れているから、マスターがたまたまここを通りかかって見つけてくれたりはしないだろう。

まあそれでも、夕方になってまだ戻らなければ探しに来てくれるはず。

カメリはそう考え、それまで体力を温存しておくことにした。

*

もうどのくらい時間が過ぎただろう。テトラポットの隙間から見える光からすると、そろそろ夕暮れ時のはずだ。

カメリの周囲は今、泥で満たされていた。ゆっくりと寄せては返し寄せては返しを繰り返しながら、泥はすこしずつ高くなってきている。

足もとまでしかなかったはずの泥が、今は首のあたりまできていた。このまま沈んでしまったら、もう誰にも自分を見つけることなどできないだろう。

カメリはのたりとした波に揺られながら思った。

波の揺れに合わせて甲羅を動かして浮き上がろうとしてみたが、尻尾をつかまれたままなのでどうにも身動きがとれない。

そうこうしている間にも、波はさらに高くなっていく。

やってきたひときわ大きな波を、首をまっすぐ伸ばすことでなんとかやりすごした。鼻先だけをどうにか泥の上に突き出すことはできたのだが、しかしそんなやり方もそろそろ限界かもしれない。

カメリがそう考えたとき、さっきよりもずっと大きな波がテトラポットの隙間をふさぐように盛り上がり、まっすぐ近づいてきた。そしてその泥の波は、カメリの視界だけではなく鼻の穴も覆《おお》ってしまったのだ。

＊

なぜかそこでは、カメリはレプリカメではなくヒトの女の子だった。

そこ、というのは、いつかテレビの旅番組で見た、海岸の岩場に湧《わ》き出した温泉。

ゆったりとお湯に浸《つ》かって、頭だけ出していた。

ざわわざわわと打ち寄せてくる波を眺めながらうとうとしている。

ああ、極楽極楽。

思わずそんなつぶやきが漏《も》れる。

そして――。

カメリ、カメリ。

それは、知っている声だ。

カメリ、カメリ。

アンの声。

では、アンもここに来ているのだろうか。

カメリは目を開ける。

たくさんの頭が見えた。

こっちを覗き込んでいる。

よかった。

アンが言った。

そこでやっと、自分が眠っていたらしいことにカメリは気がついた。では、さっきのあれは夢なのだろうか。

あんなにはっきりくっきりしていたのに。

でも、目が覚めた今もまだ聞こえているざわわざわわという音は、波の音などではなく心配そうにカメリを覗き込んでいるヒトデナシたちのたてている音なのだった。

やれやれ、まったくあぶないところだったぞ、とアンとヒトデナシたちの後ろからマスターが顔を出した。

まあこいつらに感謝するんだな。

マスターはそう言って、足もとのヌーとリアを指差した。

きゅううきゅう。

ヌーとリアがそろって声をあげた。

サマーキャンプが役に立ったよ。

ほっとしたようにアンが言った。

なんでも、泥沼戦の索敵行動訓練中に、ヌーとリアがテトラポットの隙間に異物を発見したらしい。そしてアンのすばやい判断によって、索敵訓練は直ちに救助訓練へと変更されたのだ。

カメリの尻尾の先には、テトラポットから切断されたヒトデがまだくっついている。

ヌーがヒトデを手首から噛《か》み切り、リアがカメリの腕をつかんで海面まで引っ張り上げたのだという。

初めての実地演習としては、まあ合格点だろうな。

ヌーとリアの頭を交互に撫《な》でながら、アンが言った。

きゅううきゅう。

ヌーとリアが両手を高く差し上げ、ジャンプしながら互いの肉球と肉球をばちんと叩き合わせた。

ヒトデっていうのは、いつも繋がりたがってるんだよ。

ヒトデナシたちが、まだカメリの尻尾をつかんでいるヒトデを見て言った。

なにしろ慢性のヒトデ不足だからねえ。まさに手当たり次第どんなものを使ってでも、隙間を埋めようとする。それで、猫の手でもカメの尾でも遠慮なく借りようとしてしまうんだよ。

そこにたまたまカメリの尻尾があったんだろうな。

弁護するように別のヒトデナシが言った。

それが仕事だからね。

なんにしても、カメリが無事でよかった。

まったくだ。

カメリたちには、ちゃんと帰ってもらわないと。

そうそう、家に帰るまでがバカンスだからな。

ああ、そう言えば、もうバカンスも終わりだね。

海の家もね。

えっ、そうなの?

アンが尋ねた。

そうなんだよ。

ヒトデナシたちが声をそろえた。

海辺のバカンスは、今日までなのさ。だから今夜は——。

ヒトデナシたちが声を大きくして言った。

お別れのビーチパーティだ。

突然のことで驚きはしたが、もともとここは仮の店舗なのだから、大した荷物はない。持ってきたのはカップと皿くらい。

＊

荷造りを手早く終えたカメリとアンとマスターそしてヌーとリアが堤防の上に出てみると、もう陽《ひ》は沈んでいて、空には淡い光が残っているだけだった。

あっ、とアンが彼方を指差した。

そこは、ヒトデナシたちが毎日ひと繋がりになって向かっていたあたり。

そこには夕空を背景にして、丘のように盛り上がったところや建物や尖塔《せんとう》のようなシルエットがいくつもいくつも並んでいる。

ここに来たときは、あんなとこに街なんかなかったよねえ。

アンがつぶやいた。

カメリはうなずいた。

よしよし。

そんな声に振り向くと、ヒトデナシが同じあたりを見つめて立っている。

どうやら再起動は成功したようだな。

ああ、あれは、あんたらがやった仕事なんだな。

マスターが言った。

つまりあんたらは、毎日あれを作ってた、ってわけか？

いやいや、作ったんじゃない。思い出させてただけだよ。

ヒトデナシが答えた。

海と陸との境界が壊れて、海がはみ出してきただろ。それで、これまで陸だった部分が、自分を海だと勘違いしたんだ。それで、自分の形を忘れちゃったんだな。いやまあ、もしかしたら、そっちのほうが本当の形なのかもしれないけどね。だとしたら、せっかく夢を見てたのに目が醒《さ》めてしまった、みたいな感じかな。

ああ、気を抜くとすぐに醒めちゃうからな。

マスターがうなずくと、ヒトデナシもうなずいた。

そうそう、それで形がなくなって、海との区別がつかなくなっちゃった。だからこうやって、まずテトラポットで堤防の破れ目を塞いでから、あのへんを固めにかかったわけだよ。

ヒトデナシは、夕空に小さく浮かぶ街の影絵を指差した。

だから、まだあのあたりだけだけどね。でも、あそこまで形を思い出してくれたら、それを中心核にして、あの周辺からどんどん思い出していくはずだよ。

じゃ、ここでの仕事は終わったんだな、とマスター。

あんたたちの仕事はね。おれたちの仕事は、もうすこしだけ残ってる。

残ってる？

そうなんだよ。

そう言ってヒトデナシは、他のヒトデナシを見まわした。そうすることがあらかじめ決められていたかのように、他のヒトデナシたちは全員、そのヒトデナシを見つめていた。

そろそろ、やっつけるかっ。

その声に応《こた》えるようにヒトデナシたちが動いた。

等間隔で堤防の上にずらりと並ぶ。

さあ、海辺にはつきものの花火大会だ。

並んだヒトデナシたちが手を繋ぐ。

しゅうしゅうぱちぱち。

そんな音をたてて、繋いだ手と手のあいだに火花が飛んだ。

前にもこれとよく似た光景を見たことがある。ヒトデナシたちが橋の材料としてヒトデナシバシラになる前の晩、それぞれの情報の交換と共有を行うために、こんなふうに繋がって火花を散らしていた。

あれとそっくりだと、カメリは思った。

テトラポットの上で繋がったヒトデナシたちから、様々な色の火花が飛び散った。たしかにそれは、テレビで見たことのある花火大会みたいだった。

さあて、」ここでもうひとつ、花火と並んで海辺につきもののイベントは——。

飛び散る火花の中、ヒトデナシが言った。

お待ちかね、西瓜《すいか》割りのはじまりだっ。

言い終わると同時に、そのヒトデナシの頭が膨《ふく》らみ始めた。空気を吹き込まれた風船のように丸く大きく。

いったい何がはじまるのかと推論する間もなく、ぽんっ。

唐突に破裂した。

ひとつではない。ぽんっ、ぽんっ、ぽんっ、と一列に並ぶヒトデナシたちの頭が弾《はじ》けていった。

気がつくと、ほぼ半数のヒトデナシの頭部が跡形もなく飛び散っていた。

頭のなくなったヒトデナシたちは、しばらくその場にゆらゆらと突っ立っていた。

そして、今度は全体が膨らみはじめた。

腹のあたりが大きくなるにつれて、手足も膨らみながら、中心部から均等な方向へと伸びていく。

もうどれが手でどれが足だったのか、区別はつかない。

四つの突起のある丸みを帯びた塊《かたまり》。

それは、この海辺では見なれた形、というよりも、ここにあったもののなかで形を持っていた唯一のもの、といってもいいだろう。

テトラポットだった。

ヒトデナシたちが変形して出来たそのテトラポットたちは、その四つの突起をくねくねと動かしながら、テトラポットで出来た堤防にある隙間部分――つまり、さっきまで海の家として使われていた空きスペース――に入り込んでいく。突起の先から突き出た手と手でしっかり繋がりながら。

海の家だったあの隙間を塞いでいるのだ、と気がついたときにはもう、どこに隙間があったのかすらわからない均等な構造の堤防がそこに出来上がっていた。

工事完了。

ヒトデナシの形のまま残ったほぼ半数のヒトデナシたちが唱和した。

撤収！

その声を待っていたかのように、堤防のすぐ下から巨大な影が浮上してきた。

泥よりも黒いそのシルエットは、ここへ来るときに乗ってきた船虫船だ。

その背中がふたつに割れる。

ヒトデナシたちはひと繋がりになって、するするとその内部へ収納されていく。

最後に、そんなヒトデナシのロープがカメリとアンとマスターそしてヌーとリアを巻き取って船の上まで運んでいった。

カメリは、巻かれて運ばれながら、さっきまで自分たちが立っていた堤防を振りかえる。

灰色の壁が、どこまでも均等に続いている。

あたりはすっかり夕闇に包まれていて、堤防を構成しているひとつひとつのテトラポットまではもう見えない。

いったいどこに海の家があったのか、そしてどの部分がさっきのヒトデナシたちなのか。もうわからない。

床に足がつくとすぐ、幕が閉じるように頭の上が暗くなった。

船虫船の背中が閉じたのだろう。

ざわわわざわわわ、というヒトデナシたちの足音を激しくしたような響きが底から伝わってきた。

船が動き出したらしい。

来たときほどのぎゅうぎゅうではないのは、ヒトデナシたちの数が減ったからだろう。

だがその分、隙間の闇が濃さを増したように、カメリには感じられた。

いいバカンスだったな。

暗闇の中でマスターがつぶやいた。

ああ、いいバカンスだったよ。

暗闇の中でヒトデナシが応えた。

そして、全員でぴたりと声をそろえて言った。

ありがとう。

しばらく誰も何も言わなかった。

さあ、明日から通常営業だぞ。

ふいにマスターが言った。

えーっ、とアン。

きゅううきゅう、とヌーとリア。

夜明け前には街に着くはずだよ。

ひとりごとのようにヒトデナシがつぶやいた。そして、もうしゃべらなくなった。

いつのまにか泥を掻く音は聞こえなくなっていて、今はただ、たぷたぷたぷ、と船底だけが鳴っている。くおおくおお、という隣からの聞き覚えのある音は、マスターの鼾《いびき》だろう。どこかにスイッチがあるのではないかと思うほど寝つきはいいのだ。


明日になれば、もう街にいるのか。テレビとカフェのあるところ。いつもの毎日があるところに。

なんだかそっちのほうが夢みたいだ。

泥の波に呑《の》み込まれて気を失ったときに見た鮮明な夢のことを思い出しながら、カメリはそんなことを思う。もしかしたら——。

あの堤防。海の家があったあの境界が壊れたせいで、自分たちの毎日もいっしょに泥の海になってしまっていたのではないだろうか。

あの街ごとすべて。

もちろん、なんの根拠もない。夢の中でいちど体験したことを、目が覚めておぼろげに思い出しているような頼りない感覚でしかないのだが——。

だが、たしかにカメリは、自分がそれを体験したような気がしたのだ。

そう、もしヒトデナシたちといっしょにここに来ず、あの街にいたままだったら、あの街ごと境界線を失い、自分たちも形を忘れた泥のようになってしまっていたのではないか。自分もアンもマスターも、そしてヌーとリアも。

そうならないように、ヒトデナシたちはバカンスに誘ってくれたのではないか。

そんな気がして仕方がない。

それは、堤防の上から見えたあの「再起動された陸」のシルエットが、自分たちの暮らす螺旋街にあるマントルの丘やフルエル塔にそっくりだったというせいもあるだろう。でももちろん、そんなものは推論ですらないし、自分たちの日常のある螺旋街を含むすべての世界がいちど泥になったとしても、まったく同じように再起動されてしまえば、それは前の日常と見分けはつかないだろう。

なら、そんなことを考えても仕方がない。それより今は——。

来たときと違って、床の上に腹這いになるだけのスペースは充分にあった。

すう、すう、とアンの寝息が聞こえてくる。すうぴい、すうぴい、それよりずっと小さくて速いリズムはヌーとリアのだろう。

カメリは、手と足と頭と尻尾を固い甲羅の中に入れて目を閉じる。

そして、たぷたぷした眠りの中へと落ちていった。

カメリ、ツリーに飾られる

そのことを教えてくれたのは、カフェの常連のヒトデナシたちだった。

大川《おおかわ》のあたりでは最近、クリスマスが膨《ふく》らみかけているという。それはもう、かつてないようなすごい勢いだ、と彼らは口々に言うのである。

へえ、そりゃまたどういうわけだ？

マスターがカウンターの中からヒトデナシたちに尋ねた。

それがよくわからないんだ。いつもなら、地上にまで出てくるなんてことないんだけどねえ。

へええ、じゃ今回はいつもと違うんだな。

ああ、この調子だと、どうやら地上の街角までまるまるクリスマス一色になりそうな勢いだよ。

そいつはまた景気がいいな。

ああ、どういうわけかわからないけど、今回はやたらと景気がいいみたいなのさ。

ま、クリスマスケーキってくらいだからな。

マスターはそう言って、あはははは、と大声で笑ったが、マスター以外は誰も笑わなかった。

まあそれはともかくとして、だ。

ちょっと気まずそうな顔で続けた。

そうなると、あのあたりはかなり盛り上がってるんだろうな。

そりゃあもう、とヒトデナシたちが声をそろえた。

この勢いでいけば、今夜あたりがイブじゃないかな。

えっ、そうなの、と無関心そうに聞いていたアンが声をあげた。

あのへんってさ、いつもクリスマス前のままじゃない。あれが、ほんとにイブになったりしちゃうわけ？

ああ、これまでは物資やパワーが足りなかったから、本番のクリスマスまではいけなかったんだけど、どうやら今回は本当にいけそうなんだよ。

へええ、そうなんだ、とアン。

そうなんだよ。これまではクリスマスなんてテレビの中だけのことだっただろ。それが今回はさ、トンネル効果だのインフレーションだのレバレッジだの、とにかくいろんな要素が重なったり絡まったりして、それで量子バブルとかいうのが一気に膨れあがって、それであのあたり一帯の空間がまるごとクリスマス一掃セールだとか層転移だとか、そういうことになるんじゃないかっていう予測も出てるらしいいんだよ。

そうそう、とにかくいろんな大出血大放出セールが局所的に発生して、それがトリガーになってクリスマスバブルが急速に成長するっていうんだけどさ、言ってることわかるかい？

突然そう尋ねられて、カメリは頭の赤いリボンに手をあててしばらく考え込むようにしていたが、やがて首を左右に振った。

そうかそうか、やっぱりわからないか。まあ、カメリにわからないんなら、おれたちがわからなくても当然だよな。

そりゃそうだよ、おれたちにわかるわけない。

うん、わかるわけない。

ヒトデナシたちが口々に言っているところに、あー、おれちょっとわかるよ、とマスターが口をはさみ、そのままお得意のトリビアを披露しようとしたところで、アンに睨《にら》まれて口を閉じた。

まあとにかくあれだよ、おれたちにわかってるのは、ここにいる誰も、今夜この店には来られないってことなんだよ。

あら、そうなんだ、とアン。

そうそう、それがこの話の要点さ。

それじゃ、あんたたち今夜はずっと仕事ってわけ？

全員が総出で作業をすることになってるからね。

そりゃ大変ねえ。

大変だけど、それが仕事だからな。それで、うまくいけばあのあたり一帯がイブになって、そのままクリスマスにまで成長するだろ。そしたら、おれたちはそのためにツリー構造にならなきゃならないんだよな。

もちろん、おれたちだけじゃないよ。いろんなところからやってきたヒトデナシとの共同作業だ。

そうそう、たくさんのヒトデナシが、いろんな境界をとっぱらってひとつになる。

そして、ヒトデナシたちは声をそろえて言った。

それがクリスマスなんだよ。

ツリー構造という言葉から、カメリはフルエル塔を連想する。

たしかあの塔も、大勢のヒトデナシを材料にした建造物だった。ああいうものを作るということなのだろうか。

カメリが、足を広げ両方の掌《てのひら》を頭の上で合わせてフルエル塔のかっこうをすると、ヒトデナシたちはいっせいにうなずいた。

うん、そうそう、まああれに近いかな。でも、あそこまでちゃんとしたものじゃなくていいんだ。だって、クリスマスツリーが必要なのは、クリスマスのあいだだけだからな。

クリスマスが終わったら、またもと通りばらばらになるのさ。

ああ、それで今だけ、いろんなところからヒトデナシが集められてるってわけか。

マスターがふむふむとうなずいた。

お祭りみたいなもんね。

アンが言った。

ヒトデナシたちがなんだかそわそわと落ちつきなく見えるのはそのせいだろうか、とカメリは思う。

いつもなら、急な仕事でカフェに来ることができなくなると残念そうにするのに、今回は嬉《うれ》しそうだし、ちょっと自慢げでもある。朝の連続ドラマを観ていても、なんだかうわの空なのだ。

そうこうするうちに連続ドラマは終わり、ヒトデナシたちはいつものようにいっせいに立ちあがる。そして、まるで示し合わせていたかのように全員でぴたりと声をあわせて言った。

メリークリスマス！

なんとも、気の早いこった。

歩調をあわせて店を出ていくヒトデナシたちの背中を見送りながら、マスターがつぶやいた。

＊

いつものことだが、ヒトデナシたちがいなくなると、店内はまるで別の場所のようになってしまう。

彼らの発する声や彼らのたてるいろんな音もまたこの店の一部なのだ、ということをカメリはあらためて認識する。今夜、彼らは来ない。では、店はずっとこのままだ。

しんとした動くことのない空気。

もしこのままヒトデナシたちが来なくなってしまったら——。

そんなことを想像すると、自分の甲羅が内側からどんどん冷たくなっていく気がする。

冬眠というのはこんな感じなのだろうか。

模造亀《レプリカメ》であるカメリは、自分のモデルになった生き物が冬眠をする、ということを知っている。

もっとも、それはテレビの動物番組で得た知識にすぎない。だから、そんな番組が取りあげることのない模造亀がはたして冬眠するかどうか、カメリは知らないし、もしそんな機能があるとしても、もうずいぶん長いこと冬という季節が訪れたことのないらしいこの螺旋街《らせんがい》に暮らしているかぎり、確かめようもない。

マスターの話によると、ずいぶん昔にはテレビの中と同じようにここにも雪が積もったそうだが、カメリにはそんな光景を想像することはできなかった。

ねえ、今夜はお客なんて来ないんだよね。

アンがため息まじりにつぶやいた。

うん、まあそういうことになるな、とマスター。

そろそろ夕闇《ゆうやみ》がオタマ運河の土手を乗り越えるようにしてやってくる頃だった。

だが、常連たちで賑《にぎ》わっているカフェの中までそれが入ってくることはない。ヒトデナシたちが泥コーヒーを飲んだり泥饅頭《どろまんじゅう》をつまんだり、わやわやわやといろんな言葉を発し、たまに興奮しすぎて手足や頭の先からぱちぱちと火花を飛ばしあったりしているこの店の中までは――。

そして、彼らがいっせいに帰っていくときには、もうすっかり夜になっているのだ。

夕暮れ時よりずっと暗いが、空には月や星が輝いている。

それは、あの夕暮れ時のようなどろりとした境目の曖昧《あいまい》な闇ではない。

だから平気なのだろうか、とカメリは思う。そんなふうにすべてが完全に夜に移り変わってしまうと、生ぬるい泥に沈んでいくようなあんな気分になることはないのだ。

なぜ夕方の闇だけをあんなふうに感じるのだろう。

カメリにはそれがわからない。

理由はわからないが、でも、アンやマスターもやはり同じように感じていることはわかる。

もしかしたら、ずっと昔のことが関係しているのではないか。

カメリはそう推論している。

ずっと昔、この世界はテレビの中のようだった。今よりずっといろんなものがあったし、形もしっかりしていた。そして何よりも、たくさんのヒトがいた。そう言われている。

それが本当なのかどうか、カメリにはわからない。アンも、そんなの知るもんか、と言う。

だいたい、このカフェでこんなふうに働くようになる前がどうだったのか、自分のことですらカメリにはあまりわからないのだ。

前に体験したことをテレビを観ているみたいに思い浮かべたり――回想、というらしいのだが――できるようになったのは、ここで働くようになってからのことだ。

まあそれはあれだよ、カメリはここで、思い出つくりの方法を学習したってことだな。

マスターは言った。

どうだい、このおれともいい思い出をつくらないか。

そう続けたところでアンに、それってセクハラよっ、と石頭を叩かれる、というのも、カメリの中ではもうずっと昔から繰り返されるお馴染《なじ》みの思い出になりつつあった。

つまり、自分の思い出というのは、この店から始まっているのだろう。

今のところカメリは、そんなふうに解釈し、納得している。それでもときおり、そんな思い出も含めた何もかもがずぶずぶと泥の中に沈んでしまいそうな、なんとも頼りない感覚に襲われるときがある。

それが、テレビの中のヒトが言っている「不安」というのと同じものなのかどうか。まったく同じではないにしても、かなり近いものなのではないか、とカメリは推論している。はたして、ヒト以外のもの——たとえば、カメリやアンやマスターやヒトデナシたち——にもそんな不安などというものがあるのかどうかはわからないが。

どうだろう。

マスターが突然言った。

どうせお客が来ないんなら、これからみんなで出かけないか。大いに盛りあがりつつあるそのクリスマスってやつを、みんなで見物に行くってのは。

いいじゃない。

マスターの意見にはたいていは反対するアンが、珍しく素直に同意した。

いいねいいね、マスターもたまにはいいこと言うじゃないの。そうだよ、だって、せっかくイブの夜がお休みなんだもんね。

もちろんカメリにも異論はない。

何度も何度も大きくうなずいて、うなずきすぎて尻尾《しっぽ》で床をぱしぱし叩《たた》いてしまった。

おっ、カメリも盛りあがってるな。

嬉《うれ》しそうにマスターが言った。

すかさずアンが、それってセクハラよっ。

＊

前に行ったことがあるクリスマス前の街角のある方向。クリスマスになるのだとしたら、あのあたりからに違いない。

さっそく、百貨店のある街角に向かってオタマ運河の土手の上を歩き出す。

いつもならオタマ運河では何組かのヒトデナシたちが工事をしているのだが、それがまったく見当たらない。やはりクリスマスのために出払っているのだろうか。まるで日曜日のように静かなオタマ運河だ。

運河は、大川の手前で地下へと潜っていて、そこからは地下水路になっている。地下水路への入口にある水門を見下ろしながら地上を道なりに行けば、まもなく大川の土手に出る。

土手の上を歩いていった。

左手に中之島を見ながら、さらに行くと、中之島へと渡る新橋《ポンヌフ》がある。橋は渡らず、そのまま土手沿いに進んでいく。

中之島を越えてさらに先、その向こう岸には建設途中の塔が見えた。

どうやら、あれが新フルエル塔らしい。

このあいだ倒壊してしまったフルエル塔に代わって建てられようとしている。そんな話はヒトデナシたちから聞いていた。

ヒトの形を模しているらしいそれは、まだ腰の部分までしかできていない。ここから見るかぎりでは、そこでも工事は行われていないようだった。

常連のヒトデナシたちが言っていた通り、このあたりのヒトデナシたちはすべて、クリスマスのほうに投入されているのだろう。

土手の下には、いつも地下から聞こえるこんころろこんころろという謎《なぞ》の音からそう名付けられたコンコロロ広場があって、もちろん今日もこんころろこんころろと聞こえていた。その広場からオケラ座の丸屋根の方向へと延びる通りを歩いていく。このあたりまでくると、通りは土ではなく、テレビの中の道路のように灰色に固められている。

そしてそんな通りの先に、百貨店の飾り窓が並ぶクリスマス前の街角があるはずなのだ。

いつか、ショーウインドウの中で動くクリスマスの人形を見物しに来たあの街角。

あのとき通りから覗《のぞ》き込んだ飾り窓。

その中にあったカメ型の宇宙船。

見てよ、ほらっ、とアンが声をあげた。

おわあっ、とマスターも叫んだ。

もちろんカメリにもはっきりと見えた。

皆の行く手に、それはすっくと屹立《きつりつ》している。

ツリーというものをテレビでは何度か見たことがあったが、実際に目にするのは初めてだ。

高い。

テレビで見たどれよりも。

もしかしたら、あの作りかけの新フルエル塔よりも高いのではないか。

いやあ、こいつはどうも、見事なツリーじゃないか。

マスターが言った。

それは、ショーウインドウのあるあの街角から、まっすぐ天を指しているように見えた。

あんなに立派なツリーが立つとなると、こりゃいよいよホンモノっぽいな。

すごいすごいすごすぎるう、とアンが嬉しそうに鼻をぴくつかせた。それじゃ、ほんとにここはクリスマスになるのね。

うむ、とうなずくマスター。あそこまでツリーが成長してるとなると、こいつはかなり期待がもてそうだ。

カメリもアンもマスターも、ツリーを目指していつのまにか早足になっていた。

*

街角は、様々に着飾ったヒトデナシたちであふれている。

前に来たときも、ここにはテレビの中のヒトのような服を着たヒトデナシたちが歩いてはいた。しかし、ここまで多くはなかった。

クリスマスの膨張によって増員されたのだろうか、とカメリは推論する。

おおっ、来てる来てる来てるぞ、クリスマス来たーっ！

マスターが叫んだ。

えっ、ほんと？

アンが目を輝かせる。

だってほら、とマスターは通りを見まわして言う。

そこらじゅう、サンタだらけじゃないか。

そうか、あの赤と白の服は、クリスマスにつきもののそれだったのか、とカメリは納得する。テレビには色がついていないから、今までそんな色だとは知らなかったのだ。

たしかにテレビの中と同じ恰好だ。

では、その側《そば》にいる頭から木の枝のようなものを突き出しているあれは、トナカイなのだろうか。前にいるヒトデナシと後ろにいるヒトデナシが、前脚と後脚をやっている。後ろのヒトデナシの頭が見当たらないのは、前のヒトデナシの腰のあたりに頭を差し込むようにして繋《つな》がっているからだろう。ヒトデナシがよくやる変形合体だ。

それにしても、こうしてあらためて街角を見まわすと、もうそこらじゅうがサンタだらけではないか。

五人にひとりはサンタである。

前に来たときよりもずっと混んでいるのは、このサンタたちのせいに違いない。うん、これだけサンタがいるんなら、もう今夜のイブは確定だな。

マスターがきっぱりと言う。

サンタだらけのクリスマスイブね。

テレビドラマに出てくるロマンチック大好きOLの口調で、アンがつぶやいた。

そしてカメリはといえば、この街角の群集のために急遽《きゆうきよ》動員されたヒトデナシたちにやらせるのには、たぶんサンタがいちばん適しているのだろう、と冷静に推論している。街角を歩いている普通のヒトの真似《まね》をするのはある程度の技術が必要だし、それらしい反応をするためにもそれなりのマニュアルなりシナリオが必要だ。

その点、サンタならただ立っているだけでもそれらしくなるし、もし話しかけられても、メリークリスマスと返すだけでいい。なによりも通行人のようにばらばらの衣装を用意する必要がない。サンタの衣装一種類だけだから量産もたやすい。トナカイなら頭飾りだけだからサンタよりもさらに簡単かもしれないが、しかしさすがにトナカイだらけではクリスマスらしさがかえって薄れてしまう。だからここは、サンタを増員することによって街角の通行人の密度を高くしたのに違いない、と。

言いかえれば、そんな手法を用いなければ間に合わせられないほど急速に膨れあがったクリスマス、ということなのだろう。

＊

大勢のサンタと様々なヒトの衣装を身につけたヒトデナシたちに流されるように、カメリたちは通りを進んでいく。

前にここを訪れたときは、ヒトの家族を真似たヒトデナシたちが、クリスマス飾りの施された窓の前でときおり立ち止まって、中を眺めていたりしたものだ。だが、今日はとてもそれどころではない。なにしろヒトデナシの密度があのときとはまるで違っている。

うかつに立ち止まったりしたら将棋倒《しょうぎだお》しになりかねない。飾り窓を見物するどころではないのだ。

そう。あのときは、あくまでもクリスマス前の街角でしかなかった。だが今回は、クリスマスという本番がすぐそこにひかえているのだから。

危険防止のためには、ヒトデナシの流れにあわせてその方向にいっしょに歩いていくしかない。

百貨店のある大通り、その先にはオケラ座がある。

丸屋根が特徴的なオケラ座は、この街角を代表するもっとも古い建物であり、その地下に張り巡らされた複雑なトンネルのどこかには、今も巨大なオケラがすんでいる場所――いわゆるオケピ――があると噂《うわさ》されていた。

前に来たときは知らなかったのだが、この街角で普段からヒトの真似をしているヒトデナシたちは皆このオケラ座に所属しているらしい。そして、オケラ座の舞台では、テレビのドラマのようなものが、ヒトではなくヒトデナシたちによって演じられているそうなのだが、カメリはまだそれを観たことはない。いつか観たいものだと思ってはいるが、そのチケットはなかなか一般の手には入らないのだ。

そんなオケラ座の前を、カメリたちは通過していく。

オケラ座の壁には、クリスマス飾りらしき赤や青や金や銀の玉が取り付けられているし、トナカイの頭に見立てたその丸屋根からは、巨大な角がにょっきりと突き出ている。

それにしても、これっていったいどこに向かってるの？

アンが注意深くあたりを見まわしながら言った。

そりゃ、クリスマスの中心だろう。

当たり前のようにマスターが答えた。

クリスマスの中心？　何よ、それ？

もちろん、あれに決まってる。

そう言ってマスターが指差すのは、コンコロロ広場からも見えていたあのツリーだ。最初に見たときよりも、それはずっと高くなっていた。ここまで来るあいだにも成長したらしい。こうして見上げている今も、まだまだ伸び続けている。見ていてそれがわかるほどの成長速度なのだ。

暗くなった空を突き刺さんばかりの黒々とした円錐。

よく見るとそれは枝分かれした細いチューブのようなものが絡みあってできている。円錐の中心には軸が一本通っていて、その軸が地面からせりあがるようにして、全体を押し上げているらしい。そんなふうにして、尖《とが》った円錐はますます鋭く尖りながら上へ上へと成長していく。

いつかテレビで見た映像をカメリは連想する。木が成長する様子を早送りにした映像だ。

もちろんツリーなのだから、木に似ているのは当然だろう。

カメリは思う。

しかしそれにしても、これだけ急速に成長するためには、それだけの量の材料が必要なはずだ。それはいったいどこから補充されているのだろう。

カメリがそこまで考えたとき突然、視界が開けた。

さっきまで壁のようにびっしり目の前にいたヒトデナシたちが、一瞬にしていなくなってしまったのだ。同時に、クリスマスツリーの根元が初めて見えた。

そこには、大勢のヒトデナシたちが束ねられていた。ヒトデナシが壁のように隙間《すきま》なくびっしりと並んで、クリスマスツリーの柱を作っているのだ。

胴体を柱に埋め込まれたような状態で、その両手だけを外に突き出している。

さわさわさわとヒトデナシの手が揺れていた。

さっきまでカメリの前にいたヒトデナシたちは消えたわけではなく、ツリーの柱から突き出されたその手によって、すばやく引き上げられていったのだ。

柱から伸ばされた手を次々につかみ、そしてつかまれることで、ヒトデナシたちは、手渡されるように上へ上へと送られていく。

おお、登った登った、どんどん登っていくなあ。

マスターがツリーを見上げて言う。

速いねえ。

アンもすっかり感心している。

ねえ、あれって、いったいどうなるの？

アンがマスターに尋ねた。

そりゃもちろん、飾られるんだよ。

マスターが答えた。

ツリーに飾られて、そうしてクリスマスの一部になるのさ。

すてきね、とアンがロマンチックに目を潤《うる》ませる。

立ちどまっているカメリたちのあいだをすり抜けて、後からやってきたヒトデナシたちも次々にツリーを登っていく。

おおおおおい、カメリ。

おおおおおい、アン。

聞き覚えのある声だった。

声のほうを見上げるとそこには、ヒトデナシがいる。ツリーの枝にサンタの恰好《かっこう》でぶらさがって揺れているのだ。

おや、マスターもいるじゃないか。

そのサンタの隣にぶらさがっている別のサンタが言った。

今日はもう会えないと思っていたよ。

今日はもう会えないと思っていたな。

なんと会えたな。

なんと会えたね。

クリスマスプレゼントだね。

クリスマスプレゼントだな。

さすがはイブだな。

さすがはイブだよ。

枝々のいろんなところから知っている声が次々に聞こえてきた。

よく見ると、そのあたり一帯にぶらさがっているサンタは全員、カフェの常連のヒトデナシたちなのだ。

あんたたち、そんなとこで何やってんの?

アンが叫んだ。

何やってんの、ときたか。
何やってんの、ときたね。
何やってんの、はないよね。
何やってんの、はないよな。
見てわかるだろう。
見てわからんかね。
ツリーの枝に帽子の先端で繋がったまま揺れているサンタたちが、口々に言った。
ツリーに飾られてるのさ。
ツリーに飾られてるんだ。
そう、プレゼントとしてな。
そう、プレゼントとしてだ。
プレゼンだよ。
大事なプレゼンさ。
いいねえ、プレゼン。
なんか仕事っぽいよな。
うん、仕事っぽい。
クリスマスイブの大事なプレゼンさ。
クリスマスイブの大事なプレゼンだ。

サンタたちが言いあっているあいだも、次々に後ろからヒトデナシたちが押し寄せ、ツリーから突き出された手をつかみ、手に手をとってツリーを登っていく。

登っていったヒトデナシたちはそのまま飾りになったり、身体《からだ》を変形させて枝や幹の一部になったり。それぞれの役割は決まっているようだ。

見る見るツリーの飾りは増え、枝は茂り、幹は太くなり、そしてクリスマスムードはさらに盛り上がっていく。そうするために、集められるかぎりのヒトデナシたちが動員されたのだろう。

このクリスマスの中心に向けて。

中心の一点に豪華さを集中させるため。

よおし、こうなったらおれたちもひとつ、飾られてみるかっ。

マスターが言った。

いいかもね、とアン。

もちろんカメリもうなずいた。せっかくのクリスマスなのだ。参加しないという手はない。

吊《つ》られている常連のヒトデナシたちに手を振ってから、周囲の流れに乗ってツリーに近づき、頭の上に出ているヒトデナシの手をつかんだ。

すぐに、それより上にある別の手が差し伸べられる。それをつかむとまた引き上げられ、そしてさらにその上にある手が――。

おおっ、さすがはクリスマスイブ。

引き上げられながらマスターが叫ぶ。

このまま天国まで行けそうじゃないか。

天国までは無理でしょ。

マスターやカメリよりもずっと身軽にすいすいと登っていくアンが振り向いて笑った。

いやいや、昔作られたいちばん大きなツリーは、天の世界までとどいたことがあるそうだよ。

マスターが言った。

地面から遠すぎて、吊るさなくても地面に物が落ちない、ってところまでな。それこそが本当のクリスマス飾りさ。

無理だってば。ま、そんなおかしなところが本当にあるとも思えないけどね。

あるんだよ。だって、物が下に落ちない世界での運動を、おれは計算したことだってあるんだからな。ヌートリアンは泥沼しか知らないから信じられないだろうけど。

それって、セクハラよっ。

アンが歯を剝《む》き出して、きいっ、と声をあげるとマスターは首をすくめる。

そんなお約束のやりとりのあいだも、カメリとアンとマスターは次から次へと差し出される手によって引き上げられ続けた。最初の枝を過ぎると、そこからは森の中に入ったように枝が密集している。そんな枝々の隙間をくぐり抜けて、あの常連のヒトデナシたちのところまでたどり着いた。

やってきたな。

やってきたね。

常連のヒトデナシたちが嬉しそうに言った。

どこからか、するするすると蔓《つる》のようなものが伸びてきて、カメリの甲羅に巻きついた。これでもう手を離しても落ちることはない。

ヒトデナシたちをぶらさげている蔓と同じものらしいそれは、よく見るとツリーの一部になったヒトデナシの手が細長く伸びたものだ。

いい感じだよ。

いい感じだね。

ヒトデナシたちが言った。

やっぱり、サンタばっかりじゃねえ。

うん、サンタ以外も飾らないとねえ。

ヌートリアもいいね。

もちろん、カメもいい。

うん、カメはいいよ。

イブだからな。

そうそう、カメは夜更け過ぎに雪へと変わるからね。

カメは夜更け過ぎに雪へと変わるのかい。

カメは夜更け過ぎに雪へと変わるものさ。

クリスマスイブだからね。

ヒトデナシたちは笑っているが、何を笑っているのか、カメリにはわからない。たぶん、テレビで見た何かの冗談なのだろう。何がどうおもしろいのかは、ヒトデナシたちにもわかっていないのかもしれない。彼らがいつもそうしているように、ただ、テレビから聞こえてくる笑い声の真似をしているだけで――。

おれはどうなんだよーっ。

そう叫んだのは、少し離れたところにぶら下がっているマスター。四角い石頭に金色のリボンをかけられた姿は、まさにクリスマスツリーに飾られたプレゼントそのままだ。

いいね、マスター。

いいよ、マスター。

ヒトデナシたちが言った。

すごくクリスマスっぽい。

もうすっかり夜になっているのに、周囲がぼんやりと明るいのは、ツリーの枝にぶら下がっているヒトデナシたちの身体が発光しているからだろう。

黄緑色の光の筋が、身体の線に沿って何本も通っていて、それが息をするようにゆっくりと明滅を繰り返している。それが、サンタの服の上からぼんやり見えた。

周辺の枝にいるヒトデナシは全員が同じ周期で明滅しているから、そのたびに自分のいるところが膨らんだり萎《しぼ》んだりしているかのようにカメリには感じられた。クリスマスが膨らんだり盛り上がったりするというのも、こういうことなのだろうか。カメリは考える。

全員が何かをそろえることで、小さな変化が次第に大きくなっていく。それによって、たとえばクリスマスとクリスマスではない状態との差が、誰の目にも明らかなほどはっきりとしたものになり、その振れ幅が大きくなっていくことで、さらに膨らんでいく。そんなふうなことなのだろうか。

あれこれ考えながらカメリが見るツリーの枝には、カメリたちやヒトデナシたちだけではなく、表面が鏡のようになった金色や銀色の球もさがっている。

カメリのすぐ隣にも、金色の球があった。

そのぴかぴかの曲面には、あらゆるものが映っている。

ぐんにゃりと歪《ゆが》んで、小さな球の表面に押し込められている。

天までとどきそうな、そして今もまだ伸びつづけている巨大なツリーが、球の表面に貼《は》りつけられたようになってカメリの目の前にある。

それを見つめていると、マスターが言うようなことが本当にあったのかもしれない、とカメリは思う。

本当にこれが天までとどいたことがあったのかもしれない、と。

もうここにはいないヒトには、そんなことだってできていたのではないか。だって、あのテレビの中にあるものをすべて本当に作ったそうだから。

ぴかぴかの球面に映るツリーの枝には、いろんなクリスマス飾りが吊るされている。

サンタの恰好をしたカフェの常連たちが映っている。

赤毛のヌートリアンが映っている。

石頭のマスターが映っている。

そして、赤いリボンをつけた模造亀が映っている。

カメリにはなんだかそれが、カフェの中の光景のようにも見えた。

普段のカフェではない。もっともっときらきらしている。

そう、まるでパーティ。

テレビの中のヒトたちがやっているあのクリスマスパーティみたい。

どこかでシャンパンを抜く音が聞こえた気がした。

ぽんっ。

クリスマスの音だ。

カメリがそう思ったのと同時に、テレビが消えるように何も見えなくなった。

＊

あの音は、気のせいではなかったのだ。

そしてそれが、クリスマスの音だ、というのも間違ってはいなかった。

ぽんっ。

それは、膨れ上がったクリスマスが、その急激な膨張に耐え切れず、ついに弾《はじ》けてしまった音だったのである。

クリスマスなんてのは、つまり泡のようなものだからな。

何がどうなったのかわからずにぼんやり突っ立ったままのカメリとアンに、マスターはそう説明した。

まず最初に小さなクリスマスが発生する。泥の中にできる小さな泡みたいなもんだ。大抵は、そのまま泥の中に消えちまう。でも、ごくまれに、すごく低い確率だけど、そんなクリスマスが一気に膨れ上がることがある。

泡が膨らむみたいに？

アンが尋ねた。

そう、泡が膨らむみたいに、な。

マスターはうなずく。

すると、その泡は内側に入ったものをクリスマス化しながら成長していくわけさ。

アンは首を傾《かし》げているが、カメリにはわかるような気がした。

カメリがさっきまで見ていた光景。

あの銀色の球。その表面に映っていた自分たちの姿。

まるで、ホンモノのクリスマスパーティみたいに見えた。

あれは球面の外側に映ったものだったが、もしあれが球面の内側だったとしたらどうだろう。自分を含むすべてがクリスマスになったように思えたに違いない。それが、マスターの言うクリスマス化、なのではないか。

だが、そんなクリスマスの泡は弾け、結束力を失ったツリーは、一瞬で崩壊した。その残骸《ざんがい》が、カメリたちの前に積み重なっている。

そしてそんな瓦礫《がれき》の下から、ツリーを構成していたひとつひとつの部品——つまりヒトデナシ——が、枝や幹だったものからバラけて這《は》い出してきつつあった。

はたしてこの残骸の中にいるどのくらいの数のヒトデナシが無事で、どのくらいまでが再生不可能になったのか、ヒトデナシではないカメリに推論することはできない。

いやあ、今回はかなりいい線までいったんだけどねえ。

サンタの恰好をした常連のヒトデナシが言った。

まあ上のほうに飾られてたおれたちは、幸いにして助かったようだよ。

まさに不幸中の幸いだね。

隣のヒトデナシが答えた。

まさに不幸中の幸いだよ。

クリスマスの幸運ってやつかも。

クリスマスの奇跡ってやつかも。

サンタの衣装のまま、ついさっきまでツリーだった瓦礫《がれき》の山を見上げ、ヒトデナシたちが口々に言う。

しかしまあ――。

しばらくはヒトデブソクだろうな。

しばらくはヒトデブソクだろうよ。

ほんと、今回はいいところまでいってたのになあ。

マスターが、ヒトデナシたちをなぐさめるように言った。

急速に膨らませすぎて途中で失速したのがまずかったな。それでツリーの先端が泡を内側から突き破ったんだろう。それで、泡があっけなく弾けちまったのさ。

ヒトデナシたちはうなずいた。

あっ、お礼がまだだった。

そう言ってアンが、ヒトデナシたちに頭を下げた。

ありがとう。怪我《けが》ひとつしないで済んだのは、あんたたちがその中に入れて下ろしてくれたからだよね。

アンは、サンタが背負っている大きな袋を指差した。

ああ、そうだったそうだった、うん、おかげで助かったよ。

マスターが言った。

ありがとうありがとう。

あのとき突然何も見えなくなってしまった理由が、それでカメリにもようやくわかったのだった。

カメリとアンとマスター、それぞれを瞬時に袋に収納した常連のヒトデナシたちは、それを背負ったままヒトデナシ特有の滑らかさとしなやかさで、崩壊していくツリーの上を移動していき、最終的に地表へのソフトランディングを見事に決めた、ということらしい。

カメリもあわてて頭を下げる。

なんのなんの、大したことじゃない。

ヒトデナシのサンタたちが言った。

こんなの当然のことだよ。

そうさ、サンタだからな。

そうだ、サンタだものな。

ほんのクリスマスプレゼントだ。

ほんのクリスマスプレゼントさ。

そして、全員で声をそろえて叫んだ。

メリークリスマス！

あっ、とアンが夜空を指差した。

ほら、見てよ。

小さな白いものがふわふわと空中を舞っている。

ああ、こいつは弾けてしまったクリスマスの欠片《かけら》だな。

夜空を見上げてマスターが言った。

まあ欠片だけど、クリスマスはクリスマスだ。

たまにはいいこと言うね。

アンが笑った。

カメリも笑った。

ヒトデナシたちも笑った。

その夜、そんなクリスマスの小さな欠片は、カメリの甲羅、アンの赤毛、マスターの石頭、ヒトデナシたちの赤い帽子、そして、彼らの世界の上に――。

白く静かに降り続いた。

あとがきっぽいもの

説明するまでもなくカメでアメリ、だからカメリ、なのだ。

地球を狙うゴリとラー、みたいなもんである。

それだけのことで、だからもちろん、こんなに長く続けていくつもりはなかった。なんとなく第一話を書いてみて、それだって第一話などとは思わず、ただそれだけのつもりだったのだ。

毎年のようにパリに行っていた頃があった。

妻といっしょに、というか、妻にくっついて、行っていた。格安航空券でヨーロッパに渡って安宿から安宿、一か月とか一か月半、リュックを背負ってぶらぶらする。フランクフルトとかマドリードとかウィーンから入って、旅の出口はいつもパリだった。妻が蚤《のみ》の市が好きだったこと、市場が充実していること、そして、台所付きのいい安宿があったこと、というのがその主な理由である。

もともと私はめんどくさがりで出不精で人見知りで、旅行など自分からしなかったし、したいとも思わなかった。たまたま結婚した相手が旅行好きで、半年くらいふらふらどっかに行ってしまったりするタイプの人だったので、ただその後ろにくっついて歩いていた。それだけで珍しいものを見たり、うまいものを食ったりすることができて、それ以外のときは、その日に見たものを材料にあれこれ妄想して、それを公園のベンチやらカフェやら宿のベッドやらで紙のノートにボールペンで好き勝手にぐねぐねぐねぐね書いているだけでいい。まことにありがたい。

たしかあの日も、妻が市場をうろついているあいだ、例によって公園のベンチで、ノートを広げていた。

すぐ前に池があった。噴水のある小さな島があって、噴水は出ていなくて、そこにカメが甲羅干しをしていた。

へええ、パリにカメが、と思った。

ノートにボールペンで、「カメリ」と書いて、ひとりで笑った。

それだけのことで、もちろんそんなものをどうにかする気もなかった。ただ、アメリが好きで旅行が好き、とりわけパリが好きな妻には受けるのではないか、そう思っただけだ。

妻が市場から帰ってきたとき、最初の何枚かが書けていて、そしてその続きをもっと書きたくなっていた。そのあと一週間ほどいたパリで書いたのが、たしか第一話と第二話の原形で、それはそのすこしあとで出た『北野勇作どうぶつ図鑑』という短編集の一巻の「かめ」と三巻の「かえる」に書き下ろしという形で収録されることになって、せっかくだからということで第六巻の「いもり」にも入れるために第三話も書くことになって、これは大阪で書いた。それでなんとなくシリーズみたいになったのだった。もう十年以上前である。

それからも、長めの旅行に出るとなんとなく書きたくなり、書いてみるとけっこう書けるから書きながら旅行して、最終のパリで下書きを上げて日本に帰ってきて清書する、というのをひとつの縛りみたいにしていたのだが（「カメリ、掘り出し物を探す」あたりまで）、さすがに毎年のようにパリに行くというようなこともなくなって、パリで書く、という縛りはとっぱらい、旅行に出たときに書く日記がわりみたいなものになった。旅先が、ハンガリーになったり、屋久島になったり、スイスになったり、ベトナムになったりしながら、一年にひとつかふたつくらい書いていた。どういうわけか旅先では、このカメリたちの暮らす世界と回路が繋《つな》がりやすくなるらしい。

そんなわけで、最後に入っている「カメリ、ツリーに飾られる」の下書きは、クリスマスのホーチミンで書き始め、新年を迎えたファンティエットの道端のコーヒー屋台で書き終えた。

とくに頼まれたわけでもないのに書いたものを勝手に某SFマガジンに送り付けると、ありがたいことに掲載してくれて、それならということで次々に書いて勝手に送りつけ、おかげさまでいつのまにやらけっこうまとまった分量になっていた。

というわけで、某早川書房のS澤さんに感謝します。こんな自分勝手な小説を一冊にして出してくれたかなり風流な編集者に違いないI藤さんにも。そしてもちろん、この本を手に取ってくれたあなたにも。ありがとうございます。ひたすら楽しんで書きました。楽しんでいただけたら幸いです。

北野勇作

二〇一六年四月

解　説

森見登美彦

この小説『カメリ』には、「ダンゴロイド」というナイスな名前の存在が登場する。

子どもの頃、私はダンゴムシをたいへん愛していた。幼稚園の建物の裏にあるじめじめしたところでダンゴムシたちと遊んでいたのである。嗚呼《ああ》、あれほど愛したダンゴムシたちと、いつから疎遠になったのであろう。今の私はダンゴムシはおろか生物全般が苦手になってしまった。ある意味で、私は堤防の内側に立て籠《こ》もっている。『カメリ』を読んでいると、その堤防がぷるぷるとフルエル気がする。


『カメリ』には不思議なイキモノがたくさん登場する。

この世界は異様なほど何もかもがイキモノである。地下鉄は巨大化したオタマジャクシであり、図書館の本は巨大化したプラナリアみたいなやつであり、ケーブルテレビさえもが自ら壁に穴を開けてケーブルを伸ばす。カッチリとしているはずの物質的世界が、いつ何時むにゃむにゃとうごめき始めるか分からない。

イキモノたちの世界であるがゆえに、「イキモノ的残酷さ」も見え隠れする。カメリの卵をみんなでオムレツにして食べてしまうところなどは分かりやすい。この感覚は生物図鑑やドキュメンタリー番組で自然界の「食物連鎖」を目にしたときの驚きに近い。

とりわけ印象的なのは「ヒトデナシ」であろう。人類が戻ってくる日にそなえて世界を立て直しているイキモノたち。自分たちの身体を素材にして橋や塔やテトラポッドになったりする。個体の境界が溶けてしまったような彼らの感覚は独特のもので、ヒトデナシたちの言動には、不気味さと可愛《かわい》さが渾然《こんぜん》一体となって感じられる。生物図鑑的幸福みたいなものさえ感じられる。溶け合った脳味噌《のうみそ》の自問自答のごときヒトデナシの会話を読むとき、ふっと思い出すのは、親しい友人たちと居心地の良い飲み屋でぐだぐだ喋《しゃべ》っている感じである。そのとき我々はたしかにヒトデナシ的幸福を味わっている。


主人公のカメリが「模造亀」であるように、この小説に登場するイキモノたちはニセモノである。どうやら人類によって作りだされた存在らしい。彼らの愛するテレビドラマもシナリオに沿って作られたニセモノであり、カメリがせっせと作るメニューも泥から作られたニセモノである。

「こういうふうにプログラムされている、ということは、じつはカメリにはわかっている」

この世界のイキモノたちの健気《けなげ》さ、可愛らしさは、そのニセモノたちが一生懸命にホンモノを真似《まね》ているということである。これは「ごっこ遊び」である。

カメリが丸く切り取られた青空を地下から見上げる場面を思い出す。カメリはその丸い青空から「地球」を連想する。自分たちの暮らす星をまるで遠い空の彼方《かなた》にあるもののように感じること。それは、この世界そのものがニセモノではないか、というカメリの感覚とつながっている。こういう感覚を抱くことと、生きていくことは矛盾しない。その感覚が分からない人間は小説を読んだり書いたりしないであろう。

『カメリ』の世界では、ニセモノのイキモノたちがホンモノの世界を目指しているが、そのホンモノの世界はテレビの中の世界であって、それもまたニセモノなのである。ではホンモノはいったいどこにあるのか。じつは彼らがそうやって生きていくこと自体がホンモノなのではないか――ということに我らがカメリはのんびりと迫っているように思える。「楽しくしている、ということと、楽しそうに見えるということ。何か違いはあるのか」「もしかしたら、ホンモノそっくりではないかもしれないが、でも、ホンモノそっくりだと感じられるのなら、それはホンモノそっくりなのと同じことではないか」

『カメリ』を読み進むにつれて、「カメでアメリだから、カメリ」という安直な出発とは思えないほど、壮大な世界が広がっていくのを我々は見る。カメリたちが生きるこの世界はどういう仕組みで成り立っているのであろう。

あらゆるものがイキモノであり、あらゆるものがニセモノである世界。「カメリ、海辺でバカンス」の章を読めば、散らばったヒントらしいものから、なんとなく「こういうことかな?」という推測は立つ。しかしそれについてここでは書くまい。むしろ私は、世界は決してその全貌《ぜんぼう》を明かさない、ということのほうが大事であろうと思っている。

我らがカメリのステキさは、彼女が世界の謎《なぞ》に迫りながら、その分からなさも穏やかに受け入れているということである。それは模造亀というイキモノとしての諦念《ていねん》、ニセモノとしての諦念による。その二重の諦念がこの小説になんともいえない優しさを与えている。カメリがこのような理想的ボンヤリ屋さんでなかったとしたら、『カメリ』の世界は壊れて「海」に還元されてしまうだろう。

たとえば我々はしばしば、やわらかな姿勢を忘れて「世界は○○でなければならぬ」などと思う。しかし「世界は○○でなければならぬ」などということは本当はないのである。肩肘《かたひじ》張るのに疲れてしまうと、我々は「しゃあない」と呟《つぶや》いて友人たちと飲み屋でぐだぐだして、ヒトデナシ的幸福を味わったりするではないか。「しゃあない」という呟きとともにあるのはカメリ的諦念である。

ニセモノのイキモノたちによって作られたホンモノの世界とは何であろうか。さまざまなイキモノたちが織りなす生態系。イキモノたちはたがいを食らい合い、世界を構築する材料となり、ときには境界が破れて一体となり、うっかりすると泥の海に返る。一見デタラメな世界のようでありながら、そこには確固としたシステムの存在が感じられる。とはいえシステムの全貌はつねに謎である。

それは小説の世界そのものであると言えないだろうか。

ここに取り出されているのは、北野さんの頭の中にあるイメージの生態系である。生きてぴくぴくと脈打つやつを北野さんはずるずるっと引っ張りだす。そんなことをするにはコツがいる。「いやいや、作ったんじゃない。思い出させてただけだよ」という、海を陸に変えたヒトデナシの言葉に秘密があるのではないか。そうして取りだされた生態系は、言葉に置き換えられたあとも生きてうごめくナマの世界である。優しさと残酷さ、ユーモアと不気味さが分かちがたく結びついている『カメリ』の感覚はそのナマの部分に宿っている。

「世界は○○でなければならぬ」と肩肘張って断言するとき、我々は堤防の内側に立て籠もり、「優しさ」と「残酷さ」、「ユーモア」と「不気味さ」の間に線を引く。しかしそれらは本来、「生きている」ということの側面でしかない。本来は一つのものである。その一つのものを生きたまま取り出せば、ぜんぶ一緒になって出てくるという単純な話ではないか。しかし単純であるからカンタンだということにはならない。

そんなことを考えていると、地下水路の奥にあるメトロの産卵場所が思い浮かぶ。

その場面は『カメリ』の中でとりわけ印象的で、思わぬところで迷いこんだ大聖堂のような荘厳《そうごん》さが漂っている。「死ぬ場所であり、そして、生まれる場所でもあるだろう」という言葉の通り、まるで世界の底のようである。その生と死の交錯する美しい場面にあって、我らがカメリは遠慮なくメトロの卵にがぶりと嚙《か》みつく。理由は「おいしそうだったから」。なんとシンプルでステキな響きであろう。我らがカメリはなんとイキモノであろう。なんと可愛く、残酷な子であろう。そうでなくてはいけない。

そのメトロの卵というのはこんなものであるらしい。

「嚙《か》むと、きゅうきゅうと音をたてるほどしっかりしていて、しかし同時に柔らかい。骨らしきものもない。押せばへこむが、でも押し返してくるくらいの弾力があった」

それはこの小説そのものではありませんか？

（小説家）

初出

「カメリ、リボンをもらう」
　『北野勇作どうぶつ図鑑　その1　かめ』ハヤカワ文庫JA、二〇〇三年四月刊
「カメリ、行列に並ぶ」（「カメリ、行列のできるケーキ屋に並ぶ」改題）
　『北野勇作どうぶつ図鑑　その3　かえる』ハヤカワ文庫JA、二〇〇三年五月刊
「カメリ、ハワイ旅行を当てる」
　『北野勇作どうぶつ図鑑　その6　いもり』ハヤカワ文庫JA、二〇〇三年六月刊
「カメリ、エスカルゴを作る」ＳＦマガジン二〇〇四年三月号
「カメリ、テレビに出る」ＳＦマガジン二〇〇六年四月号
「カメリ、子守りをする」ＳＦマガジン二〇〇八年十二月号
「カメリ、掘り出し物を探す」ＳＦマガジン二〇一〇年七月号
「カメリ、メトロで迷う」ＳＦマガジン二〇一一年四月号
「カメリ、山があるから登る」ＳＦマガジン二〇一二年一月号
「カメリ、海辺でバカンス」書き下ろし
「カメリ、ツリーに飾られる」ＳＦマガジン二〇一三年一月号

本書は河出文庫オリジナル編集です。

カメリ

二〇一六年 六 月二〇日 初版発行
二〇二一年一〇月三〇日 2刷発行

著 者 北野《きたの》勇作《ゆうさく》
発行者 小野寺優
発行所 株式会社河出書房新社
〒一五一−〇〇五一
東京都渋谷区千駄ヶ谷二−三二−二
電話〇三−三四〇四−八六一一（編集）
〇三−三四〇四−一二〇一（営業）
https://www.kawade.co.jp/

ロゴ・表紙デザイン 粟津潔
本文フォーマット 佐々木暁
本文組版 株式会社キャップス
印刷・製本 凸版印刷株式会社

Printed in Japan ISBN978-4-309-41458-4

かめくん

北野勇作 41167-5

かめくんは、自分がほんもののカメではないことを知っている。カメに似せて作られたレプリカメ。リンゴが好き。図書館が好き。仕事も見つけた。木星では戦争があるらしい……。第22回日本ＳＦ大賞受賞作。

きつねのつき

北野勇作 41298-6

人に化けた者たちが徘徊する町で、娘の春子と、いまは異形の姿の妻と、三人で暮らす。あの災害の後に取り戻したこの幸せ。それを脅かすものがあれば、私は許さない……。切ない感動に満ちた再生の物語。

新編 SF翻訳講座

大森望 41171-2

ＳＦを中心に、翻訳商売三十年。その実践的な翻訳技術からＳＦ業界の裏話までを軽妙に披露する名エッセイ集。岸本佐知子・豊﨑由美との鼎談、恩田陸との対談ほかを新規に収録。

新 銀河ヒッチハイク・ガイド 上・下

オーエン・コルファー 安原和見〔訳〕 46356-8 46357-5

まさかの……いや、待望の公式続篇ついに登場！　またもや破壊される寸前の地球に投げ出されたアーサー、フォードらの目の前に、あの男が現れて——。世界中が待っていた、伝説のＳＦコメディ最終作。

パラークシの記憶

マイクル・コーニイ 山岸真〔訳〕 46390-2

冬の再訪も近い不穏な時代、ハーディとチャームのふたりは出会う。そして、あり得ない殺人事件が発生する……。名作『ハローサマー、グッドバイ』の待望の続編。いますべての真相が語られる。

ブロントメク！

マイクル・コーニイ 大森望〔訳〕 46420-6

宇宙を股にかける営利団体ヘザリントン機構に実権を握られた惑星アルカディア。地球で挫折した男はその惑星で機構の美女と出会い、運命が変わり始める……英国ＳＦ協会賞受賞の名作が大森望新訳で甦る。